JULIA QUINN

Bridgerton:
felices para siempre

JULIA QUINN

Bridgerton: felices para siempre

TITANIA

Argentina • Chile • Colombia • España
Estados Unidos • México • Perú • Uruguay

Título original: *The Bridgertons: Happily Ever After*
Editor original: Avon Books, An Imprint of HarperCollins*Publishers*, New York
Traducción: Elizabeth Casals

1.ª edición Noviembre 2020

Copyright © 2013 *by* Julie Cotler Pottinger
All Rights Reserved
© Copyright de la traducción 2020 *by* Elizabeth Casals
© 2020 *by* Ediciones Urano, S.A.U.
Plaza de los Reyes Magos, 8, piso 1.º C y D – 28007 Madrid
www.titania.org
atencion@titania.org

ISBN: 978-84-16327-92-8
E-ISBN: 978-84-17981-38-9
Depósito legal: B-15.759-2020

Fotocomposición: Ediciones Urano, S.A.U.

Impreso por Romanyà Valls, S.A. – Verdaguer, 1 – 08786 Capellades (Barcelona)

Impreso en España – *Printed in Spain*

Para mis lectores,
que no dejaban de preguntar:
«Y después, ¿qué sucedió?»

Y también para Paul,
que no dejaba de decir:
«¡Qué gran idea!»

Índice

Estimados lectores:

¿Alguna vez os habéis preguntado qué ocurrió con vuestros personajes favoritos después de leer la última página? ¿Habéis querido saber un poco más de vuestra novela preferida? Yo sí, y a tenor de las conversaciones que he mantenido con mis lectores, no soy la única. Por ello, y después de innumerables peticiones, he revisado las novelas de los Bridgerton y he dado a cada una un «segundo epílogo»: la historia que viene *después* de la historia principal.

Para aquellos que no hayáis leído las novelas de los Bridgerton, os advierto que algunos de estos segundos epílogos no tienen mucho sentido si no conocéis la novela original. A quienes las habéis leído, espero que disfrutéis leyendo estas historias tanto como yo al escribirlas.

Con afecto,
Julia Quinn

El duque y yo

En mitad de *El duque y yo*, Simon se niega a aceptar un paquete de cartas que le escribió su difunto padre, de quien estaba distanciado. Daphne, previendo que quizás, algún día, cambiaría de opinión, se queda con las cartas y las esconde, pero cuando se las ofrece a Simon al final del libro, este decide no abrirlas. Mi idea original no era que él hiciera eso; siempre había imaginado que habría algo fantástico e importante en esas cartas. Pero cuando Daphne se las entregó, tuve claro que Simon no necesitaba leer las palabras de su padre. Ya no importaba lo que el difunto duque pensara de él.

Los lectores querían saber cuál era el contenido de esas cartas, pero debo confesar que yo no. Lo que de verdad me interesaba era saber qué haría falta para que Simon *quisiera* leerlas...

El duque y yo
Segundo epílogo

Las matemáticas nunca habían sido el fuerte de Daphne Basset, pero sin duda sabía contar hasta treinta, y dado que treinta era el número máximo de días que solían transcurrir entre una y otra menstruación, el hecho de que en ese momento estuviera mirando el calendario sobre su escritorio y contara cuarenta y tres era motivo de preocupación.

—No puede ser —dijo al calendario, medio esperando que este le respondiera. Se sentó lentamente e intentó recordar los acontecimientos de las últimas seis semanas. Quizás había hecho mal los cálculos. Había tenido la menstruación mientras visitaba a su madre, entre el veinticinco y el veintiséis de marzo, así que... Volvió a contar, esta vez físicamente, tocando cada casilla del calendario con el dedo índice.

Cuarenta y tres días.

Estaba encinta.

—¡Dios mío!

De nuevo, el calendario poco tuvo que decir al respecto.

No. No, no podía ser. Tenía cuarenta y un años. Eso no significaba que no existiera ninguna mujer en la historia del mundo que hubiera dado a luz a los cuarenta y dos, pero habían pasado diecisiete años desde la última vez que había concebido. Diecisiete años de relaciones placenteras con su marido, durante las cuales no habían hecho nada, absolutamente nada, para evitar un embarazo.

Daphne simplemente asumió que había dejado de ser fértil. Había tenido a sus cuatro hijos seguidos, uno por año, durante los primeros cuatro años de su matrimonio. Y después... nada.

Se había sorprendido al darse cuenta de que su hijo menor había cumplido un año y no había vuelto a quedarse encinta. Y luego su hijo cumplió dos años, después tres, y su vientre permaneció plano. Daphne contempló a su prole (Amelia, Belinda, Caroline y David) y se sintió tremendamente bendecida. Cuatro hijos sanos y fuertes, y el más pequeño un robusto varón que algún día ocuparía el lugar de su padre como duque de Hastings.

Además, a Daphne no le gustaba especialmente estar embarazada: se le hinchaban los tobillos y las mejillas, y su tracto digestivo hacía cosas que no quería volver a experimentar de ningún modo. Pensó en su cuñada, Lucy, a la que los embarazos le sentaban de maravilla. Algo bueno, ya que Lucy llevaba catorce meses embarazada de su quinto hijo.

O nueve meses, para ser precisos. Pero Daphne la había visto hacía pocos días y *parecía* estar de catorce.

Estaba enorme. Gigantesca. Pero radiante y con los tobillos sorprendentemente delgados.

—No es posible que esté encinta —dijo Daphne, apoyando una mano sobre su vientre plano. Puede que estuviera entrando en la menopausia. A su edad le parecía un poco temprano, pero tampoco era un tema del que la gente hablara. Quizá muchas mujeres dejaban de menstruar a los cuarenta y un años.

Debería sentirse feliz. Agradecida. La menstruación era una auténtica molestia.

Oyó pasos acercándose por el pasillo y se apresuró a tapar el calendario con un libro, aunque no tenía ni idea de lo que supuestamente estaba escondiendo. Era solo un calendario; no había ninguna cruz roja enorme, seguida de la palabra «Menstruación».

Su marido entró en la habitación.

—Ah, qué bien, estás aquí. Amelia te está buscando.

—¿A mí?

—Sí, gracias a Dios, no me está buscando a *mí* —respondió Simon.

—¡Vaya! —murmuró Daphne. Normalmente habría dado una respuesta más perspicaz, pero su cabeza todavía estaba sumida en la confusión del «tal vez estoy embarazada» o «tal vez me estoy haciendo vieja».

—Es algo sobre un vestido.

—¿El rosa o el verde?

Simon se la quedó mirando.

—¿En serio?

—No, claro que no sabes de lo que estoy hablando —repuso ella, distraída.

Él presionó los dedos contra las sienes y se dejó caer en un sillón cercano.

—¿Cuándo va a casarse?

—No hasta que esté comprometida.

—¿Y cuándo será eso?

Daphne sonrió.

—El año pasado tuvo cinco propuestas. Fuiste tú quien insistió en que esperara a casarse por amor.

—No te he oído quejarte.

—Porque no me quejo.

Él suspiró.

—¿Cómo hemos logrado presentar en sociedad a tres hijas al mismo tiempo?

—Por el celo en procrear que tuvimos al comienzo de nuestro matrimonio —respondió Daphne con descaro; luego recordó el calendario sobre su escritorio. El que tenía la cruz roja que solo ella podía ver.

—Así que celo, ¿eh? —Miró hacia la puerta abierta—. Qué interesante elección de palabra.

Daphne se fijó en la expresión de su marido y sintió que se ruborizaba.

—¡Simon, es de día!

El duque esbozó una lenta sonrisa.

—No recuerdo que eso nos detuviera cuando estábamos en pleno celo...

—Si las niñas suben...

Él se puso de pie de un salto.

—Cerraré la puerta.

—Ah, por todos los cielos, lo *sabrán.*

Simon echó el pestillo con decisión y se volvió hacia ella enarcando una ceja.

—¿Y de quién será la culpa?

Daphne retrocedió un paso.

—Me niego a permitir que mis hijas se casen tan ignorantes como lo era yo.

—Encantadoramente ignorante —murmuró él, cruzando la habitación para tomarla de la mano.

Dejó que tirara de ella para levantarla.

—No me encontraste tan encantadora cuando supuse que eras impotente.

Él se estremeció.

—Hay muchas cosas en la vida que adquieren más encanto con el tiempo.

—Simon...

Él le frotó la oreja con la nariz.

—Daphne...

Su marido empezó a depositarle una miríada de besos en el cuello y ella sintió que se derretía. Veintiún años de matrimonio, y todavía...

—Por lo menos, corre las cortinas —murmuró ella. Con un sol tan radiante como el de ese día, nadie podría ver mucho desde el exterior, pero estaría más cómoda. Después de todo, vivían en mitad de Mayfair, y todo su círculo de conocidos podía estar pasando en ese momento por delante de su ventana.

Él se apresuró hacia la ventana, pero solo cerró el visillo.

—Me gusta mirarte —dijo Simon con una sonrisa infantil.

Entonces, con una velocidad y agilidad asombrosas, actuó en consonancia para poder observarla *por completo* y, antes de darse cuenta, Daphne estaba tendida en la cama, gimiendo suavemente mientras él le besaba el interior de la rodilla.

—Ah, Simon —suspiró ella. Sabía exactamente cuál sería su próximo paso. Ascendería por su muslo, besando y lamiéndole la pierna.

Y lo hacía *tan* bien.

—¿En qué piensas? —murmuró él.

—¿En este momento? —preguntó ella, pestañeando para intentar salir de su aturdimiento. Tenía su lengua en el pliegue entre la pierna y el abdomen, ¿y creía que ella podía *pensar*?

—¿Sabes en qué estoy pensando yo? —dijo él.

—Si no estás pensando en mí, voy a sufrir una terrible decepción.

Él se rio entre dientes y movió la cabeza para poder depositar un leve beso en su ombligo. Luego se incorporó para rozar sus labios con los de ella.

—Pensaba en lo maravilloso que es conocer a otra persona de una forma tan completa.

Daphne extendió los brazos y lo apretó contra su pecho. No pudo evitarlo; enterró el rostro en el cálido pliegue de su cuello, inhaló su aroma familiar y dijo:

—Te amo.

—Te adoro.

Ah, ¿así que él iba a convertir aquello en una competición? Se echó hacia atrás, solo la distancia suficiente para replicar:

—Me atraes.

Él enarcó una ceja.

—¿Te *atraigo*?

—Es lo único que se me ha ocurrido con tan poca antelación. —Se encogió de hombros. —Además, es cierto.

—Muy bien. —La mirada de él se tornó más intensa—. Te *venero*.

Daphne abrió la boca. Su corazón latió con fuerza, luego se desbocó y perdió cualquier habilidad que tuviera para encontrar un sinónimo capaz de contrarrestar el de él.

—Creo que has ganado —admitió ella, con una voz tan ronca que apenas pudo reconocerla.

Él volvió a besarla; un beso largo, ardiente y tremendamente dulce.

—Ah, ya lo sé.

Daphne echó la cabeza hacia atrás, mientras él volvía a descender por su vientre.

—Todavía tienes que adorarme —dijo.

Él siguió bajando.

—En eso, excelencia, soy su eterno servidor.

Y eso fue lo último que ambos dijeron durante un buen rato.

Varios días más tarde, Daphne volvió a mirar el calendario. Habían pasado cuarenta y seis días desde su última menstruación y aún no le había dicho nada a Simon. Sabía que debía hacerlo, pero le parecía algo prematuro. La falta de menstruación podía deberse a otra explicación; solo tenía que recordar la última visita que hizo a su madre. Violet Bridgerton no había dejado de abanicarse en ningún momento, insistiendo en que el aire era sofocante, aun cuando para Daphne había estado a una temperatura de lo más agradable.

La única vez que Daphne había pedido que encendieran la chimenea, Violet se opuso con tal fiereza que Daphne pensó que se pondría delante del hogar para protegerlo con un atizador.

—No enciendas siquiera una cerilla —había rezongado su madre.

A lo que Daphne respondió con buen tino:

—Creo que iré a buscar un chal. —Echó un vistazo a la criada de su progenitora, que temblaba de frío junto a la chimenea—. Eh… quizá también deberías buscar uno para ti.

Sin embargo, *ahora* no sentía calor. Sentía…

No sabía qué sentía. En realidad, se encontraba perfectamente bien. Lo cual era sospechoso, ya que nunca se había sentido bien estando encinta.

—¡Mamá!

Daphne dio la vuelta al calendario y levantó la mirada de su escritorio justo a tiempo para ver a su segunda hija, Belinda, deteniéndose en la entrada de la habitación.

—Entra —la invitó Daphne, agradeciendo la distracción—. Por favor.

Belinda tomó asiento en un cómodo sillón cercano y miró a su madre con la franqueza habitual de sus resplandecientes ojos azules.

—Debes hacer algo con Caroline.

—¿*Yo* debo hacer algo? —preguntó Daphne, alargando levemente el «yo».

Belinda ignoró el sarcasmo.

—Si no deja de hablar de Frederick Snowe-Mann-Formsby me volverá loca.

—¿No puedes simplemente ignorarla?

—¡Se *llama* Frederick Snowe... Mann... *Formsby*!

Daphne pestañeó.

—¡Snowman, mamá! ¡Como «muñeco de nieve»!

—Es cierto que *es* un nombre poco acertado —concedió Daphne—. Sin embargo, lady Belinda Basset, no olvides que a ti también podrían compararte con un perro de orejas caídas.

Belinda la miró con hastío, y resultó evidente de inmediato que alguien la había comparado con un *basset hound*.

—Ah —repuso Daphne, algo sorprendida de que Belinda nunca lo hubiera mencionado—. Lo lamento mucho.

—Fue hace mucho tiempo —respondió Belinda con un suspiro—. Y te aseguro que solo fue una vez.

Daphne apretó los labios, tratando de no sonreír. Por supuesto que no estaba bien fomentar las disputas, pero como ella se había pasado toda la infancia peleando con sus siete hermanos, cuatro de ellos varones, no pudo evitar alentarla con un «Bien hecho» en voz baja.

Belinda asintió con gesto majestuoso antes de decir:

—¿Hablarás con Caroline?

—¿Y qué quieres que le diga?

—No sé. Lo que sea que sueles decir. Parece que siempre surte efecto.

Estaba claro que allí subyacía un elogio, pero antes de poder analizar la oración, se le revolvió el estómago de una manera muy desagradable, sintió una extraña presión y...

—¡Discúlpame! —chilló, y corrió hacia el baño, justo a tiempo para llegar al orinal.

¡Dios mío! No era la menopausia: estaba encinta.

—¿Mamá?

Daphne agitó la mano hacia Belinda, tratando de que se marchara.

—¿Mamá? ¿Te encuentras bien?

A Daphne le vino otra arcada.

—Iré a buscar a papá —anunció Belinda.

—¡No! —poco menos que gritó Daphne.

—¿Ha sido el pescado? Porque me ha parecido que tenía un gusto dudoso.

Daphne asintió, esperando que ese fuera el final de la conversación.

—Ah, aguarda un momento, tú no has comido pescado. Lo recuerdo muy bien.

Ay, maldita Belinda y su atención a los detalles.

No era el sentimiento más maternal, pensó Daphne mientras vomitaba nuevamente, pero en ese momento no se sentía especialmente benévola.

—Has comido pollo. Yo he comido pescado, también David, pero tú y Caroline habéis comido solo pollo, y creo que papá y Amelia han comido ambas cosas, y todos hemos tomado sopa, aunque...

—¡Basta! —rogó Daphne. No deseaba hablar de comida. La sola mención...

—Será mejor que vaya a buscar a papá —volvió a decir Belinda.

—No, estoy bien —jadeó Daphne, e hizo un gesto con la mano para que su hija se callara. No quería que Simon la viera así: él sabría al instante lo que le ocurría.

O para ser más exactos, lo que iba a ocurrir. Dentro de siete meses y medio, semana arriba semana abajo.

—Muy bien —concedió Belinda—, pero al menos déjame traer a tu doncella. Deberías acostarte.

Daphne volvió a vomitar.

—Cuando termines —corrigió Belinda—. Deberías acostarte cuando termines con... eh... *eso*.

—Mi doncella —aceptó Daphne por fin. Maria deduciría la verdad de inmediato, pero no diría una sola palabra a nadie, ni a los sirvientes ni a la familia. Y quizá lo más importante, Maria sabría exactamente qué remedio darle. Tendría un gusto repugnante y peor olor, pero le calmaría el estómago.

Belinda se fue corriendo, y Daphne (en cuanto se convenció de que no le quedaba nada más en el estómago) se tambaleó hasta la cama. Se encontraba muy indispuesta; incluso el movimiento más leve hacía que se sintiera como si estuviera en el mar.

—Soy demasiado mayor para estas cosas —gimió, porque lo era. Sin duda era demasiado mayor. Si ese embarazo era como los anteriores

(¿por qué iba a ser diferente de los otros cuatro?), tendría náuseas durante por lo menos dos meses más. La falta de apetito la mantendría delgada, pero solo hasta mitad del verano, cuando duplicaría su tamaño prácticamente de la noche a la mañana. Se le hincharían los dedos hasta el punto de no poder usar anillos, no le cabría ninguno de sus zapatos y hasta un mero tramo de escaleras la dejaría exhausta.

Sería un elefante. Un elefante con dos piernas y cabello castaño.

—¡Excelencia!

Daphne no podía alzar la cabeza, así que se conformó con levantar la mano a modo de saludo silencioso y patético a Maria, que ahora estaba junto a la cama, observándola con una expresión horrorizada...

...que pronto se transformó en una de sospecha.

—Excelencia —repitió Maria, esta vez con un tono inconfundible. Sonrió.

—Lo sé —respondió Daphne—. Lo sé.

—¿El duque lo sabe?

—Todavía no.

—Pues no podrá ocultarlo mucho tiempo.

—Se marcha esta tarde y pasará algunas noches en Clyvedon —le informó Daphne—. Se lo diré cuando regrese.

—Debería decírselo ahora —opinó Maria. Veinte años de servicio la autorizaban a hablar sin reparos.

Daphne se incorporó con cuidado, deteniéndose una vez para calmar una oleada de náuseas.

—Podría malograrse —explicó—. A mi edad suele suceder.

—Ah, pero yo creo que la fase de peligro ya ha pasado —opinó Maria—. ¿No se ha mirado al espejo?

Daphne agitó la cabeza.

—Está verde.

—Pero podría no...

—No va a vomitar al bebé.

—¡Maria!

Maria se cruzó de brazos y clavó su mirada en Daphne.

—Usted sabe cuál es la verdad, excelencia. Solo que no quiere admitirla.

Daphne abrió la boca para hablar, pero no tenía nada que decir. Sabía que Maria tenía razón.

—Si todavía estuviera en la fase de peligro —prosiguió Maria con un poco más de delicadeza—, no se encontraría tan descompuesta. Mi madre tuvo ocho bebés después de tenerme a mí, y antes había tenido cuatro pérdidas. Con los embarazos que se malograron nunca se sintió indispuesta, ni siquiera una vez.

Daphne suspiró y luego asintió, dándole la razón.

—Sin embargo, voy a esperar —dijo—. Solo un poco más. —No sabía muy bien por qué deseaba guardar el secreto algunos días más, pero eso era lo que quería. Y como era su cuerpo el que sufría los embates, pensó que esa decisión le correspondía a ella.

—Ah, casi lo olvidaba —dijo Maria—. Hemos tenido noticias de su hermano. Vendrá a la ciudad la semana próxima.

—¿Colin? —preguntó Daphne.

Maria asintió.

—Con su familia.

—Deben quedarse con nosotros —repuso Daphne. Colin y Penelope no tenían casa en la ciudad, y para ahorrar solían alojarse en casa de Daphne o de su hermano mayor, Anthony, que había heredado el título y todas las responsabilidades que iban con él—. Por favor, pídele a Belinda que escriba una carta de mi parte para insistirles en que vengan a Hastings House.

Maria asintió y se retiró.

Daphne gimió y luego se durmió.

Cuando Colin y Penelope llegaron acompañados de sus cuatro encantadores hijos, Daphne vomitaba varias veces al día. Simon aún no estaba al tanto del embarazo; se había demorado en el campo (algo relacionado con la inundación de un prado) y ahora no regresaría hasta el fin de semana.

Sin embargo, Daphne no iba a permitir que su malestar le impidiera recibir a su hermano favorito.

—¡Colin! —exclamó, con una sonrisa radiante al ver los brillantes ojos verdes de su hermano—. ¡Hacía tanto tiempo que no nos veíamos!

—Es verdad —respondió él, dándole un abrazo rápido, mientras Penelope intentaba hacer que sus hijos entraran en la casa.

—¡No, no puedes perseguir a esa paloma! —dijo Penelope con voz severa—. Perdóname, Daphne, pero... —Corrió hacia los escalones de la entrada y echó el guante al cuello de la camisa de Thomas, su hijo de siete años.

—Debes sentirte agradecida de que tus pilluelos ya estén crecidos —dijo Colin, riéndose entre dientes mientras retrocedía un paso—. Nosotros no podemos... Dios mío, Daff, ¿qué te pasa?

Nada como un hermano para prescindir de toda delicadeza.

—Tienes un aspecto terrible —dijo, como si con su primer comentario no lo hubiera dejado claro.

—Estoy un poco indispuesta —murmuró Daphne—. Creo que ha sido el pescado.

—¡Tío Colin!

Daphne agradeció que Colin se distrajera con Belinda y Caroline, que corrieron escaleras abajo de una forma en absoluto refinada.

—¡Tú! —exclamó con una sonrisa, abrazando a una de sus sobrinas—. ¡Y tú! —Levantó la mirada—. ¿Dónde está la otra?

—Amelia ha salido de compras —explicó Belinda antes de prestar atención a sus primos pequeños. Agatha tenía nueve años recién cumplidos, Thomas siete y Jane, seis. El pequeño Georgie cumpliría tres el mes siguiente.

—¡Estás tan grande! —exclamó Belinda, con una sonrisa radiante a Jane.

—¡He crecido cinco centímetros el mes pasado! —anunció la niña.

—Durante el año pasado —la corrigió Penelope con dulzura. Como no alcanzaba a Daphne para abrazarla, se inclinó y apretó su mano—. Sé que tus hijas ya estaban bastante crecidas la última vez que nos vimos, pero juro que aún me sorprenden cada vez que las veo.

—También a mí —admitió Daphne. Todavía se despertaba todas las mañanas casi esperando que estuvieran vestidas con delantales. Pero ya eran señoritas, casi adultas...

Era desconcertante.

—Ya sabes lo que dicen sobre la maternidad —dijo Penelope.

—¿Qué dicen? —murmuró Daphne.

Penelope hizo una pausa lo suficientemente larga como para sonreír con ironía.

—Los años pasan volando y los días son interminables.

—Eso es imposible —anunció Thomas.

Agatha suspiró ofendida.

—Se lo toma todo al pie de la letra.

Daphne alborotó el cabello castaño claro de Agatha con la mano.

—¿De verdad solo tienes nueve años? —Adoraba a Agatha desde siempre. Esa niña tan seria y resuelta tenía algo que la conmovía.

Agatha, siendo como era, se dio cuenta de inmediato de que era una pregunta retórica y se puso de puntillas para dar un beso a su tía.

Daphne le devolvió el gesto con un ligero beso en la mejilla y luego se giró hacia la niñera de la joven familia, que estaba de pie junto a la puerta y sostenía al pequeño Georgie.

—¿Y cómo estás tú, mi bebé precioso? —susurró, extendiendo los brazos para alzar al niño. Era rollizo, rubio y de mejillas rosadas, y despedía un delicioso aroma a bebé, a pesar de que ya no era tan pequeño—. Estás sabrosísimo —dijo, fingiendo darle un mordisco en el cuello. Después, comprobó lo que ya pesaba y lo meció ligeramente de ese modo instintivo que tienen las madres.

—Ya no necesitas que te acunen, ¿verdad? —murmuró, volviendo a besarlo. Tenía una piel tan suave que se acordó de la época en que era una madre joven. Había tenido nodrizas y niñeras, por supuesto, pero se había escabullido a las habitaciones de los niños en incontables ocasiones para besarlos en la mejilla y verlos dormir.

¡Ah, qué época! Era una sentimental. Eso no era nada nuevo.

—¿Cuántos años tienes ahora, Georgie? —preguntó, pensando que, quizá, *tendría* que volver a pasar por aquello. Tampoco tenía mucha elección. Sin embargo, se sintió más tranquila estando allí, con el pequeño entre sus brazos.

Agatha tironeó de su manga y murmuró:

—Él no habla.

Daphne pestañeó.

—¿Cómo dices?

Agatha miró a sus padres, como si no estuviera segura de si debía decir algo, pero estaban ocupados charlando con Belinda y Caroline y no prestaron atención.

—Él no habla —repitió—. Ni una palabra.

Daphne se inclinó hacia atrás levemente para poder ver de nuevo la cara de Georgie. Él le sonrió, arrugando los ojos en las comisuras, como hacía Colin.

Daphne volvió a mirar a Agatha.

—¿Entiende lo que le dicen?

Agatha asintió.

—Cada palabra; estoy segura. —Su voz se redujo a un murmullo—. Creo que mamá y papá están preocupados.

¿Un niño a punto de cumplir tres años que no hablaba ni una palabra? *Claro* que estaban preocupados. De pronto entendió el motivo del inesperado viaje de Colin y Penelope a la ciudad: venían en busca de orientación. A Simon le había pasado exactamente lo mismo de pequeño: no habló hasta los cuatro años. Y luego había sufrido un tartamudeo agotador durante años. Incluso ahora, cuando estaba especialmente disgustado por algo, volvía a sucederle; ella se daba cuenta por su voz. Una extraña pausa, un sonido repetido, la voz entrecortada. Su marido aún se mostraba cohibido al respecto, aunque no tanto como cuando se habían conocido.

Pero ella podía verlo en sus ojos. Un destello de dolor. O quizá de enfado. Consigo mismo, por su propia debilidad. Daphne suponía que había ciertas cosas que la gente nunca superaba, no por completo.

A regañadientes, Daphne devolvió a Georgie a su niñera e instó a Agatha a ir escaleras arriba.

—Ve, querida —dijo—. El cuarto infantil te espera. Hemos puesto todos los antiguos juguetes de las niñas.

Miró con orgullo cuando Belinda tomó de la mano a Agatha.

—Puedes jugar con mi muñeca favorita —dijo Belinda de forma solemne.

Agatha miró a su prima con una expresión que solo podría describirse como reverencial y la siguió escaleras arriba.

Daphne esperó a que todos los niños se retiraran para dirigirse a su hermano y su cuñada.

—¿Queréis té? —ofreció—. ¿O preferís ir a cambiaros la ropa de viaje?

—Té —pidió Penelope con el típico suspiro de madre exhausta—. Por favor.

Colin asintió también y juntos fueron al salón. Una vez que estuvieron sentados, Daphne decidió que no tenía sentido andarse con rodeos. Al fin y al cabo se trataba de su hermano, y él sabía que podía hablar con ella de lo que fuera.

—Estáis preocupados por Georgie —dijo. Fue una afirmación, no una pregunta.

—Todavía no ha dicho ni una palabra —informó Penelope con voz uniforme, aunque la garganta se le contrajo por la emoción.

—Pero nos entiende —explicó Colin—. Estoy seguro. Justo el otro día le pedí que recogiera sus juguetes y lo hizo. De inmediato.

—A Simon le pasaba lo mismo —dijo Daphne. Miró a Colin y luego a Penelope—. Supongo que habéis venido por eso, ¿verdad? ¿Para hablar con Simon?

—Esperábamos que él pudiera darnos su opinión —respondió Penelope.

Daphne asintió lentamente.

—Estoy segura de que os la dará. Me temo que se ha demorado en el campo, pero espero que regrese antes del fin de semana.

—No hay prisa —dijo Colin.

Por el rabillo del ojo Daphne vio que Penelope hundía los hombros. Fue un movimiento muy leve, pero que cualquier madre reconocería. Penelope sabía que no había prisa; habían esperado durante casi tres años a que Georgie hablara; unos días más no marcarían la diferencia. Sin embargo, deseaba con desesperación *hacer* algo. Actuar, curar a su hijo.

Venir desde tan lejos solo para enterarse de que Simon no estaba... debía de ser desalentador.

—Creo que es una muy buena señal que él os comprenda —opinó Daphne—. Me preocuparía mucho más si no lo hiciera.

—En todo lo demás es completamente normal —repuso Penelope con vehemencia—. Corre, salta, come. Creo que incluso lee.

Colin se volvió hacia ella, sorprendido.

—¿De verdad?

—Eso creo —respondió Penelope—. La semana pasada lo vi con la cartilla de William.

—Probablemente solo miraba las ilustraciones —dijo Colin con dulzura.

—Eso pensé, ¡pero luego me fijé en sus ojos! Se movían de un lado a otro, seguía las palabras.

Ambos se volvieron hacia Daphne, como si ella tuviera todas las respuestas.

—Supongo que podría estar leyendo —dijo Daphne, sintiéndose incómoda. Deseaba tener todas las respuestas. Quería decirles algo más que *supongo* o *quizá*—. Es muy pequeño, pero no hay motivo para dudar que pueda leer.

—Es muy inteligente —dijo Penelope.

Colin la miró con indulgencia.

—Querida...

—¡Lo es! William y Agatha también leían con cuatro años.

—Es cierto —admitió Colin, pensativo—. Agatha comenzó a leer a los tres. Nada muy difícil, pero sí palabras cortas. Lo recuerdo muy bien.

—Georgie está leyendo —insistió Penelope con firmeza—. Estoy segura.

—Bueno, eso significa que tenemos menos de qué preocuparnos —dijo Daphne con decidido entusiasmo—. A cualquier niño que lee antes de su tercer cumpleaños, no le costará mucho hablar cuando esté preparado.

No sabía si ese sería el caso, pero confiaba que sí. Además, *parecía* razonable pensarlo. Y si Georgie resultaba ser tartamudo como Simon, su familia lo amaría y adoraría igual, y le daría todo el apoyo necesario para convertirse en la persona maravillosa en que ella sabía que se convertiría.

Él tendría todo lo que Simon no había tenido de niño.

—Todo saldrá bien —dijo Daphne, inclinándose para tomar la mano de Penelope entre las suyas—. Ya verás.

Penelope apretó los labios, y Daphne vio que se le hacía un nudo en la garganta. Se volvió, deseando darle a su cuñada un momento para recuperarse. Colin masticaba su tercera galleta y se servía una taza de té, así que decidió hacerle a él la siguiente pregunta:

—¿El resto de los niños está bien? —quiso saber.

Colin tragó un sorbo de té.

—Muy bien. ¿Y los tuyos?

—David ha estado haciendo travesuras en la escuela, pero parece que se está tranquilizando.

Colin tomó otra galleta.

—¿Y las niñas no te están dando problemas?

Daphne pestañeó, sorprendida.

—No, por supuesto que no, ¿por qué lo preguntas?

—Tienes muy mal aspecto —respondió su hermano.

—¡Colin! —exclamó Penelope.

Colin se encogió de hombros.

—Es verdad. Pregunté al respecto cuando llegamos.

—De todos modos... —lo reprendió su esposa— no deberías...

—Si yo no puedo decirle la verdad a mi hermana, ¿quién más puede? —dijo con sinceridad—. O, mejor dicho. ¿Quién *lo hará*?

Penelope bajó el tono de voz hasta convertirlo en un murmullo apremiante.

—No es la clase de cosas que uno comenta.

Él miró a su esposa un momento. Luego a Daphne. Y después volvió a mirar a Penelope.

—No tengo idea de qué estás hablando —dijo.

Penelope abrió la boca y se le ruborizaron las mejillas. Después, miró a Daphne, como si dijera: *¿Y bien?*

Daphne se limitó a suspirar. *¿Tan* evidente era su estado?

Penelope miró a Colin con impaciencia y empezó a explicarle:

—Ella está... —Se volvió hacia Daphne—. Lo estás, ¿verdad?

Daphne hizo un leve gesto de asentimiento para confirmarlo.

Penelope miró a su marido con aire de suficiencia.

—Está encinta.

Colin se quedó inmóvil durante aproximadamente medio segundo antes de continuar con su acostumbrada actitud imperturbable.

—No, no lo está.

—Sí, lo está —respondió Penelope.

Daphne decidió no hablar. Sentía náuseas de todos modos.

—Su hijo pequeño tiene diecisiete años —señaló Colin. Miró a Daphne—. Tiene esa edad, ¿verdad?

—Dieciséis —murmuró Daphne.

—Dieciséis —repitió su hermano, dirigiéndose a Penelope—. Igualmente.

—¿Igualmente?

—Igualmente.

Daphne bostezó. No pudo evitarlo. Últimamente se sentía *exhausta*.

—Colin —dijo Penelope, con ese tono paciente y ligeramente condescendiente que a Daphne le *encantaba* oír cuando alguien se dirigía a su hermano—, la edad de David no tiene nada que ver con...

—Lo sé —interrumpió él, mirándola con cierta irritación—. Pero no crees que, si ella estuviera... —Agitó una mano hacia Daphne, y esta se preguntó si su hermano no podría pronunciar la palabra *embarazada* cuando se refería a su propia hermana.

Colin se aclaró la garganta.

—Pues, no habría existido un período de dieciséis años.

Daphne cerró los ojos un momento y luego apoyó la cabeza sobre el respaldo del sofá. *Debería* sentirse avergonzada. Era su hermano. Y aunque utilizara términos tan imprecisos, hablaba de los aspectos más íntimos de su matrimonio con Simon.

Soltó un murmullo de cansancio, entre un suspiro y un bostezo. Tenía demasiado sueño para sentirse avergonzada. Y puede que también demasiada edad. A las mujeres debería permitírseles prescindir de los arrebatos de modestia después de los cuarenta.

Además, Colin y Penelope estaban discutiendo, y eso era bueno, porque de ese modo no pensaban en el problema de Georgie.

Daphne lo encontraba muy entretenido. Era estupendo ver a cualquiera de sus hermanos atrapado en un callejón sin salida con su esposa.

A los cuarenta y un años no era demasiado mayor para sentir un leve placer ante el malestar de su hermano. Aunque (pensó mientras bostezaba) sería más divertido si estuviera un poco más despierta para disfrutarlo. Sin embargo...

—¿Se ha dormido?

Colin observó a su hermana sin poder creerlo.

—Creo que sí —respondió Penelope.

Colin se inclinó hacia ella, estirando el cuello para verla mejor.

—Hay tantas cosas que podría hacerle en este momento —musitó—. Ranas, langostas, ríos convertidos en sangre...

—¡Colin!

—Es muy tentador.

—También es una prueba —dijo Penelope con una sutil sonrisa.

—¿Prueba?

—De que está embarazada, tal como te he dicho. —Pero al ver que no estaba de acuerdo de inmediato, agregó—: ¿Alguna vez la has visto quedarse dormida en mitad de una conversación?

—No desde que... —Colin calló.

La sonrisita de Penelope dejó de ser sutil.

—Exactamente.

—Detesto cuando tienes razón —gruñó Colin.

—Lo sé. Una lástima para ti que tenga razón tan a menudo.

Colin miró a Daphne, que había empezado a roncar.

—Supongo que deberíamos quedarnos con ella —dijo con cierta renuencia.

—Llamaré a la doncella —repuso Penelope.

—¿Crees que Simon lo sabe?

Penelope miró por encima de su hombro después de tocar la campanilla.

—Ni idea.

Colin agitó la cabeza.

—El pobre se va a llevar la sorpresa de su vida.

Cuando Simon por fin regresó de Londres con una semana entera de retraso, estaba exhausto. Siempre había sido un terrateniente muy comprometido, incluso ahora que rondaba los cincuenta años. De modo que, cuando varios de sus campos se inundaron, entre ellos el que era el único sustento de una familia arrendataria, se arremangó y se puso a trabajar junto a sus hombres.

En sentido figurado, por supuesto. Nadie se había arremangado, ya que hacía muchísimo frío en Sussex. Un frío que empeoraba si estabas mojado. Y todos se habían mojado por la inundación.

Así que estaba fatigado, seguía helado (no estaba seguro de si sus dedos volverían a recuperar su temperatura habitual) y echaba de menos a su familia. Les habría pedido que se unieran a él en el campo, pero las niñas se estaban preparando para la temporada y había visto a Daphne un tanto pálida cuando se marchó.

Esperaba que no estuviera a punto de resfriarse. Cuando su esposa se ponía enferma, toda la casa se veía afectada.

Ella creía que era estoica. En cierta ocasión él había intentado señalar que una persona verdaderamente estoica no andaría por la casa diciendo a cada rato «No os preocupéis, estoy bien» mientras se desplomaba en cada silla.

En realidad, había intentado decírselo dos veces. La primera vez le dijo algo a lo que ella no respondió. En ese momento pensó que quizá ella no lo había oído. Ahora que lo pensaba bien, seguro que Daphne eligió no oírlo, porque la segunda vez que decidió decirle algo sobre la auténtica naturaleza de una persona estoica, ella le respondió de una manera...

Bueno, baste decir que, en lo que se refería a su esposa y al resfriado común, de su boca jamás volvería a salir otra cosa que no fuera «¡Pobrecita!» y «¿Te traigo un poco de té?».

Un hombre aprendía ciertas cosas después de dos décadas de matrimonio.

Cuando entró en el vestíbulo principal, el mayordomo lo estaba esperando. Su rostro tenía su expresión habitual: es decir, ninguna.

—Gracias, Jeffries —murmuró Simon entregándole el sombrero.

—Su cuñado está en la casa —le informó Jeffries.

Simon se detuvo.

—¿Cuál de ellos? —Tenía siete cuñados.

—El señor Colin Bridgerton, excelencia. Con su familia.

Simon ladeó la cabeza.

—¿De verdad? —No oía ruidos ni alboroto.

—Han salido, excelencia.

—¿Y la duquesa?

—Está descansando.

Simon no pudo evitar un gruñido.

—No está enferma, ¿verdad?

Jeffries se ruborizó, de una forma poco habitual en él.

—No sabría decirle, excelencia.

Simon observó a Jeffries con curiosidad.

—¿Está enferma, o no lo está?

Jeffries tragó saliva, se aclaró la garganta y respondió:

—Creo que está cansada, excelencia.

—Cansada —repitió Simon, más para sus adentros, ya que era evidente que Jeffries se moriría de una inexplicable vergüenza si seguía hablando del tema. Sacudió la cabeza y se dispuso a subir la escalera mientras agregaba—: Por supuesto que está cansada. Colin tiene cuatro hijos menores de diez años, y seguro que mi mujer cree que debe mimarlos mientras están aquí.

Quizá se acostaría junto a ella. Él también estaba agotado, y siempre dormía mejor cuando ella estaba cerca.

Cuando llegó a su habitación, la puerta estaba cerrada. Estuvo a punto de llamar (era un hábito que tenía frente a una puerta cerrada, aunque fuera la de su propio dormitorio), pero en el último momento giró el picaporte y empujó con suavidad. Puede que Daphne estuviera durmiendo. Si de verdad estaba cansada, debía dejarla descansar.

Entró a la habitación con sigilo. Las cortinas estaban a medio cerrar, y pudo ver a Daphne tendida en la cama, muy quieta. Se acercó de puntillas. *Era cierto* que parecía estar pálida, aunque era difícil asegurarlo bajo la luz tenue.

Bostezó y se sentó en el lado opuesto de la cama, inclinándose hacia adelante para quitarse las botas. Se aflojó el pañuelo, se lo quitó por completo y se acercó hacia ella. No iba a despertarla, solo se arrimaría para entrar en calor.

La había echado de menos.

Se acomodó con un suspiro de satisfacción y la rodeó con el brazo, apoyándolo justo debajo de su caja torácica, y...

—¡Puaj!

Daphne saltó como un resorte y prácticamente se precipitó de la cama.

—¿Daphne? —Simon se sentó, justo a tiempo para ver cómo su esposa corría hacia la bacinilla.

¿La bacinilla?

—Cielo santo —dijo, estremeciéndose mientras oía sus arcadas—. ¿Ha sido el pescado?

—No pronuncies esa palabra —dijo ella, jadeando.

Seguro que se trataba del pescado. Tendrían que encontrar otra pescadería en la ciudad.

Salió de la cama y buscó una toalla.

—¿Puedo ayudarte en algo?

Daphne no respondió. Tampoco esperaba que lo hiciera. Sin embargo, extendió la toalla, tratando de no estremecerse cuando ella vomitó por lo que parecía ser la cuarta vez.

—¡Pobrecita! —murmuró—. Lamento tanto que te haya ocurrido esto. No estabas así desde...

Desde...

Ay, Dios mío.

—¿*Daphne?* —preguntó con voz temblorosa. Diablos, le temblaba todo el cuerpo.

Ella asintió.

—Pero... ¿cómo...?

—Como siempre, me imagino —respondió ella, tomando la toalla agradecida.

—Pero ha sido... hace... —Simon trató de pensar. No podía pensar. Su cerebro había dejado de funcionar por completo.

—Creo que ya he terminado —dijo Daphne. Sonaba exhausta—. ¿Podrías traerme un poco de agua?

—¿Estás segura? —Si mal no recordaba, ella volvería a vomitar el agua en la bacinilla.

—Está allí —dijo ella, señalando con un débil movimiento la jarra que había sobre la mesa—. No me la voy a tragar.

Simon le sirvió un vaso y esperó mientras ella se enjuagaba la boca.

—Bueno —dijo él, carraspeando varias veces—. Yo... eh... —Tosió nuevamente. No podía pronunciar palabra. Y esta vez no podía culpar a su tartamudez.

—Todo el mundo lo sabe —dijo Daphne, mientras apoyaba la mano sobre el brazo de él para volver a la cama.

—¿Todo el mundo? —repitió él.

—No tenía pensado decir nada hasta tu regreso, pero lo adivinaron.

Él asintió lentamente, tratando de asimilar toda la información. Un bebé. A su edad. A la edad *de ella*.

Era...

Era...

Era algo *extraordinario*.

Le resultó extraño lo mucho que le había sorprendido la noticia. Sin embargo, ahora que había superado el impacto inicial, solo sentía alegría.

—¡Es una noticia maravillosa! —exclamó. Se acercó a ella para abrazarla, pero se lo pensó mejor al ver lo pálida que estaba—. Nunca dejas de complacerme —agregó, optando por darle una palmadita en el hombro.

Ella se estremeció y cerró los ojos.

—No muevas la cama —gimió—. Me mareo.

—Pero tú no te mareas —le recordó él.

—Sí, cuando estoy encinta.

—Eres un pato extraño, Daphne Basset —murmuró, y luego retrocedió para A) dejar de mover la cama, y B) alejarse de ella en caso de que se ofendiera por la comparación.

(Había una anécdota al respecto. Cuando estaba en avanzado estado de gestación de Amelia, Daphne le había preguntado si estaba radiante o si solo parecía un pato mareado. Él le había respondido que parecía un pato radiante. Pero no fue la respuesta que ella esperaba).

Carraspeó y dijo:

—¡Pobrecita!

Y luego huyó.

Varias horas después, Simon estaba sentado en su enorme escritorio de roble macizo, con los codos apoyados sobre la madera lisa y el dedo índice derecho haciendo círculos sobre el borde de la copa de coñac, que ya había llenado dos veces.

Había sido un día memorable.

Aproximadamente una hora después de dejar a Daphne para que durmiera su siesta, Colin y Penelope regresaron con su prole, y todos juntos tomaron té y galletas en la sala del desayuno. Simon había querido ir a la sala de estar, pero Penelope sugirió un sitio alternativo, un lugar sin «telas y tapizados costosos».

El pequeño Georgie había sonreído a Simon al oírla, con el rostro aún manchado con una sustancia que esperaba fuera chocolate.

Mientras observaba el sinfín de migas que caían de la mesa al suelo y la servilleta mojada que habían usado para secar el té que había tirado Agatha, recordó que él y Daphne siempre tomaban el té allí cuando los niños eran pequeños.

Era gracioso cómo uno olvidaba esos detalles.

Sin embargo, cuando terminaron de tomar el té, Colin le pidió hablar en privado. Se habían retirado a su despacho, y fue allí donde su cuñado le confió el problema de Georgie.

El niño no hablaba.

Su vista era muy buena. Colin pensaba que ya sabía leer.

Pero no hablaba.

Colin le había pedido consejo, y Simon se dio cuenta de que no tenía ninguno para darle. Por supuesto que había pensado en ello. Era una preocupación que lo había perseguido cada vez que Daphne se quedaba encinta, hasta que cada uno de sus hijos había empezado a formar frases.

Supuso que ahora también se preocuparía. Llegaría otro bebé, otra personita a la que amaría con locura... y que sería motivo de inquietud.

Lo único que pudo aconsejarle a Colin fue que amara al niño. Que le hablara y lo elogiara, que lo llevara a cabalgar y a pescar: todas esas cosas que un padre debería hacer con un hijo.

Todas esas actividades que su padre nunca había hecho con él.

Últimamente no pensaba mucho en su padre. Debía agradecérselo a Daphne. Antes de conocerla, había estado obsesionado con vengarse de él. Había deseado hacerle daño, hacerlo sufrir tanto como él había padecido de niño, con todo el dolor y la angustia de saberse rechazado por sus deficiencias.

No le había importado que su padre estuviera muerto. Había querido vengarse de todos modos y había necesitado mucho amor, primero de Daphne y luego de sus hijos, para desterrar ese fantasma. Y cuando Daphne le entregó un paquete de cartas de su padre, que le habían encomendado, por fin se dio cuenta de que era libre. No había querido quemarlas ni romperlas en pedazos.

Tampoco había querido leerlas.

Había mirado la pila de sobres, atados cuidadosamente con una cinta roja y dorada, y se había dado cuenta de que no sentía nada. Ni enfado, ni pena, ni siquiera remordimiento. Había sido la mayor victoria que podía haber imaginado.

No estaba seguro de cuánto tiempo habían estado las cartas en el escritorio de Daphne. Sabía que las había guardado en el último cajón, y de vez en cuando, había echado un vistazo para ver si seguían allí.

Pero al final, también había dejado de hacerlo. No había olvidado las cartas (de vez en cuando sucedía algo que reavivaba su memoria), aunque no las recordaba tan a menudo. Y, probablemente, se había desentendido de ellas durante meses hasta que un día abrió el último cajón de su escritorio y vio que Daphne las había guardado allí.

De eso hacía veinte años.

Y aunque seguía sin tener ganas de quemarlas o romperlas, tampoco sentía la necesidad de abrirlas.

Hasta ahora.

Bueno, no.

¿O tal vez sí?

Volvió a mirarlas, aún atadas con esa cinta. ¿*Quería* abrirlas? ¿Habría algo en las cartas de su padre que pudiese ayudar a Colin y a Penelope a orientar a Georgie a lo largo de lo que posiblemente sería una niñez difícil?

No. Era imposible. Su padre había sido un hombre severo, sin sentimientos ni arrepentimientos. Había estado tan obsesionado con su herencia y su título que había dado la espalda a su propio hijo. No había nada, nada, que hubiese escrito que pudiera ayudar a Georgie.

Simon tomó las cartas. Las hojas estaban secas. Olían a viejo.

El fuego en la chimenea parecía reciente. Caliente, brillante y redentor. Observó las llamas hasta que su visión se volvió borrosa; permaneció sentado incontables minutos, recordando las últimas palabras que su padre le había dirigido. Cuando su padre murió, no se hablaban desde hacía más de cinco años. Si había algo que el viejo duque le hubiera querido decir, estaría en esas cartas.

—¿Simon?

Levantó la mirada despacio sin poder salir de su ensoñación. Daphne estaba de pie junto a la puerta, con la mano apoyada en el marco. Llevaba su camisón favorito color azul claro. Lo tenía desde hacía años; cada vez que él le preguntaba si quería cambiarlo, ella se negaba. Algunas cosas eran mejores suaves y cómodas.

—¿Vienes a la cama? —preguntó.

Él asintió y se puso de pie.

—En seguida. Yo solo... —Carraspeó, porque la verdad era... que no estaba seguro de lo que estaba haciendo. Ni siquiera estaba seguro de lo que había estado pensando—. ¿Cómo te sientes? —le preguntó.

—Mejor. Siempre me encuentro mejor por la noche. —Daphne se acercó unos pasos—. He comido un trozo de tostada e incluso algo de mermelada, y... —Se detuvo; el único movimiento de su rostro fue un rápido parpadeo. Estaba mirando las cartas. Él no se había dado cuenta de que aún las tenía en la mano cuando se levantó.

—¿Vas a leerlas? —preguntó ella con voz queda.

—Pensé que... quizá... —Tragó saliva—. No sé.

—Pero, ¿por qué ahora?

—Colin me contó lo de Georgie. Creí que podría encontrar algo útil aquí. —Movió su mano levemente, sosteniendo la pila de cartas a un poco más de altura—. Algo que pudiese ayudarlo.

Daphne abrió la boca, pero pasaron varios segundos antes de que fuera capaz de hablar.

—Creo que eres uno de los hombres más buenos y generosos que he conocido jamás.

Él la miró, confundido.

—Sé que no quieres leerlas —añadió ella.

—En realidad no me importa...

—Sí, te importa —lo interrumpió ella con suavidad—. No lo suficiente para destruirlas, pero aún significan algo para ti.

—Apenas pienso en ellas —respondió él. Y era verdad.

—Lo sé. —Extendió la mano, tomó la de él y le acarició suavemente los nudillos con el pulgar—. Pero solo porque te hayas liberado de tu padre no significa que nunca te haya importado.

Él no habló. No supo qué decir.

—No me sorprende que, si por fin decides leerlas, sea para ayudar a otra persona.

Simon tragó saliva y luego se aferró a la mano de Daphne como si fuera una cuerda salvavidas.

—¿Quieres que las abra? —preguntó ella.

Él asintió y, sin decir palabra, le entregó la pila.

Daphne caminó hasta una silla cercana y se sentó, tirando de la cinta hasta que se soltó el lazo.

—¿Están en orden? —quiso saber.

—No lo sé —admitió Simon, y volvió a sentarse detrás de su escritorio. Se encontraba lo suficientemente lejos como para no poder ver las páginas.

Ella asintió y luego rompió el sello del primer sobre con cuidado. Sus ojos se movieron a lo largo de las líneas... o al menos él así lo creyó. La luz era demasiado tenue para ver su expresión con claridad, pero la había visto leer suficientes cartas como para conocer exactamente sus expresiones.

—Tenía una pésima caligrafía —murmuró Daphne.

—¿De verdad? —Ahora que lo pensaba, Simon no estaba seguro de haber visto jamás la letra de su padre. En algún momento debió de haberla visto. Pero no la recordaba.

Esperó un rato más, tratando de no contener el aliento cuando ella volvió la página.

—No ha escrito en el reverso —dijo ella con sorpresa.

—Claro que no —señaló él—. Jamás hizo nada semejante al ahorro.

Ella levantó la mirada y arqueó las cejas.

—El duque de Hastings no necesita ahorrar —dijo Simon con voz seca.

—¿De verdad? —Daphne se puso con la siguiente página y murmuró—: Tendré que recordarlo la próxima vez que vaya a la modista.

Él sonrió. Le encantaba que ella pudiera hacerlo sonreír en un momento como aquel.

Un rato más tarde Daphne volvió a plegar las páginas y levantó la mirada. Hizo una breve pausa, quizá por si él quería decir algo, pero al ver que seguía callado, comentó:

—En realidad es bastante aburrida.

—¿Aburrida? —No sabía muy bien qué había estado esperando, pero desde luego eso no.

Daphne se encogió de hombros levemente.

—Habla de la cosecha, y de una mejora en el ala este de la casa, y sobre varios arrendatarios que sospechaba que lo estafaban. —Apretó los labios con desaprobación—. Es mentira, por supuesto. Se refiere al señor Miller y al señor Bethum. Ellos jamás estafarían a nadie.

Simon pestañeó. Había pensado que las cartas de su padre incluirían una disculpa. O, por el contrario, más acusaciones de ineptitud. Nunca se le había ocurrido que su padre solo haría un relato del estado de sus propiedades.

—Tu padre era un hombre muy desconfiado —murmuró Daphne.

—Ya lo creo.

—¿Leo la siguiente?

—Sí, por favor.

Eso hizo, y fue más de lo mismo, excepto que en esta ocasión hablaba de un puente que había que reparar y una ventana que no se había construido según sus especificaciones.

Y así sucesivamente. Arrendamientos, cuentas, reparaciones, quejas... De vez en cuando una tentativa de acercamiento, pero nada más personal que *Estoy pensando en organizar una partida de caza el mes próximo, dime si te interesa participar*. Era increíble. Su padre no solo había negado su existencia cuando lo consideraba un idiota tartamudo, sino que había conseguido negar su propia negación cuando Simon logró hablar de forma clara y satisfactoria. Actuaba como si nunca hubiese sucedido, como si jamás hubiese deseado que su propio hijo estuviera muerto.

—¡Dios mío! —exclamó Simon, porque *algo* tenía que decir.

Daphne levantó la mirada.

—¿Mmm?

—Nada —murmuró él.

—Es la última —dijo Daphne, sosteniendo la carta en alto.

Él suspiró.

—¿Quieres que la lea?

—Por supuesto —respondió él con sarcasmo—. Podría dar información sobre los arrendamientos. O las cuentas.

—O una mala cosecha —bromeó Daphne, obviamente tratando de no sonreír.

—O eso —respondió él.

—Arrendamientos —anunció ella cuando terminó de leer—. Y cuentas.

—¿Y la cosecha?

Ella sonrió levemente.

—Esa temporada la cosecha fue buena.

Simon cerró los ojos un momento mientras su cuerpo se liberaba de una extraña tensión.

—Qué raro —dijo Daphne—. Me pregunto por qué nunca te las envío.

—¿A qué te refieres?

—Pues, a que no lo hizo, ¿no te acuerdas? Las guardó hasta el final, y luego se las entregó a lord Middlethorpe antes de morir.

—Supongo que sería porque yo estaba fuera del país. No sabría adónde enviarlas.

—Sí, por supuesto. —Daphne frunció el ceño—. Aun así, me parece interesante que dedicara tiempo a escribirte las cartas sin pensar en despacharlas. Si yo escribiera cartas a alguien a quien no pudiera enviárselas, lo haría porque tendría algo que decirle, algo importante que querría que esa persona supiese, aun después de mi muerte.

—Esa es una de las muchas razones por las cuales no eres como mi padre —afirmó Simon.

Ella sonrió, apenada.

—Pues, sí, supongo que sí. —Se puso de pie y dejó las cartas sobre una mesa pequeña—. ¿Vamos a la cama?

Él asintió y caminó junto a ella. Pero antes de tomarla del brazo agarró las cartas y las arrojó al fuego. Daphne soltó un leve jadeo cuando se dio la vuelta a tiempo para verlas ennegrecerse y consumirse.

—No hay nada en ellas que valga la pena guardar —dijo. Se inclinó hacia ella y la besó, primero en la nariz y luego en la boca—. Vamos a la cama.

—¿Qué les dirás a Colin y a Penelope? —preguntó Daphne mientras caminaban del brazo hacia la escalera.

—¿Sobre Georgie? Lo mismo que les he dicho esta tarde. —Volvió a besarla, esta vez en la frente—. Simplemente que lo quieran. Es lo único que pueden hacer. Si habla, hablará. Si no, no hablará. Pero de un modo u otro, todo saldrá bien, siempre y cuando lo quieran.

—Simon Arthur Fitzranulph Basset, eres un padre excelente.

Simon trató de no explotar de orgullo.

—Has olvidado «Henry».

—¿Qué?

—Simon Arthur *Henry* Fitzranulph Basset.

Ella resopló.

—Tienes demasiados nombres.

—Pero no demasiados hijos. —Dejó de caminar y la acercó hacia él hasta que estuvieron frente a frente. Apoyó una mano suavemente sobre su vientre—. ¿Crees que podremos volver a hacerlo?

Ella asintió.

—Siempre y cuando te tenga a mi lado.

—No —dijo él con dulzura—. Siempre y cuando yo te tenga *a ti*.

El vizconde que me amó

Sin duda alguna, la escena favorita de los lectores de *El vizconde que me amó* (y quizá de todos mis libros) es cuando los Bridgerton se reúnen para jugar al palamallo, el cróquet del siglo XIX. Son brutalmente competitivos y no respetan en absoluto las reglas, ya que hace tiempo decidieron que, lo único mejor que ganar, es asegurarse de que sus hermanos pierdan. A la hora de revisar los personajes de este libro, supe que tenía que haber un partido de revancha de palamallo.

El vizconde que me amó
Segundo epílogo

Dos días antes...

Kate atravesó el césped a toda prisa, mirando por encima del hombro para asegurarse de que su marido no la estuviera siguiendo. Quince años de matrimonio le habían enseñado algunas cosas, y sabía que él estaría observando cada uno de sus movimientos.

Pero ella era inteligente. Y decidida. Y sabía que, a cambio de una libra, el ayuda de cámara de Anthony era capaz de fingir el desastre más maravilloso en lo que a ropa se refería. Por ejemplo, poner mermelada en la plancha, o quizás una plaga en el armario: arañas, ratones... Daba igual cuál. Kate estaba más que feliz de dejar los detalles al sirviente, siempre que Anthony se distrajera el tiempo suficiente para que ella pudiera escaparse.

—Es mío, todo mío —rio, en un tono similar al que había usado el mes anterior durante la representación de *Macbeth* de la familia Bridgerton. Su hijo mayor había asignado los papeles; a ella le había tocado el de Bruja Primera.

Kate fingió no darse cuenta cuando Anthony lo recompensó con un caballo nuevo.

Ahora él se las pagaría. Sus camisas tendrían manchas rosas por la mermelada de frambuesa, y ella...

Sonreía tanto que se echó a reír.

—Mío, mío, mío, *míiiiiiiiiiiiío* —cantó, abriendo con fuerza la puerta del cobertizo en la última sílaba, que resultó ser la nota profunda y grave de la Quinta Sinfonía de Beethoven.

—Mío, mío, mío, *míiiiiiiiiiiiío*.

Lo tenía. Era suyo. Casi podía saborearlo. Hasta lo habría degustado, si eso le hubiera garantizado que terminaría en sus manos. Por supuesto que no tenía un gusto especial por la madera, pero este no era un instrumento de destrucción cualquiera. Era...

El mazo de la muerte.

—Mío, mío, mío, *mío*, mío, mío, mío, *mío*, mío, mío, mío, *míiiiiiiiiiiiío* —continuó, pasando a la sección de saltos que seguía al conocido estribillo.

Apenas podía contener la emoción cuando tiró de la manta hacia un lado. El juego de palamallo estaría en el rincón, como siempre, y en un instante...

—¿Buscabas esto?

Kate giró sobre sus talones. Allí estaba Anthony, junto a la puerta, sonriendo diabólicamente mientras giraba el mazo negro entre sus manos.

Con la camisa blanca inmaculada.

—Tú... Tú...

Anthony enarcó una ceja.

—Nunca has sido muy hábil con las palabras cuando estás enfadada.

—¿Cómo has...? ¿Cómo has...?

Él se inclinó hacia adelante con los ojos entrecerrados.

—Le he pagado *cinco* libras.

—¿Le has dado cinco libras a Milton? —Cielo santo, era prácticamente el salario anual del ayuda de cámara.

—Es mucho más barato que reemplazar todas mis camisas —repuso, frunciendo el entrecejo—. ¿Mermelada de frambuesa? ¿En serio? ¿No has pensado en lo que costaría?

Kate contempló el mazo con nostalgia.

—El partido es dentro de tres días —declaró Anthony con un suspiro de satisfacción— y ya he ganado.

Kate no lo contradijo. Puede que el resto de los Bridgerton creyeran que el partido de revancha anual de palamallo comenzaba y terminaba en un día, pero Anthony y ella sabían que no era así.

Kate le había ganado durante tres años seguidos y de ninguna manera iba a perder esa partida.

—Date por vencida ahora, querida esposa —se burló Anthony—. Admite que te he derrotado y todos seremos más felices.

Kate suspiró con suavidad, casi como si aceptara la derrota.

Anthony entrecerró los ojos.

Kate se tocó distraídamente el escote del vestido.

Su marido abrió los ojos como platos.

—Hace calor aquí, ¿no crees? —preguntó ella con voz dulce, suave y terriblemente apasionada.

—Pequeña descarada —susurró él.

Ella deslizó la tela por los hombros. No llevaba nada debajo.

—¿Ningún botón? —murmuró él.

Kate negó con la cabeza. No era tonta. Incluso el mejor de los planes podía fracasar. Siempre había que ir vestida para la ocasión. El aire todavía era frío y los pezones se le endurecieron como pequeños capullos.

Se estremeció e intentó ocultarlo con un jadeo sensual, como si estuviese terriblemente excitada.

Y podría haberlo estado, si no estuviera tan concentrada en *no* estar pendiente del mazo que su marido tenía en la mano.

Por no mencionar el frío.

—Adorable—murmuró Anthony, extendiendo la mano y acariciándole un costado del seno.

Kate gimió; él nunca se resistía a eso.

Anthony sonrió lentamente y adelantó la mano, hasta hacer rodar el pezón entre sus dedos.

Kate soltó un grito sofocado y clavó los ojos en su marido. La mirada de él no era precisamente calculadora, pero se notaba que estaba controlando la situación. En ese momento se dio cuenta de que Anthony sabía exactamente eso a lo que *ella* nunca podía resistirse.

—Ah, esposa —murmuró él, ahuecándole el pecho y levantándoselo hasta apoyarlo por completo en su mano.

Anthony sonrió.

Kate contuvo la respiración.

Él se inclinó y se llevó el pezón a la boca.

—*¡Ah!* —Ahora ella ya no fingía.

Él repitió su tortura en el otro pecho.

Después, retrocedió un paso.

Y otro.

Kate dejó de respirar.

—Ah, lo que daría por tener un retrato de ti en este momento —dijo él—. Lo colgaría en mi despacho.

Kate abrió la boca, estupefacta.

Anthony levantó el mazo con aire triunfal.

—Adiós, querida esposa. —Salió del cobertizo y luego asomó la cabeza—. Trata de no resfriarte. No te gustaría perderte la revancha, ¿verdad?

Más tarde Kate reflexionó que Anthony había tenido suerte de que a ella no se le hubiera ocurrido hacerse con una de las pelotas de palamallo cuando había buscado el juego en el cobertizo. Aunque, pensándolo bien, tenía la cabeza demasiado dura como para abollársela.

Un día antes

Anthony decidió que había pocos momentos en la vida tan deliciosos como vencer por completo a tu propia esposa. Claro que también dependía de la esposa, pero como él había elegido casarse con una mujer con una inteligencia y un ingenio excepcionales, estaba seguro de que él disfrutaba mucho más de esos momentos que la mayoría de los hombres.

Saboreó la victoria con una taza de té en su despacho, suspirando de placer mientras contemplaba el mazo negro que yacía sobre su escritorio como un valioso trofeo. Era magnífico y relucía bajo la luz de la mañana, o al menos donde no estaba raspado y estropeado después de décadas de duro juego.

No importaba. A Anthony le encantaba cada abolladura y cada raspón. Quizá era algo pueril, incluso infantil, pero él lo *adoraba*.

Lo que más le gustaba era tener el mazo en su poder, aunque también le tenía cariño. Cuando fue capaz de olvidar cómo había logrado arrebatárselo a Kate delante de sus narices, recordó que también conmemoraba otra fecha...

El día en que se habían enamorado.

En ese momento no se había dado cuenta. Ni tampoco Kate, supuso, pero estaba seguro de que aquel fue el día en que habían estado predestinados a estar juntos: el día del tristemente célebre partido de palamallo.

Kate le había dejado con el mazo rosa y había lanzando la pelota de él al lago.

Dios mío, qué mujer.

Habían sido los quince años más sublimes de su existencia.

Sonrió satisfecho y volvió a mirar el mazo negro. Todos los años volvían a jugar el partido de revancha. Todos los jugadores originales: Anthony, Kate, su hermano Colin, su hermana Daphne y el marido de esta, Simon, y la hermana de Kate, Edwina. Todos acudían diligentemente en tropel a Aubrey Hall cada primavera y ocupaban sus sitios en el circuito, que siempre variaba. Algunos aceptaban participar con entusiasmo, y otros solo por diversión, pero todos asistían, año tras año.

Y ese año...

Anthony se rio con regocijo. Él tenía el mazo, no Kate.

La vida le sonreía. La vida podía ser maravillosa.

—¡Kaaaaaaaaaate!

Kate levantó la mirada del libro.

—¡Kaaaaaaaaaate!

Kate intentó medir la distancia. Después de quince años oyendo vociferar a Anthony su nombre de la misma forma, se había vuelto experta en calcular el tiempo entre el primer grito y la llegada de su marido.

No era un cálculo tan sencillo como podía parecer. Había que tener en cuenta la ubicación: si ella estaba arriba o abajo, si era visible desde la puerta, etcétera, etcétera.

Luego había que sumar a los niños. ¿Estaban en casa? ¿Se los cruzaría a su paso? Ellos lo demorarían, sin duda, quizás un minuto entero, y...

—¡A ti te buscaba yo!

Kate parpadeó, sorprendida. Anthony estaba en la puerta, jadeando por el esfuerzo y mirándola con una malevolencia sorprendente.

—¿Dónde está? —exigió saber.

Bueno, quizá no tan sorprendente.

Kate pestañeó sin inmutarse.

—¿No quieres sentarte? —le preguntó—. Pareces cansado.

—Kate...

—Ya no eres tan joven como antes —señaló con un suspiro.

—Kate... —El volumen de su voz iba en aumento.

—Puedo llamar para pedir el té —sugirió con dulzura.

—Estaba bajo llave —gruñó él—. Mi despacho estaba cerrado con llave.

—¿De verdad? —murmuró ella.

—Tengo la única llave.

—¿Sí?

Anthony la miró con ojos muy abiertos.

—¿Qué has hecho?

Kate pasó una página, aunque no miraba las letras impresas.

—¿Cuándo?

—¿Qué quieres decir con cuándo? —inquirió él.

—Quiero decir... —Hizo una pausa, pues no podía dejar pasar ese momento sin regocijarse en su interior—. ¿Cuándo? ¿Esta mañana? ¿El mes pasado?

Anthony solo tardó un instante. Apenas uno o dos segundos, pero lo suficiente para que Kate viera cómo su expresión pasaba de la confusión a la sospecha y a la indignación.

Fue algo glorioso. Encantador. Delicioso. Se habría reído como una bruja de Macbeth, pero con eso se hubiese ganado otro mes entero de bromas sobre pociones de brujas, y hacía poco que había logrado que dejara de hacerlo.

—¿Has hecho una copia de la llave de mi despacho?

—Soy tu esposa —dijo, mirándose las uñas—. No debería haber secretos entre nosotros, ¿no crees?

—¿Has hecho una llave?

—Tú no desearías que yo tuviera secretos contigo, ¿verdad que no?

Los dedos de él se aferraron al marco de la puerta hasta que los nudillos se le pusieron blancos.

—Deja de mirarme como si estuvieras disfrutando con todo esto —rezongó.

—Ah, pero te estaría mintiendo, y es pecado mentirle al marido.

De la garganta de Anthony empezaron a surgir sonidos estrangulados de indignación.

Kate sonrió.

—¿Acaso no te prometí sinceridad?

—Me prometiste *obediencia* —gruñó él.

—¿Obediencia? No lo creo.

—¿Dónde está?

Ella se encogió de hombros.

—No voy a decírtelo.

—¡Kate!

Ella repitió su respuesta con voz cantarina.

—No voy a *decíííírtelo*.

—Mujer... —Él avanzó hacia ella de forma peligrosa.

Kate tragó saliva. Había una pequeña, casi diminuta posibilidad, aunque también muy real, de que ella hubiese ido demasiado lejos.

—Te ataré a la cama —le advirtió él.

—¡Ssssíííí! —respondió ella, sabiendo que era capaz de hacerlo mientras medía la distancia hacia la puerta—. Pero es posible que no me *importe*.

Los ojos de él brillaron, no con deseo (estaba demasiado concentrado en el mazo de palamallo para eso) pero a ella le pareció percibir un destello de... *interés*.

—¿Estás diciendo que, si te ato —murmuró él, avanzando hacia ella—, puede que te guste?

Kate se dio cuenta de sus intenciones y lanzó un pequeño grito.

—¡No te atreverías!

—Ah, claro que sí.

Anthony estaba deseando repetir la hazaña. La ataría a la cama y la *dejaría* allí mientras buscaba el mazo.

No si ella tenía algo que decir al respecto.

Kate se aferró al brazo de su silla y se colocó detrás. Siempre era bueno tener una barrera física en situaciones como aquella.

—Ay, Kaaaate —se burló él, avanzando hacia ella.

—Es mío —afirmó ella—. Ha sido mío desde hace quince años, y sigue siendo mío.

—Era mío antes de que fuera tuyo.

—¡Pero te has casado conmigo!

—¿Y por eso es tuyo?

Ella calló y se limitó a mirarlo fijamente. Se había quedado sin aliento jadeando, atrapada en la emoción del momento.

Entonces, en menos de un parpadeo, Anthony saltó hacia adelante, apartó la silla y la agarró del hombro durante un breve instante antes de que ella se retorciera y se soltara.

—¡Nunca lo encontrarás! —gritó ella, corriendo detrás del sofá.

—No creas que te vas a escapar ahora —le advirtió él. Con una maniobra lateral, se colocó entre ella y la puerta.

Kate miró la ventana.

—Morirías en la caída —dijo él.

—¡Ay, por el amor de Dios! —exclamó una voz desde la puerta.

Kate y Anthony giraron sobre sus talones. El hermano de Anthony, Colin, estaba allí de pie, mirándolos con indignación.

—Colin —dijo Anthony con voz tensa—. ¡Qué alegría verte!

Colin se limitó a enarcar una ceja.

—Supongo que estáis buscando *esto*.

Kate lanzó un grito ahogado. Colin tenía el mazo negro.

—¿Cómo has...?

Colin acarició el extremo cilíndrico y romo casi con ternura.

—Solo puedo hablar por mí, por supuesto —dijo con un suspiro de felicidad—. Pero en lo que a mí se refiere, ya he ganado.

El día del partido

—No logro entender —observó Daphne, la hermana de Anthony— por qué tienes que ser tú el que trace el circuito.

—Porque soy el maldito propietario de esta tierra —masculló Anthony. Alzó la mano para protegerse los ojos del sol mientras inspeccionaba su obra. Tenía que reconocer que esta vez había hecho un trabajo excelente. Era perverso.

Un auténtico genio.

—¿Podrías abstenerte de maldecir en presencia de las damas?

El comentario provenía del marido de Daphne, Simon, el duque de Hastings.

—Ella no es una dama —gruñó Anthony—. Es mi hermana.

—Es *mi* esposa.

Anthony sonrió con socarronería.

—Primero fue mi hermana.

Simon se volvió hacia Kate, que estaba golpeando el mazo sobre la hierba; el mazo verde con el que había dicho estar encantada, aunque Anthony sabía que no era cierto.

—¿Cómo lo toleras?

Ella se encogió de hombros.

—Es un talento que pocas personas poseemos.

Colin se acercó al grupo, sosteniendo el mazo negro como si fuese el Santo Grial.

—¿Comenzamos? —inquirió con tono grandilocuente.

Simon abrió la boca, sorprendido.

—¿El mazo de la muerte?

—Soy muy inteligente —confirmó Colin.

—Ha sobornado a la criada —rezongó Kate.

—Y tú has sobornado a mi ayuda de cámara —señaló Anthony.

—¡Tú también!

—Yo no he sobornado a nadie —afirmó Simon sin dirigirse a nadie en concreto.

Daphne le dio un golpecito condescendiente en el brazo.

—Tú no has nacido en esta familia.

—Tampoco ella —respondió Simon, señalando a Kate.

Daphne meditó sus palabras antes de responder:

—Ella es un bicho raro.

—¿Un bicho raro? —reclamó Kate.

—Es el mayor cumplido que podía hacerte — informó Daphne. Hizo una pausa antes de agregar—: en este contexto. —Luego se volvió hacia Colin—. ¿Cuánto?

—¿Cuánto qué?

—¿Cuánto le has pagado a la criada?

Colin se encogió de hombros.

—Diez libras.

—¿Diez *libras*? —dijo Daphne prácticamente chillando.

—¿Estás loco? —preguntó Anthony.

—Tú le has dado cinco al ayuda de cámara —le recordó Kate.

—Espero que no haya sido a una de las criadas *buenas* —gruñó Anthony— porque con tanto dinero en el bolsillo, seguro que se despide antes de que termine el día.

—Todas las criadas son buenas —declaró Kate con cierta irritación.

—Diez libras —repitió Daphne, agitando la cabeza—. Voy a decírselo a tu esposa.

—Anda, díselo —respondió Colin con indiferencia mientras señalaba con la cabeza la colina que descendía hacia el circuito de palamallo—. Está justo allí.

Daphne levantó la cabeza.

—¿Ha venido Penelope?

—¿Ha venido Penelope? —gritó Anthony—. ¿Por qué?

—Porque es mi esposa —respondió Colin.

—Pero nunca había asistido antes.

—Quiere ver cómo gano —replicó Colin, regalándole a su hermano una sonrisa morbosa.

Anthony resistió la tentación de estrangularlo. Aunque le costó.

—¿Y cómo sabes que vas a ganar?

Colin agitó el mazo negro.

—Ya he ganado.

—Buenos días a todos —saludó Penelope, acercándose al grupo.

—Nada de ovaciones —le advirtió Anthony.

Penelope pestañeó, confundida.

—¿Cómo dices?

—Y bajo ninguna circunstancia —continuó, porque lo cierto era que alguien tenía que ocuparse de que el partido conservara alguna integridad— puedes acercarte a menos de diez pasos de tu marido.

Penelope miró a Colin, movió la cabeza nueve veces para calcular los pasos que los separaban y retrocedió uno.

—No habrá trampas —advirtió Anthony.

—Por lo menos ninguna trampa *nueva* —agregó Simon—. Las técnicas de juego sucio anteriores están permitidas.

—¿Puedo hablar con mi marido durante el partido? —inquirió Penelope suavemente.

—¡No! —tronó un coro de tres voces.

—Habrás visto —le dijo Simon— que yo no he puesto objeciones.

—Como ya he dicho —dijo Daphne, pasando a su lado para ir a inspeccionar uno de los aros— tú no has nacido en esta familia.

—¿Dónde está Edwina? —preguntó Colin con entusiasmo, mirando hacia la casa con ojos entrecerrados.

—Bajará pronto —respondió Kate—. Estaba terminando de desayunar.

—Está retrasando el partido.

Kate se volvió hacia Daphne.

—Mi hermana no comparte nuestra devoción por el partido.

—¿Cree que estamos todos locos? —quiso saber Daphne.

—Algo así.

—Bueno, es muy amable al venir todos los años —repuso Daphne.

—Es una tradición —vociferó Anthony. Había logrado hacerse con el mazo anaranjado y lo balanceaba contra una pelota imaginaria, entrecerrando los ojos mientras practicaba su puntería.

—No habrá estado practicando el circuito, ¿verdad? —preguntó Colin.

—¿Cómo podría? —inquirió Simon—. Lo ha trazado esta mañana. Todos lo hemos visto.

Colin lo ignoró y se volvió hacia Kate.

—¿Ha hecho alguna escapada nocturna últimamente?

Ella lo miró boquiabierta.

—¿Crees que se ha escabullido para jugar al palamallo a la luz de la luna?

—No me sorprendería de él —gruñó Colin.

—Tampoco a mí —respondió Kate—, pero te aseguro que ha estado durmiendo en su cama.

—No es cuestión de *camas* —le informó Colin— sino de competencia.

—Esta no es una conversación apropiada para mantener frente a las damas —observó Simon, aunque era evidente que se estaba divirtiendo.

Anthony miró a Colin con enfado y luego también a Simon por si acaso. La conversación se estaba volviendo un tanto ridícula y ya iba siendo hora de empezar el partido.

—¿Dónde *está* Edwina? —preguntó.

—Allí la veo, bajando la colina —respondió Kate.

Anthony alzó los ojos y vio que Edwina Bagwell, la hermana menor de Kate, descendía la colina con esfuerzo. No era muy adepta a las actividades al aire libre y se la pudo imaginar suspirando y poniendo los ojos en blanco.

—Este año me toca el color rosa —declaró Daphne, tomando uno de los mazos que quedaban en el montón—. Me siento femenina y delicada. —Miró a sus hermanos con malicia—. Pero no os fieis.

Simon apareció detrás de ella, extendió la mano y eligió el mazo amarillo.

—Para Edwina el azul, por supuesto.

—Edwina siempre juega con el azul —dijo Kate a Penelope.

—¿Por qué?

Kate se calló un instante.

—No sé.

—¿Y el de color púrpura? —preguntó Penelope.

—Ah, nunca usamos *ese*.

—¿Por qué?

Kate se calló otra vez.

—No sé.

—Es la tradición —intervino Anthony.

—Entonces, ¿por qué el resto de vosotros cambiáis de colores todos los años? —insistió Penelope.

Anthony se volvió a su hermano.

—¿Siempre hace tantas preguntas?

—Siempre.

Se giró hacia Penelope y respondió:

—Nos gusta de este modo.

—¡Ya estoy aquí! —exclamó Edwina alegremente mientras se acercaba al resto de los jugadores—. Ah, otra vez azul. Qué considerados. —Tomó su equipo y se dirigió a Anthony—: ¿Empezamos el partido?

Él asintió y luego dijo a Simon:

—Tú vas primero, Hastings.

—Como siempre —murmuró Simon. Colocó la pelota en la posición de inicio—. Apartaos —advirtió, aunque nadie se encontraba peligrosamente cerca. Echó el mazo hacia atrás y golpeó la pelota con una fuerza increíble. La pelota salió disparada por el césped en línea recta y aterrizó a escasos metros del siguiente aro.

—¡Ah, bien hecho! —lo felicitó Penelope, aplaudiendo.

—He dicho que nada de ovaciones —gruñó Anthony. ¿Acaso nadie podía seguir una simple instrucción?

—¿Ni siquiera a Simon? —respondió Penelope—. Creía que te referías solo a Colin.

Anthony apoyó su pelota cuidadosamente sobre el césped.

—Me distraes.

—Como si el resto de nosotros no te distrajéramos —observó Colin—. Sigue ovacionando, cariño.

Pero Penelope guardó silencio mientras Anthony apuntaba. Su golpe fue más poderoso que el del duque, y su pelota rodó aún más lejos.

—Mmm, mala suerte —dijo Kate.

Anthony se volvió hacia ella con desconfianza.

—¿Qué quieres decir? Ha sido un tiro brillante.

—Pues, sí, pero...

—Fuera de mi camino —ordenó Colin, dirigiéndose hacia la posición de salida.

Anthony clavó los ojos en su esposa.

—¿Qué has querido *decir*?

—Nada —respondió ella con tono indiferente—. Solo que está un tanto embarrado por allí.

—¿Embarrado? —Anthony miró su pelota, luego a su esposa, y nuevamente la pelota—. Hace días que no llueve.

—Mmm, no.

Anthony volvió a mirar a su esposa. Su esposa exasperante, diabólica, digna de estar encerrada en un calabozo.

—¿Y cómo se ha embarrado?

—Bueno, quizá no *embarrado*...

—No embarrado —repitió él, con mucha más paciencia de la que ella merecía.

—«Encharcado» sería una palabra más apropiada.

Anthony se quedó sin palabras.

—¿Encharcado? —Ella frunció el ceño—. ¿No es ese el adjetivo de «charco»?

Anthony dio un paso hacia ella.

Kate buscó refugio detrás de Daphne.

—¿Qué sucede? —preguntó Daphne, dándose la vuelta.

Kate asomó la cabeza y esbozó una sonrisa triunfal.

—Creo que va a matarme.

—¿Con tantos testigos? —quiso saber Simon.

—¿Cómo —inquirió Anthony— se ha podido formar un charco cuando estamos en medio de la primavera más seca que recuerdo?

Kate lo miró, esbozando otra de sus irritantes sonrisas.

—Se me cayó el té.

—¿Tanto como para formar un charco?

Kate se encogió de hombros.

—Tenía frío.

—Frío.

—Y sed.

—Y también debías de estar muy torpe —aportó Simon.

Anthony lo fulminó con la mirada.

—Bueno, si vas a matarla —dijo Simon—, ¿te importaría esperar a que mi esposa se aparte de vosotros? —Se volvió hacia Kate—. ¿Cómo has sabido dónde formar el charco?

—Él es sumamente predecible —respondió Kate.

Anthony estiró los dedos y midió la garganta de Kate.

—Todos los años —explicó, sonriéndole directamente—. Colocas el primer aro en el mismo sitio, y siempre golpeas la pelota de la misma manera.

Colin eligió ese momento para regresar.

—Tu turno, Kate.

Kate salió de detrás de Daphne y corrió hacia la posición de salida.

—Aquí vale todo, querido esposo —dijo con voz alegre. Luego se inclinó, apuntó y golpeó la pelota verde, que salió volando...

Directa al charco.

Anthony soltó un suspiro de felicidad. Después de todo, había justicia en el mundo.

Treinta minutos después, Kate esperaba junto a su pelota cerca del tercer aro.

—Una lástima lo del barro —comentó Colin, pasando junto a ella.

Kate lo fulminó con la mirada.

Daphne pasó un momento más tarde.

—Estás un poco... —Señaló su cabello—. Sí, allí —agregó cuando Kate se frotó con furia la sien—. Aunque hay más en, eh... —Se aclaró la garganta—. Quiero decir, en todas partes.

Kate la fulminó con la mirada.

Simon se acercó a ellas. Cielo santo, ¿todo el mundo tenía que pasar junto al tercer aro para dirigirse al sexto?

—Tienes un poco de barro —dijo amablemente.

Los dedos de Kate apretaron aún más el mazo. La cabeza de su cuñado estaba tan, pero tan cerca.

—Por lo menos está mezclado con té —agregó Simon.

—¿Qué tiene que ver eso? —preguntó Daphne.

—No estoy seguro —Le oyó decir mientras Daphne y él se dirigían hacia el aro número cinco—, pero creí que debía decir *algo*.

Kate contó mentalmente hasta diez y luego, cómo no, Edwina pasó junto a ella, con Penelope pisándole los talones a solo tres pasos de distancia. Ambas se habían convertido en una especie de equipo: Edwina era la que jugaba y Penelope se encargaba de la estrategia.

—Ay, Kate —dijo Edwina con un suspiro compasivo.

—No digas nada —gruñó Kate.

—Al final hiciste el charco —señaló Edwina.

—¿De quién *eres* hermana? —dijo Kate.

Edwina esbozó una sonrisa maliciosa.

—Mi devoción de hermana no eclipsa mi sentido del juego limpio.

—Esto es un partido de palamallo. No *existe* el juego limpio.

—Aparentemente no —señaló Penelope.

—A diez pasos —le advirtió Kate.

—De Colin, no de ti —replicó Penelope—. Aunque creo que me voy a mantener siempre, como mínimo, a la distancia de la longitud de un mazo.

—¿Nos vamos? —preguntó Edwina. Se volvió hacia Kate—. Acabamos de superar el cuarto aro.

—¿Y teníais que dar un rodeo tan largo? —murmuró Kate.

—Nos pareció deportivo por nuestra parte venir a saludarte —objetó Edwina.

Cuando Penelope y ella comenzaron a alejarse, Kate no pudo contenerse más y soltó:

—¿Dónde está Anthony?

Su hermana y su cuñada se dieron la vuelta.

—¿De verdad quieres saberlo? —preguntó Penelope.

Kate se obligó a asentir.

—Me temo que ha llegado al último aro —respondió Penelope.

—¿Antes o después? —inquirió entre dientes.

—¿Cómo dices?

—¿Está antes del aro o después del aro? —repitió con impaciencia. Al ver que Penelope no respondía de inmediato, agregó—: ¿Ya ha terminado el maldito partido?

Su cuñada parpadeó sorprendida.

—Eh, no. Le faltan unos dos golpes, creo. Quizá tres.

Kate las vio alejarse con ojos entrecerrados. No iba a ganar, ya no tenía posibilidades. Pero si ella no podía hacerse con la victoria, como que se llamaba Kate, tampoco lo haría Anthony. Él no se merecía la gloria, no después de hacer que ella cayera de bruces al charco de barro.

Ay, él había dicho que fue un accidente, pero a ella le pareció muy sospechoso que la pelota de su marido saliera del charco en el momento justo en que ella se había acercado para sacar la suya. Había tenido que dar un pequeño salto para esquivar la pelota de él, y mientras se congratulaba por ello, Anthony le preguntó con falso interés:

—¿Te encuentras bien?

El mazo de él se balanceó con su propio movimiento, dirigiéndose, convenientemente a la altura del tobillo. Kate no pudo esquivar ese golpe y cayó de lleno en el barro.

De cara.

Anthony incluso tuvo el descaro de ofrecerle un pañuelo.

Iba a matarlo.

Matar.

Matar, matar, matar.

Pero primero, iba a asegurarse de que no ganara.

Anthony tenía una sonrisa de oreja a oreja, silbaba incluso, mientras esperaba su turno. Estaban tardando una cantidad de tiempo ridícula en llegar hasta su puesto; Kate iba tan a la zaga en el circuito que, cuando le llegaba el turno, alguien tenía que correr a avisarle, por no hablar de Edwina, que nunca parecía entender las virtudes del juego rápido. Por si no hubieran tenido suficiente con los últimos catorce años, en los que Edwina había ido sin prisa como si tuviera todo el día, ahora iba acompañada de Penelope, que no la dejaría golpear la pelota sin su análisis y consejo.

Sin embargo, esta vez a Anthony no le importó. Iba primero, y llevaba tanta ventaja que nadie podría alcanzarlo. Y para hacer su victoria aún más dulce, Kate era la última.

Estaba a tanta distancia que no tenía esperanza de ganar a nadie.

Casi compensaba el hecho de que Colin le hubiera arrebatado el mazo de la muerte.

Se volvió hacia el último aro. Necesitaba un golpe para acercar la pelota y colocarla en posición, y otro más para hacerla pasar por el aro. Después, solo tenía que llevarla hasta el poste final y terminar el partido con un último golpe.

Pan comido.

Miró por encima de su hombro. Podía ver a Daphne de pie junto al viejo roble. Se encontraba en la cima de una colina, lo que le permitía ver el descenso, cosa que él no podía.

—¿A quién le toca? —gritó.

Daphne estiró el cuello para ver a los demás jugadores colina abajo.

—A Colin, creo —respondió—. Y luego a Kate.

Anthony sonrió.

Este año había trazado un circuito un poco distinto, una especie de recorrido circular. Los jugadores debían seguir un sendero con muchas vueltas, así que, en línea recta, estaba más cerca de Kate que de otros jugadores. De hecho, solo tenía que caminar unos diez metros hacia el sur para verla avanzar hacia el cuarto aro.

¿O era solo el tercero?

De cualquier modo, no iba a perdérselo.

Con una sonrisa en la cara salió corriendo. ¿Debía llamarla? Se enfadaría aún más si la llamaba.

Pero sería una crueldad. Por otra parte...

¡CRAC!

Anthony alzó la vista, dejando a un lado sus cavilaciones, justo para ver la pelota verde acercándose en su dirección.

¿Qué diablos?

Kate soltó un chillido triunfal, se levantó las faldas y empezó a correr.

—¿Qué diablos haces? —preguntó Anthony—. ¡El cuarto aro está en *esa* dirección! —Apuntó con el dedo en la dirección correcta, aunque sospechaba que ella lo sabía muy bien.

—Solo estoy en el tercer aro —dijo con picardía—. De todos modos, me he dado por vencida. Es inútil a estas alturas, ¿no crees?

Anthony la observó, luego miró su pelota, que yacía pacíficamente cerca del último aro.

Luego volvió a mirarla.

—Ah, no, no lo harás —gruñó.

Ella sonrió lentamente.

Con astucia.

Como una bruja.

—Mírame —dijo.

Justo en ese momento llegó Colin subiendo la colina.

—¡Es tu turno, Anthony!

—¿Cómo es posible? —quiso saber—. Acaba de ser el turno de Kate, y luego le toca a Daphne, Edwina y Simon.

—Hemos sido muy rápidos —dijo Simon, acercándose—. No queremos perdernos *este* espectáculo.

—Ay, por el amor de Dios —masculló, observando cómo el resto de los jugadores se acercaba deprisa. Anthony caminó hasta su pelota y entrecerró los ojos mientras se preparaba para jugar.

—¡Cuidado con esa raíz del árbol! —gritó Penelope.

Anthony apretó los dientes.

—No ha sido una ovación —dijo, con una expresión anodina en el rostro—. Una advertencia no puede considerarse una ovación...

—*Cállate* —rezongó Anthony.

—Todos tenemos una función en este partido —dijo, con labios temblorosos por la risa.

Anthony se dio la vuelta.

—¡Colin! —exclamó—. Si no quieres convertirte en viudo, por favor amordaza a tu mujer.

Colin se acercó a Penelope.

—Te amo —le dijo, besándola en la mejilla.

—Y yo...

—¡Basta! —Anthony explotó. Cuando todas las miradas se dirigieron a él agregó, prácticamente con un gruñido—. Estoy intentando concentrarme.

Kate se acercó bailando.

—Aléjate de mí, mujer.

—Solo quiero *ver* —dijo Kate—. Apenas he tenido oportunidad de *ver* nada en este partido; he ido muy por detrás todo el tiempo.

Él entrecerró los ojos.

—*Puede* que yo haya sido responsable del barro, y por favor fíjate en que enfatizo la palabra *puede*, y que eso no implica ningún tipo de confirmación por mi parte.

Hizo una pausa, ignorando al resto de los presentes que lo miraban boquiabiertos.

—Sin embargo —continuó—, no termino de entender qué tengo que ver *yo* en que vayas la última.

—El barro me ha dejado las manos resbaladizas —rezongó Kate—. No he podido sostener el mazo como es debido.

A un lado, Colin hizo una mueca:

—Un argumento débil, Kate. Tendré que darle la razón a Anthony, por mucho que me duela.

—Está bien —respondió Kate después de mirar con odio a Colin—. Solo yo soy la culpable. Sin embargo...

Y a continuación calló.

—Eh, sin embargo, ¿qué? —preguntó Edwina por fin.

Kate parecía una reina con su cetro, toda cubierta de barro.

—Sin embargo —continuó con actitud regia—, no tiene por qué gustarme. Y como este es un partido de palamallo, y nosotros somos Bridgerton, no tengo por qué jugar limpio.

Anthony sacudió la cabeza y volvió a inclinarse para preparar el golpe.

—Esta vez tiene razón —dijo Colin, como el grano en el trasero que era—. En este juego nunca hemos valorado mucho la deportividad.

—Cállate —gruñó Anthony.

—De hecho —continuó Colin— podría decirse...

—He dicho que te calles.

—...que ocurre lo contrario, y que el juego *sucio*...

—¡*Cállate*, Colin!

—...es digno de elogio, y...

Anthony decidió darse por vencido y jugar. A este paso estarían allí hasta que llegara el otoño. Colin no iba a dejar de hablar, no si creía que existía la posibilidad de irritar a su hermano.

Anthony se esforzó por no oír otra cosa que no fuera el viento. O al menos lo intentó.

Apuntó.

Echó el mazo hacia atrás.

¡Crac!

No con demasiada fuerza, no con demasiada fuerza.

La pelota salió impulsada hacia adelante, pero no lo suficientemente lejos. No iba a poder atravesar el último aro en su próximo intento. Al menos no sin una intervención divina que le permitiera sortear una piedra del tamaño de un puño.

—Colin, te toca —anunció Daphne, pero su hermano ya corría hacia su pelota. Colin hizo un tiro al azar y gritó:

—¡Kate!

Ella dio un paso adelante, parpadeando mientras evaluaba el terreno. Su pelota estaba a medio metro de la de él. La piedra, sin embargo, estaba en el lado opuesto, lo que significaba que, si intentaba sabotearlo, no podría enviar su pelota muy lejos; seguramente la piedra la detendría.

—Interesante dilema —murmuró Anthony.

Kate caminó en círculos alrededor de las pelotas.

—Sería un gesto romántico —reflexionó ella— si te permitiera ganar.

—Ah, no es cuestión de que me lo *permitas* —dijo él con tono burlón.

—Respuesta equivocada —dijo ella, y apuntó.

Anthony entrecerró los ojos. ¿Qué se proponía?

Kate golpeó la pelota con fuerza; no apuntó directamente a la pelota de él sino para darle de lado. La pelota de ella chocó con la suya y la lanzó hacia la derecha. Debido al ángulo, no la lanzó tan lejos como podría haberlo hecho con un tiro directo, pero sí consiguió que fuera hasta la cima de la colina.

Un poco más arriba.

Un poco más arriba.

Y cuando llegó al punto más alto, empezó a caer colina abajo.

Kate soltó un aullido de regocijo propio de un campo de batalla.

—Me las pagarás —dijo Anthony.

Kate estaba demasiado ocupada saltando y bailando para prestarle atención.

—¿Quién crees que ganará ahora? —inquirió Penelope.

—¿Sabes? —dijo Anthony en voz baja—. No me importa. —Y luego caminó hasta la pelota verde y apuntó.

—¡Espera, no es tu turno! —gritó Edwina.

—¡Ni tampoco es tu pelota! —agregó Penelope.

—¿De verdad? —murmuró Anthony. A continuación asestó un mazazo a la pelota de Kate y la envió volando por la hierba, por el lado menos empinado de la ladera, hasta el lago.

Kate soltó un bufido de indignación.

—¡Eso no ha sido nada deportivo!

Él esbozó una sonrisa exasperante.

—Como bien dijiste, esposa, aquí todo vale.

—Irás a sacarla del lago —replicó ella.

—Eres tú quien necesita un baño.

Daphne soltó una risita y dijo:

—Creo que es mi turno. ¿Continuamos? —Avanzó con Simon, Edwina y Penelope a la zaga—. ¡Colin! —gritó.

—Ah, muy bien —rezongó Colin, y siguió al grupo.

Kate miró a su marido, sus labios empezaron a temblar de risa.

—Bueno —dijo, rascándose la oreja en un lugar donde tenía barro endurecido— supongo que para nosotros se ha terminado el partido.

—Yo diría que sí.

—Este año te has esmerado.

—Tú también —agregó él, sonriéndole—. El charco fue una idea de lo más acertada.

—Eso pensé —respondió ella sin modestia alguna—. Y, bueno, con respecto al barro...

—No fue *muy* a propósito —murmuró él.

—Yo habría hecho lo mismo —reconoció ella.

—Sí, lo sé.

—Estoy hecha un asco —dijo Kate, mirando su vestido.

—El lago está ahí mismo —propuso él.

—Hace mucho frío.

—¿Un baño, entonces?

Ella sonrió, seductora.

—¿Me acompañas?

—Por supuesto.

Anthony le ofreció el brazo; juntos comenzaron a caminar hacia la casa.

—¿Deberíamos decirles que nos rendimos? —preguntó Kate.

—No.

—Sabes que Colin va a intentar robar el mazo negro, ¿verdad?

Él la observó con interés.

—¿Crees que tratará de sacarlo de Aubrey Hall?

—¿No lo harías tú?

—Por supuesto —respondió él con mucho énfasis—. Tendremos que aunar fuerzas.

—Claro que sí.

Caminaron algunos metros más hasta que Kate dijo:

—Pero cuando lo recuperemos...

Él la miró horrorizado.

—Ah, entonces cada uno por su lado. No habrás creído...

—No —se apresuró a decir ella—. Por supuesto que no.

—Entonces estamos de acuerdo —declaró Anthony con cierto alivio. ¿Dónde estaría la diversión si no pudiese derrotar a Kate?

Siguieron caminando algunos segundos más, al cabo de los cuales Kate aseguró:

—Voy a ganar el año que viene.

—Sé que eso es lo que crees.

—No, ganaré. Tengo ideas. Estrategias.

Anthony se echó a reír y luego se inclinó para besarla, con barro incluido.

—Yo también tengo ideas —dijo con una sonrisa—. Y muchas, muchas estrategias.

Kate se humedeció los labios.

—Ya no estamos hablando del palamallo, ¿verdad?

Anthony negó con la cabeza.

Ella lo abrazó y tiró hacia abajo de su cabeza para besarle. Y entonces, justo antes de que sus labios se encontraran, la oyó suspirar...

—Bien.

Te doy mi corazón

Te doy mi corazón es mi homenaje a Cenicienta, aunque pronto fue evidente que la historia tenía demasiadas hermanastras malvadas. Rosamund era mezquina y cruel, mientras que Posy tenía un corazón de oro, y cuando la historia llegó a su punto álgido, ella fue la persona que lo arriesgó todo para salvar la situación. Me pareció más que justo que también tuviera su final feliz...

Te doy mi corazón
Segundo epílogo

A los veinticinco años, a la señorita Posy Reiling se la consideraba *casi* una solterona. Había quienes decían que hacía tiempo que había dejado de ser una jovencita y que se quedaría para vestir santos; a menudo se mencionaba que los veintitrés eran el cruel límite cronológico. Pero como lady Bridgerton (su tutora oficiosa) señalaba, Posy era un caso único.

En lo que a años de debutante se refería, lady Bridgerton insistía en que Posy solo tenía veinte, *quizá* veintiún años.

Eloise Bridgerton, la hija mayor soltera de la casa, lo decía sin rodeos: los primeros años de Posy en sociedad habían sido inútiles y no deberían contarse.

La hermana menor de Eloise, Hyacinth, a quien nadie superaba en verborrea, se limitaba a declarar que los años de Posy entre los diecisiete y los veintidós habían sido «una porquería».

A estas alturas lady Bridgerton suspiró, se sirvió una bebida bien cargada y se desplomó en un sillón. Eloise, que tenía la lengua tan afilada como Hyacinth (aunque, gracias a Dios, era más discreta), había comentado que lo mejor que podían hacer era darse prisa en casar a Hyacinth o corrían el riego de que su madre se volviera alcohólica. A lady Bridgerton no le agradó el comentario, aunque pensó para sus adentros que podría ser cierto.

Así era Hyacinth.

Pero esta es la historia de Posy. Y como Hyacinth suele apropiarse de todo lo que tenga que ver con ella... por favor, olvidaos de ella el resto de la historia.

La verdad sea dicha, los primeros años de Posy en el mercado matrimonial *habían* sido una porquería. Era cierto que había hecho su debut a los diecisiete años, una edad adecuada. Además, era hijastra del difunto conde de Penwood quien, con mucha prudencia, había hecho los arreglos necesarios para asignarle una dote antes de morir de forma prematura varios años atrás.

Posy era una mujer agradable a la vista, aunque quizás un poco regordeta, tenía todos los dientes y más de una persona había comentado que poseía unos ojos extraordinariamente amables.

En teoría, no se entendía por qué había pasado tanto tiempo sin recibir una sola propuesta matrimonial.

Pero la teoría no tenía en cuenta a la madre de Posy, Araminta Gunningworth, la condesa viuda de Penwood.

Araminta era una auténtica belleza, incluso más que la hermana mayor de Posy, Rosamund, que había sido bendecida con una melena rubia, una boca redonda y rosada y unos ojos del color del cielo.

Araminta también era ambiciosa y estaba inmensamente orgullosa de su ascenso de la alta burguesía a la aristocracia. Primero había sido la señorita Wincheslea, luego la señora Reiling y más tarde lady Penwood, aunque cualquiera que la oyera creería que había nacido en cuna de oro.

Sin embargo, Araminta había fallado en un aspecto: no había podido darle un heredero al conde. Eso significaba que, a pesar del título de *lady* antepuesto a su nombre, no ostentaba un gran poder. Ni tampoco tenía acceso a la clase de fortuna de la que ella se creía merecedora.

Por ello, depositó todas sus esperanzas en Rosamund. Estaba segura de que Rosamund se casaría muy bien. Rosamund tenía una belleza indescriptible. Rosamund sabía cantar y tocar el pianoforte, y aunque no tenía talento para el bordado, sabía perfectamente cómo pinchar a Posy, que sí lo tenía. Y dado que a Posy no le agradaba que la pincharan con una aguja cada dos por tres, los bordados de Rosamund eran siempre los más exquisitos.

Los de Posy, por el contrario, siempre se quedaban sin terminar.

El dinero no era tan abundante como Araminta pretendía hacer ver, pero el que tenían se destinaba al vestuario de Rosamund, a las lecciones de Rosamund y a *todo* lo concerniente a Rosamund.

No iba a permitir que Posy pareciera una pordiosera, pero tampoco tenía sentido gastar en ella más de lo necesario. Aunque la mona se vistiera de seda, mona era, y Posy nunca sería como Rosamund.

Pero.

(Y este es un gran pero).

A Araminta las cosas no le salieron tan bien. Es una historia muy larga que quizá merecería un libro entero, pero baste decir que Araminta engañó a otra joven para quitarle su herencia, a una tal Sophia Beckett, que resultó ser la hija ilegítima del conde. Podría haberse salido con la suya, pues a quién podía importarle una hija bastarda, pero Sophie tuvo la osadía de enamorarse de Benedict Bridgerton, el segundo hijo de la familia Bridgerton antes mencionada (y extremadamente influyente).

Esto tampoco habría bastado para sellar el destino de Araminta, pero Benedict decidió que también estaba enamorado de Sophie. Locamente enamorado. Y si bien él podría haber pasado por alto el desfalco, no pudo permanecer ajeno cuando Sophie fue a prisión (principalmente por fraude).

El panorama era bastante desalentador para la querida Sophie, aun con la intervención de Benedict y de su madre, la también antes mencionada lady Bridgerton. ¿Y quién se presentó para sacarla de apuros? Pues, Posy.

Posy, que había sido ignorada durante la mayor parte de su vida.

Posy, que durante años se había sentido culpable por no hacer frente a su madre.

Posy, que seguía siendo un poco regordeta y nunca sería tan hermosa como su hermana, pero que siempre tendría los ojos *más amables*.

Araminta la repudió en el acto, pero antes de que Posy tuviera tiempo para pensar en si era una buena o una mala noticia, lady Bridgerton la invitó a vivir en su casa durante el tiempo que ella quisiera.

Puede que Posy se hubiera pasado veintidós años soportando los pinchazos de su hermana, pero no era ninguna tonta. Aceptó con gusto y ni siquiera se molestó en volver a su casa a recoger sus pertenencias.

En cuanto a Araminta, enseguida se dio cuenta de que no le convenía hacer ningún comentario en público sobre la futura Sophia Bridgerton, salvo que fuera para asegurar que era una persona absolutamente encantadora y deliciosa.

Lo que no hizo. Aunque tampoco la llamó bastarda, que era lo que cualquiera hubiera esperado de ella.

Todo esto sirve para explicar (con algunos rodeos) por qué lady Bridgerton era la tutora oficiosa de Posy y por qué la consideraba un caso único. En su opinión, Posy solo hizo su auténtico debut en sociedad cuando se fue a vivir con ella. Con dote o sin dote de Penwood, ¿quién iba a mirar dos veces a una muchacha mal vestida, recluida siempre en un rincón, que intentaba pasar desapercibida a su propia madre?

Y si aún estaba soltera a los veinticinco, pues bueno, eso equivalía a los veinte años de cualquier otra persona. O eso aseguraba lady Bridgerton.

Y nadie osaba contradecirla.

En cuanto a *Posy*, a menudo decía que su vida no había empezado de verdad hasta que fue a prisión.

Esa afirmación requería algunas explicaciones, como la mayoría de las declaraciones de Posy.

A Posy le daba igual. A los Bridgerton les *agradaban* sus explicaciones. La *querían*.

Y lo que era aún mejor, ella se sentía bien consigo misma.

Eso era más importante que cualquier otra cosa.

Sophie Bridgerton consideraba que su vida era casi perfecta. Adoraba a su marido, le encantaba su hogar acogedor y estaba segura de que sus dos pequeños hijos eran las criaturas más bellas e inteligentes que habían nacido en cualquier lugar, en cualquier momento, en cualquier... bueno que *cualquiera* pudiera conocer.

Era cierto que *tenían* que vivir en el campo porque, a pesar de la considerable influencia de la familia Bridgerton, Sophie, debido a su nacimiento, no sería aceptada por las anfitrionas londinenses más exigentes.

(Sophie las llamaba exigentes. Benedict se refería a ellas de una forma completamente distinta).

Pero eso no tenía verdadera importancia. Ella y Benedict preferían vivir en el campo, así que no se perdían nada. Y si bien siempre correrían rumores sobre su origen bastardo, la historia oficial decía que era pariente lejana (y completamente legítima) del difunto conde de Penwood. Y aunque nadie creyó *de verdad* a Araminta cuando ella confirmó la historia, lo cierto es que la confirmó.

Sophie sabía que cuando sus hijos fueran mayores, los rumores serían lo suficientemente antiguos como para que nadie les cerrara las puertas si ellos deseaban ocupar su lugar en la sociedad londinense.

Todo iba bien. Todo era perfecto.

O casi. En realidad, lo único que tenía que hacer era encontrar un marido a Posy. No cualquier marido, por supuesto. Posy se merecía al mejor.

—Ella no es para cualquiera —había dicho Sophie a Benedict el día anterior—, pero eso no significa que Posy no sea un excelente partido.

—Claro que no —murmuró Benedict. Intentaba leer el periódico. Era de hacía tres días, pero para él todavía eran noticias frescas.

Ella lo miró con severidad.

—Quiero decir, por supuesto —Se apresuró a agregar. Al darse cuenta de que ella no continuaba, corrigió—: Me refiero a que sería una esposa espléndida para cualquier hombre.

Sophie soltó un suspiro.

—El problema es que la mayoría no parece percatarse de lo maravillosa que es.

Benedict asintió diligente. Su marido entendió cuál era su papel en esa escena en particular. Era la clase de conversación que en realidad no era una conversación. Sophie estaba pensando en voz alta, y él estaba allí para brindarle algún que otro comentario o gesto apropiado.

—O por lo menos eso es lo que dice tu madre —continuó Sophie.

—Ajá.

—No la invitan a bailar tanto como deberían.

—Los hombres son bestias —coincidió Benedict, pasando a la siguiente página.

—Es verdad —dijo Sophie con cierta emoción—. Excluyéndote a ti, claro está.

—Sí, claro, por supuesto.

—La mayor parte del tiempo —añadió ella con cierta mordacidad.

Él hizo un gesto.

—No tiene importancia.

—¿Me estás escuchando? —preguntó Sophie con ojos entrecerrados.

—Cada palabra —le aseguró él, y bajó el periódico lo suficiente como para mirarla por encima. No la había *visto* entrecerrar los ojos, pero la conocía lo suficiente como para percatarse por su tono de voz.

—Debemos encontrarle un marido a Posy.

Él se detuvo a pensar.

—Quizás ella no quiera un marido.

—¡Claro que sí!

—Se dice —opinó Benedict— que todas las mujeres quieren tener marido, pero según mi experiencia eso no es siempre cierto.

Sophie se limitó a mirarlo, cosa que a él no pareció sorprenderle. Era una declaración bastante larga, viniendo de un hombre que estaba leyendo un periódico.

—Piensa en Eloise —añadió. Benedict sacudió la cabeza, cosa que solía hacer cuando pensaba en su hermana—. ¿A cuántos hombres ha rechazado ya?

—Por lo menos a tres —respondió Sophie—, pero no se trata de eso.

—¿De *qué* se trata entonces?

—De *Posy*.

—Claro —afirmó él lentamente.

Sophie se inclinó hacia adelante con una extraña expresión en la mirada; una mezcla entre perplejidad y determinación.

—No sé por qué los hombres no se dan cuenta de lo maravillosa que es.

—Es de esas mujeres que solo aprecias lo que valen con el paso del tiempo —declaró Benedict; durante un instante olvidó que no debía opinar.

—¿Qué?

—Has sido *tú* quien ha dicho que ella no es para cualquiera.

—Pero se supone que no deberías... —Sophie se desplomó en su asiento—. No tiene importancia.

—¿Qué ibas a decir?

—Nada.

—*Sophie* —insistió él.

—Se supone que no deberías estar de acuerdo conmigo en esto —murmuró—. Pero hasta yo veo lo ridículo que es.

Era algo espléndido tener una esposa sensata, Benedict se había dado cuenta hacía mucho tiempo.

Sophie estuvo sin hablar un rato, y Benedict habría vuelto a leer el periódico, si no le hubiera interesado tanto ver el rostro de su esposa. Se mordió el labio, luego soltó un suspiro de cansancio y se enderezó un poco, como si se le hubiera ocurrido una buena idea, para terminar frunciendo el ceño.

Podía quedarse toda la tarde mirándola.

—¿Se te ocurre alguien? —preguntó de pronto.

—¿Para Posy? —inquirió él.

Ella le lanzó una mirada que decía a las claras: «¿Para quién si no?».

Benedict dejó escapar un suspiro. Debería haber previsto que ella le haría esa pregunta, pero había empezado a pensar en el cuadro que estaba pintando en su estudio. Era un retrato de Sophie, el cuarto en los tres años que llevaban casados. Tenía dudas sobre si había pintado bien la boca. Un buen retratista debía conocer los músculos del cuerpo humano, incluso los del rostro, y...

—¡Benedict!

—¿Qué te parece el señor Folsom? —dijo él rápidamente.

—¿El abogado?

Benedict asintió.

—No me inspira mucha confianza.

Ahora que lo pensaba, se dio cuenta de que tenía razón.

—¿Sir Reginald?

Sophie volvió a mirarlo con desaprobación, visiblemente decepcionada con su elección.

—Está *gordo*.

—También lo está...

—Ella *no* está gorda —lo interrumpió Sophie—, sino agradablemente regordeta.

—Iba a decir que también lo está el señor Folsom —dijo Benedict, sintiendo que tenía que defenderse—. Excepto que has preferido comentar que no te inspiraba confianza.

—Ah.

Benedict esbozó una leve sonrisa.

—La desconfianza es mucho peor que el exceso de peso —murmuró ella.

—No podría estar más de acuerdo —declaró Benedict—. ¿Y el señor Woodson?

—¿Quién?

—El nuevo vicario. ¡El que dijiste que...

—...tiene una sonrisa deslumbrante! —Sophie terminó por él, entusiasmada—. ¡Ay, Benedict, es perfecto! ¡Ay, te adoro, te adoro, te adoro! —Sophie prácticamente saltó sobre la mesa baja que los separaba y lo abrazó.

—Bueno, yo también te quiero —respondió él, felicitándose por haber tenido la precaución de cerrar la puerta de la sala.

El periódico cayó por encima de su hombro y el mundo volvió a ser perfecto.

La temporada llegó a su fin unas semanas más tarde, así que Posy decidió aceptar la invitación de Sophie para hacerle una visita prolongada. En verano, en Londres hacía calor, el aire era pegajoso y olía fatal, por lo que una temporada en el campo le pareció una buena idea. Además, hacía varios meses que no veía a sus ahijados, y se había quedado *boquiabierta* cuando Sophie le escribió diciendo que Alexander ya había empezado a perder la redondez propia de los bebés.

Ah, era el bebé más adorable del mundo, daban ganas de estrujarlo. Tenía que ir a verlo antes de que adelgazara demasiado. Simplemente tenía que ir.

Además, sería agradable ver a Sophie. Ella le había dicho en sus cartas que aún se sentía algo débil, y a Posy le gustaba ayudar.

Pocos días después de su llegada, mientras tomaba el té con Sophie, la conversación giró, como solía ocurrir, en torno a Araminta y a Rosamund, con las que Posy solía cruzarse de vez en cuando en Londres. Tras más de un año de silencio, su madre por fin había comenzado a devolverle el saludo; aun así, las conversaciones eran breves y forzadas. Posy había decidido que era lo mejor. Puede que su madre no tuviera nada que decirle, pero ella tampoco tenía nada que decir a su progenitora.

Había sido una revelación de lo más liberadora.

—La vi cuando salía de la tienda de sombreros —informó Posy, preparándose el té como le gustaba, con mucha leche y sin azúcar—. Acababa de bajar las escaleras y no pude esquivarla; entonces me di cuenta de que no quería evitarla. Por supuesto que tampoco tenía ganas de hablar con ella. —Bebió un sorbo—. Más bien no tenía ganas de gastar la energía necesaria para esconderme.

Sophie asintió con aprobación.

—Y luego nos pusimos a hablar, aunque sin decirnos nada en especial. Eso sí, logró introducir uno de sus pequeños insultos mordaces.

—Odio eso.

—Lo sé. Es *toda* una experta en eso.

—Es un don —comentó Sophie—. No uno bueno, pero un don al fin y al cabo.

—Bueno —continuó Posy—, debo decir que me comporté de una forma bastante madura durante todo el encuentro. La dejé hablar y luego me despedí. Entonces me di cuenta de algo maravilloso.

—¿De qué?

Posy esbozó una sonrisa.

—Me gusta cómo soy.

—Por supuesto que sí —dijo Sophie, y pestañeó confundida.

—No, no, no lo entiendes —insistió Posy. Era extraño, porque Sophie debería de haberla entendido a la perfección. Era la única persona en el mundo que sabía lo que significaba ser la hija menospreciada de Araminta. Pero Sophie era tan alegre... Siempre lo había sido. Aun cuando Araminta la trataba prácticamente como a una esclava, Sophie nunca había parecido derrotada. Siempre había tenido cierto espíritu, una chispa. No era rebeldía: Sophie era la persona menos rebelde que Posy conocía, excepto, quizá, ella misma.

No era rebeldía... sino resistencia. Sí, era eso exactamente.

En todo caso, Sophie debería haber entendido lo que Posy quería decir, pero no lo hizo, así que se lo explicó:

—No siempre me ha gustado cómo soy. ¿Y por qué debería hacerlo? Ni siquiera le gustaba a mi propia madre.

—Ay, Posy —dijo Sophie con los ojos llenos de lágrimas—, no debes...

—No, no —la interrumpió Posy de buenas formas—. No te preocupes. No me molesta.

Sophie la miró.

—Bueno, ya no —corrigió Posy. Miró el plato con galletas que estaba sobre la mesa entre ambas. No debería comer otra. Ya se había comido tres, y *quería* comerse otras tres más; quizás eso significaba que, si se comía solo una, en realidad se estaría absteniendo de dos...

Tamborileó con los dedos sobre su pierna. Probablemente no debería comerse otra galleta. Tal vez debería dejarlas para Sophie, que acababa de tener un bebé y necesitaba recuperar fuerzas. Aunque Sophie parecía totalmente recuperada, y el pequeño Alexander ya tenía cuatro meses...

—¿Posy?

Levantó la mirada.

—¿Te ocurre algo?

Posy se encogió de hombros levemente.

—Estoy dudando si comerme o no otra galleta.

Sophie pestañeó.

—¿Una galleta? ¿En serio?

—Existen por lo menos dos motivos por los cuales no debería; seguramente más. —Hizo una pausa y frunció el entrecejo.

—Parecías muy seria —observó Sophie—. Como si estuvieras conjugando en latín.

—Ah, no, estaría mucho más serena si estuviera pensando en la conjugación del latín —declaró Posy—. Sería muy sencillo, teniendo en cuenta que no sé nada de eso. Las galletas, por el contrario, son algo sobre lo que reflexiono a menudo. —Suspiró y miró su cintura—. Por mucho que me disguste.

—No seas tonta, Posy —la regañó Sophie—. Eres la mujer más bonita que conozco.

Posy sonrió y tomó la galleta. El rasgo más maravilloso de Sophie era que no mentía. Y su amiga estaba convencida de que ella era la mujer más bonita que conocía. Aunque lo cierto era que Sophie siempre había sido ese tipo de persona. Veía bondad donde otros veían... Bueno, donde otros ni se molestaban en mirar, para ser sincera.

Posy dio un mordisco, masticó y decidió que merecía completamente la pena. Manteca, azúcar y harina. ¿Qué podía ser mejor?

—Hoy he recibido una carta de lady Bridgerton —comentó Sophie.

Posy levantó la mirada con interés. En sentido estricto, lady Bridgerton podía ser la cuñada de Sophie, la esposa del actual vizconde. Pero ambas sabían que se refería a la madre de Benedict. Para ellas, ella siempre sería lady Bridgerton. La otra era Kate. Lo que tampoco era ningún problema, ya que Kate prefería que sus familiares la llamaran así.

—Ha dicho que el señor Fibberly le hizo una visita. —Como Posy no respondió, Sophie agregó—: Que fue a verte a ti.

—Claro que sí —dijo Posy. En ese momento decidió tomarse la cuarta galleta—. Hyacinth es demasiado joven y Eloise lo aterroriza.

—Eloise me aterroriza hasta a mí —admitió Sophie—. O al menos me aterrorizaba. En cuanto a Hyacinth, estoy segura de que me aterrorizará hasta el día en que me muera.

—Solo tienes que saber cómo tratarla —dijo Posy con un gesto de indiferencia. Era verdad, Hyacinth Bridgerton *era* aterradora, pero las dos siempre se habían llevado bien. Probablemente se debiera al sólido (algunos dirían inflexible) sentido de la justicia de Hyacinth. Cuando se enteró de que la madre de Posy nunca la había amado tanto como a Rosamund...

Bueno, Posy nunca había contado chismes y no iba a empezar ahora; basta con decir que Araminta jamás volvió a comer pescado.

Ni pollo.

Posy se había enterado por los sirvientes, y ellos siempre tenían los chismes más fidedignos.

—Pero ibas a hablarme sobre el señor Fibberly —dijo Sophie, bebiendo aún su té.

Posy se encogió de hombros, aunque no era cierto que fuera a hablarle de ese caballero.

—Es muy aburrido.

—¿Bien parecido?

Posy volvió a encogerse de hombros.

—No sabría decirte.

—Solo hace falta mirar la cara de la otra persona para saberlo.

—No puedo superar que sea tan aburrido. No creo ni que sepa reírse.

—No será para tanto.

—Ah, sí, te lo aseguro. —Extendió la mano y tomó otra galleta, antes de darse cuenta de que esa no había sido su intención. Ah, bueno, ya la tenía en la mano, no podía volver a dejarla en el plato. La agitó en el aire mientras hablaba, tratando de explicarse—. A veces hace un ruido espantoso, como «ejem, ejem, ejem», y tengo la sensación de que él cree que se está riendo, pero es evidente que no.

Sophie se rio, aunque por su aspecto parecía pensar que no debería haberlo hecho.

—¡Y ni siquiera me mira el busto!

—¡Posy!

—Es el *único* atributo bueno que tengo.

—¡No es verdad! —Sophie miró a su alrededor, a pesar de que solo estaban ellas dos en la sala de estar—. No puedo creer que hayas dicho eso.

Posy soltó una exhalación de frustración.

—No puedo decir *busto* en Londres, ¿y ahora tampoco puedo hacerlo en Wiltshire?

—No cuando estoy esperando la visita del nuevo vicario —respondió Sophie.

Un trozo de la galleta de Posy se rompió y cayó sobre su regazo.

—¿Qué?

—¿No te lo había dicho?

Posy la miró con desconfianza. La mayoría de las personas creía que Sophie era una pésima mentirosa, pero eso se debía a su aspecto angelical. Y a que rara vez mentía. Así que todo el mundo daba por sentado que, si mintiera, lo haría fatal.

Pero Posy la conocía bien.

—No —respondió, limpiándose la falda— no me lo habías dicho.

—Qué raro —murmuró Sophie. Tomó una galleta y dio un mordisco.

Posy la observó.

—¿Sabes qué no voy a hacer ahora?

Sophie hizo un gesto de negación con la cabeza.

—No voy a poner los ojos en blanco, porque intento comportarme de acuerdo con mi edad y mi madurez.

—Se te ve muy seria.

Posy la miró un rato más.

—Es soltero, supongo.

—Ehh, sí.

Posy enarcó la ceja izquierda; la expresión de superioridad era quizás el único talento útil que había heredado de su madre.

—¿Qué edad tiene este vicario?

—No lo sé —admitió Sophie—, pero conserva todo el pelo.

—A esto hemos llegado —murmuró Posy.

—Me acordé de ti cuando lo conocí —dijo Sophie—. Porque sonríe.

¿Porque *sonreía*? Posy empezaba a pensar que Sophie se había vuelto loca.

—¿Cómo dices?

—Sonríe muy a menudo. Y muy bien. —Ahora *Sophie* sonrió—. No pude evitar pensar en ti.

Esta vez Posy puso los ojos en blanco, aunque acompañó el gesto con un inmediato:

—He decidido renegar de la madurez.

—Por supuesto.

—Conoceré a tu vicario —dijo Posy—, pero te comunico que también he decidido aspirar a ser excéntrica.

—Te deseo lo mejor en ese aspecto —dijo Sophie, no sin sarcasmo.

—¿No crees que sea capaz?

—Eres la persona menos excéntrica que conozco.

Era cierto, por supuesto, pero si Posy iba a ser una solterona toda su vida, quería ser la solterona excéntrica con sombrero grande, no la desesperada con cara de amargada.

—¿Cómo se llama? —quiso saber.

Pero antes de que Sophie pudiera responder, oyeron que se abría la puerta principal; poco después, entró el mayordomo y dio la respuesta al anunciar:

—Ha llegado el señor Woodson para verla, señora Bridgerton.

Posy metió su galleta a medio comer debajo de una servilleta y cruzó las manos sobre su regazo. Estaba algo disgustada con Sophie por haber invitado a un hombre soltero a tomar el té sin avisarle; sin embargo, no había razón para no causar una buena impresión. Miró la puerta con expectación y esperó pacientemente a que los pasos del señor Woodson se acercaran.

Entonces...

Entonces...

Sinceramente, no tendría sentido tratar de contarlo, porque no recordaba casi nada de lo que ocurrió a continuación.

Posy lo vio y fue como si, tras veinticinco años de vida, su corazón por fin comenzara a latir.

Hugh Woodson nunca había sido el niño más admirado de la escuela. Jamás había sido el más guapo ni el más atlético. Tampoco había sido el más inteligente, ni el más esnob ni el más tonto. Lo que sí había sido, tanto en la escuela como durante toda su vida, era la persona más querida.

Las personas lo querían. Siempre lo habían querido. Hugh suponía que se debía a que a él también le agradaban todas las personas. Su madre juraba que había salido de su vientre sonriendo. Lo decía con mucha frecuencia, aunque Hugh sospechaba que lo hacía solo para dar pie a su padre para que dijera:

—Ay, Georgette, sabes que solo fueron gases.

Con eso, los dos se desternillaban de risa.

Como testimonio del amor que sentía Hugh por sus padres, y porque se sentía bien consigo mismo, él también se echaba a reír.

No obstante, a pesar del aprecio que todos sentían por él, parecía que nunca atraía a las mujeres. Lo adoraban, por supuesto, y le confiaban sus secretos más recónditos, pero siempre lo hacían de una manera que llevaba a Hugh a creer que lo consideraban alguien en quien confiar.

Lo peor de todo era que todas las mujeres que conocía estaban absolutamente seguras de haber encontrado a la mujer *perfecta* para él, o si no, estaban seguras de que existía una mujer perfecta para él.

El hecho de que ninguna mujer se considerara *a sí misma* la mujer perfecta para él no le había pasado desapercibido. O por lo menos a Hugh. Todos los demás parecían no reparar en ese detalle.

Sin embargo, él seguía con su vida, porque no tenía sentido hacer otra cosa. Y como siempre había sospechado que las mujeres eran el sexo más inteligente, aún albergaba esperanzas de que la mujer perfecta lo estuviera esperando en algún sitio.

Después de todo, así lo habían asegurado cincuenta mujeres como mínimo. No era posible que *todas* estuvieran equivocadas.

Sin embargo, Hugh ya casi tenía treinta años y la señorita Perfecta todavía no había tenido a bien aparecer. Hugh comenzaba a creer que debía encargarse del asunto él mismo, aunque no tenía la más mínima idea de cómo llevarlo a cabo, sobre todo porque se había ido a vivir a un rincón bastante tranquilo de Wiltshire y, al parecer, no había ni una sola mujer soltera de edad apropiada en su parroquia.

Increíble, pero cierto.

Quizá debería viajar a Gloucestershire el domingo próximo. Allí había una vacante y le habían pedido que diera uno o dos sermones hasta que encontraran a un nuevo vicario. Allí tenía que haber por lo menos una mujer soltera. Toda la región de Cotswolds no podía estar tan despoblada.

Sin embargo, no era el momento de pensar en esas cosas. Acababa de llegar para tomar el té con la señora Bridgerton, una invitación que agradecía enormemente. Aún se estaba familiarizando con la región y sus habitantes, pero solo le bastó un servicio religioso para saber que todos querían y admiraban a la señora Bridgerton. Parecía muy inteligente y amable.

Esperaba que le gustaran los chismes. Realmente necesitaba a alguien que lo pusiera al tanto de la idiosincrasia del lugar. No podía ayudar a su rebaño si no conocía su historia.

También había oído que su cocinera servía un té exquisito y unas galletas dignas de mención.

—El señor Woodson ha venido a verla, señora Bridgerton.

Hugh entró en la sala mientras el mayordomo pronunciaba su nombre. Se alegraba de haberse olvidado de almorzar, porque en la casa había un aroma celestial y...

Entonces olvidó todo lo demás.

Por qué había venido.

Quién era él.

Ni siquiera recordaba el color del cielo, ni el olor del césped.

En realidad, mientras estaba allí de pie en la puerta abovedada de la sala de los Bridgerton, solo supo una cosa.

La mujer sentada en el sofá, la de los ojos extraordinarios que no era la señora Bridgerton, era la señorita Perfecta.

Sophie Bridgerton sabía una o dos cosas sobre el amor a primera vista, ya que a ella misma la había atravesado el proverbial rayo en el pasado, dejándola muda de pasión y de dicha sobrecogedora, y con una extraña sensación de hormigueo en todo el cuerpo.

O, al menos, así era como lo recordaba.

También recordaba que, si bien la flecha de Cupido había sido absolutamente certera, Benedict y ella habían tardado en alcanzar su final feliz. Así que, aunque quería saltar de alegría en su asiento mientras observaba cómo Posy y el señor Woodson se miraban como dos cachorros enamorados, una parte de ella (la que era sumamente práctica, la que había nacido en el lado equivocado, la que sabía muy bien que en el mundo no todo era de color rosa) intentaba contener su emoción.

Pero lo que pasaba con Sophie era que, por más horrible que hubiese sido su niñez (y algunos episodios habían sido muy horribles), por más crueldades y humillaciones que hubiese enfrentado en la vida (en ese aspecto tampoco había tenido suerte), en el fondo era una romántica empedernida.

Lo que la llevaba a Posy.

Era verdad que Posy la visitaba varias veces al año, y también era cierto que una de esas visitas casi siempre coincidía con el final de la temporada, pero *puede* que Sophie hubiera puesto un poco más de énfasis en la invitación reciente. Quizás había exagerado al describir lo rápido que crecían sus hijos, y existía la posibilidad de que hubiese mentido cuando dijo que no se encontraba bien del todo.

Pero en este caso, el fin justificaba sin lugar a duda los medios. Sí, Posy le había dicho que se conformaba con quedarse soltera, pero Sophie no la creía ni por un segundo. O para ser más precisa, Sophie creía que Posy estaba convencida de que se conformaría. Sin embargo, solo había que mirar cómo Posy apretujaba al pequeño William y a Alexander para saber que era una madre innata, y que el mundo sería un lugar más mediocre si Posy no tenía un montón de hijos propios.

Era cierto que, en más de una ocasión, se había propuesto presentar a Posy a cualquier caballero soltero que en ese momento se encontrara en Wiltshire, pero *esta vez...*

Esta vez lo sabía.

Esta vez era amor.

—Señor Woodson —dijo, tratando de no sonreír como una demente—, ¿me permite presentarle a mi querida hermana, la señorita Posy Reiling?

Le dio la sensación de que el señor Woodson creía que estaba diciendo algo, cuando en realidad estaba mirando fijamente a Posy como si acabara de conocer a Afrodita.

—Posy —continuó Sophie— te presento al señor Woodson, nuestro nuevo vicario. Ha llegado hace poco, ¿cuánto hace, tres semanas?

Hacía casi dos meses que vivía allí. Sophie era plenamente consciente de eso, pero estaba ansiosa por ver si él la había escuchado lo suficiente como para corregirla.

Él simplemente asintió, sin quitarle los ojos de encima a Posy.

—Por favor, señor Woodson —murmuró Sophie— siéntese.

El vicario logró comprender lo que decía y se sentó en una silla.

—¿Desea beber té, señor Woodson? —inquirió Sophie.

Él asintió.

—Posy, ¿puedes servir el té?

Posy asintió.

Sophie esperó, y cuando vio que Posy no iba a hacer otra cosa más que sonreír al señor Woodson, dijo:

—*Posy*.

Posy se volvió para mirarla, pero su cabeza se movió con tanta lentitud y con tan pocas ganas, que parecía que un imán gigante le hubiera robado las fuerzas.

—¿Servirías el té al señor Woodson? —murmuró Sophie, tratando de sonreír solo con la mirada.

—Ah. Sí, por supuesto. —Posy se volvió al vicario con esa tonta sonrisa en la cara—. ¿Le gustaría un poco de té?

En circunstancias normales, Sophie habría mencionado que ella ya le había preguntado al señor Woodson si quería té, pero aquel encuentro no tenía nada de normal, así que decidió recostarse en su asiento y observar.

—Me encantaría tomar un poco de té —dijo el señor Woodson a Posy—. Es lo que más me apetece en el mundo.

Bueno, pensó Sophie, era como si ella no estuviera presente.

—¿Cómo lo bebe? —preguntó Posy.

—Como a usted le guste.

Ah no, aquello era demasiado. Ningún hombre se enamoraba tan ciegamente que ya no tenía preferencias para su té. Estaban en Inglaterra, ¡por el amor de Dios! Y más específicamente, estaban tomando el *té*.

—Tenemos leche y azúcar —informó Sophie, sin poder reprimirse. Se había propuesto sentarse y observar, pero ni siquiera la romántica más empedernida habría podido permanecer en silencio.

El señor Woodson no la oyó.

—Cualquiera de ellas sería apropiada en su taza —agregó Sophie.

—Tiene usted unos ojos extraordinarios —dijo él con la voz cargada de admiración, como si no pudiese creer que estuviera en este cuarto junto a Posy.

—Su sonrisa —respondió Posy—. Es... preciosa.

Él se inclinó hacia adelante.

—¿Le agradan las rosas, señorita Reiling?

Posy asintió.

—Tengo que traerle algunas.

Sophie renunció a intentar aparentar serenidad y, por fin, se permitió sonreír. De todos modos, ninguno de los dos la estaba mirando.

—Tenemos rosas —dijo ella.

No hubo respuesta.

—En el jardín de atrás.

De nuevo, nada.

—Donde ambos podríais ir a pasear.

Fue como si alguien los hubiera pinchado con un alfiler.

—Ah, ¿vamos?

—Me encantaría.

—Por favor, permítame...

—Tome mi brazo.

—Cree que...

—Debe...

Cuando Posy y el señor Woodson llegaron a la puerta, Sophie no podía distinguir quién decía qué. Y en la taza del señor Woodson no había ni una gota de té.

Sophie esperó un minuto entero y luego estalló en carcajadas; se tapó la boca con la mano para ahogar el sonido, aunque no sabía por qué debía hacerlo. Era una risa de puro deleite. De orgullo, también, por haber orquestado el encuentro.

—¿De qué te ríes? —Era Benedict que entraba en la habitación con los dedos manchados de pintura—. Ah, galletas. Excelente. Me muero de hambre. Me olvidé de desayunar esta mañana. —Tomó la última galleta y frunció el ceño—. Podrías haberme dejado más.

—Es Posy —explicó Sophie, sonriendo—. Y el señor Woodson. Preveo un compromiso muy breve.

Benedict abrió los ojos como platos. Se volvió hacia la puerta y luego hacia la ventana.

—¿Dónde están?

—En el jardín de atrás. No podemos verlos desde aquí.

Benedict masticó mientras pensaba.

—Pero podríamos verlos desde mi estudio.

Durante dos segundos ninguno de los dos se movió. Pero fueron solo dos segundos.

Luego corrieron hacia la puerta, empujándose a lo largo del pasillo hasta el estudio de Benedict, que sobresalía de la parte trasera de la casa y recibía luz desde tres direcciones. Sophie llegó primero, aunque no precisamente por practicar el juego limpio, y soltó un resoplido escandalizado.

—¿Qué sucede? —preguntó Benedict desde la puerta.

—¡Se están besando!

Benedict caminó hacia la ventana.

—No es verdad.

—Claro que sí.

Se acercó a Sophie y quedó boquiabierto.

—¡Que me parta un rayo!

Y Sophie, que jamás maldecía, respondió:

—Lo sé. Lo *sé*.

—¿Y acaban de conocerse? ¿En serio?

—Tú me besaste la noche en que nos conocimos —señaló ella.

—Fue diferente.

Sophie logró apartar su atención de la pareja que se besaba en el jardín el tiempo suficiente para preguntar:

—¿En qué sentido?

Él reflexionó sobre aquello un momento y luego respondió:

—Era un baile de disfraces.

—Ah, ¿entonces está bien besar a alguien si no sabes quién es?

—No es justo, Sophie —dijo él, chasqueando la lengua mientras sacudía la cabeza—. Te pregunté y tú no me lo quisiste decir.

Eso era lo suficientemente cierto como para poner fin a esa parte de la conversación. Permanecieron allí un rato más, mirando con descaro a Posy y al vicario. Habían dejado de besarse y ahora hablaban; por lo que parecía, muy rápido. Posy hablaba, y luego el señor Woodson asentía con vigor y la interrumpía, y luego ella lo interrumpía a él, y después él parecía estar riéndose, y luego Posy comenzaba a hablar con tanto entusiasmo que agitaba los brazos por encima de su cabeza.

—¿Qué diablos estarán diciéndose? —se preguntó Sophie.

—Probablemente todo lo que deberían haberse dicho antes de besarse. —Benedict frunció el entrecejo y se cruzó de brazos—. De todos modos, ¿cuánto llevan así?

—Has estado observando el mismo tiempo que yo.

—No, quiero decir, ¿cuándo ha llegado él? ¿Llegaron a hablar antes de...? —Señaló con la mano la ventana, en dirección a la pareja que parecía a punto de volver a besarse.

—Sí, por supuesto, pero... —Sophie hizo una pausa para pensar. Tanto Posy como el señor Woodson se habían mostrado tímidos cuando se conocieron. De hecho, no recordaba que hubieran intercambiado alguna palabra significativa—. Bueno, creo que no mucho.

Benedict asintió lentamente.

—¿Crees que debería salir al jardín?

Sophie lo miró, luego miró la ventana, y después volvió a mirarlo.

—¿Estás loco?

Él se encogió de hombros.

—Ella es mi hermana ahora, y esta *es* mi casa...

—¡No te atrevas!

—¿No se supone que debo proteger su honor?

—¡Es su primer beso!

Benedict enarcó una ceja.

—Y aquí estamos nosotros, espiándola.

—Tengo derecho —replicó Sophie, indignada—. Yo concerté el encuentro.

—Ah, ¿sí? Creo recordar que fui *yo* quien propuso el nombre del señor Woodson.

—Pero tú no has *hecho* nada al respecto.

—Ese es tu trabajo, querida.

Sophie pensó en replicar porque estaba usando un tono bastante molesto, pero vio que tenía razón. A ella le gustaba buscarle pareja a Posy, y *sin duda* estaba disfrutando de su evidente éxito.

—Sabes —dijo Benedict, pensativo—. Algún día podríamos tener una hija.

Sophie se volvió hacia su marido. Él no solía decir incongruencias.

—¿Cómo dices?

Benedict señaló a los tortolitos del jardín.

—Solo que creo que esto podría servirme de entrenamiento, sería una forma excelente de practicar. Estoy seguro de que deseo ser un padre autoritario y protector. Podría salir y hacerlo pedazos.

Sophie se estremeció. El pobre señor Woodson no tendría ninguna posibilidad.

—¿Retarlo a un duelo?

Sophie sacudió la cabeza.

—Muy bien, pero si la tumba en el suelo voy a interceder.

—Él no va a... ¡Cielo santo! —Sophie se acercó a la ventana y casi pegó el rostro al cristal—. ¡Dios mío!

Y ni siquiera se tapó la boca, horrorizada por haber blasfemado.

Benedict suspiró y flexionó los dedos.

—No quiero hacerme daño en las manos. Tengo tu retrato a medio terminar y me está quedando muy bien.

Sophie tenía una mano sobre su brazo y lo retuvo, aunque en realidad él no se movía.

—No —dijo—. No... —Lanzó un pequeño grito—. Dios bendito, quizá deberíamos hacer algo.

—Todavía no están en el suelo.

—¡Benedict!

—En circunstancias normales diría que hay que llamar al sacerdote —observó— pero en este caso es él quien nos ha metido en este lío.

Sophie tragó saliva.

—¿Quizá podrías obtener una licencia especial? ¿Como regalo de boda?

Benedict sonrió.

—Considéralo hecho.

Fue una boda espléndida. Y ese beso al final...

Nadie se sorprendió cuando, nueve meses más tarde, Posy dio a luz a un bebé, y luego a otros en intervalos de un año. Fue muy cuidadosa a la hora de poner nombres a su prole, y el señor Woodson, que era tan querido como vicario como lo había sido en otras etapas de su vida, la adoraba demasiado como para poner objeciones a ninguna de sus elecciones.

Primero fue Sophia, por razones obvias, y luego Benedict. La siguiente habría sido Violet, pero Sophie le rogó que no usara ese nombre. Siempre había querido ese nombre para una hija suya, y sería demasiado confuso con ambas familias viviendo tan cerca. Así que Posy se decidió por Georgette, como la madre de Hugh. Creía que su suegra tenía la sonrisa *más bonita* del mundo.

Luego fue John, como el padre de Hugh. Durante mucho tiempo pareció que sería el benjamín de la familia. Después de dar a luz todos los meses de junio durante cuatro años consecutivos, Posy dejó de quedarse embarazada. No hacía nada diferente, según le confesó a Sophie; ella y Hugh seguían tan enamorados como siempre. Pero parecía que su cuerpo había decidido no tener más hijos.

Tampoco le importaba mucho. Con dos niñas y dos niños, todos de cortas edades, se mantenía muy ocupada.

Entonces, cuando John tenía cinco años, Posy se levantó de la cama una mañana y vomitó en el suelo. Solo podía significar una cosa, y al otoño siguiente dio a luz a una niña.

Sophie estuvo presente en el parto, como siempre.

—¿Qué nombre le pondrás? —le preguntó.

Posy contempló a la criatura pequeña y perfecta que tenía entre sus brazos. Dormía profundamente, y aunque sabía que los recién nacidos no sonreían, parecía que la bebé estuviera feliz por algo.

Quizá por haber nacido. Quizás esta bebé enfrentaría la vida con una sonrisa. El buen humor sería su arma secreta.

¡Qué ser humano tan espléndido sería!

—Araminta —dijo Posy de pronto.

Sophie estuvo a punto de desmayarse por la conmoción.

—¿Qué?

—Quiero llamarla Araminta. Lo tengo claro. —Posy acarició la mejilla de la bebé y luego tocó suavemente su barbilla.

Parecía que Sophie no podía dejar de agitar la cabeza.

—Pero tu madre... No puedo creer que...

—No le he puesto ese nombre *por* mi madre —la interrumpió Posy amablemente—. Le pongo ese nombre *debido a* mi madre. Es diferente.

Sophie no pareció convencida, pero se inclinó para mirar mejor a la recién nacida.

—Es una dulzura —murmuró.

Posy sonrió, sin apartar la mirada de la cara de la pequeña.

—Lo sé.

—Supongo que podría acostumbrarme al nombre —dijo Sophie, asintiendo en señal de consentimiento. Deslizó el dedo entre la mano y el cuerpo de la niña e hizo cosquillas a la palma de su manita, hasta que los diminutos dedos se envolvieron instintivamente alrededor del suyo—. Buenas noches, Araminta —dijo—. Encantada de conocerte.

—Minty —declaró Posy.

Sophie alzó la mirada.

—¿Qué?

—La llamaré Minty. Araminta quedará bien en el libro familiar, pero creo que ella es Minty.

Sophie apretó los labios para no reírse.

—Tu madre odiaría ese apodo.

—Sí —murmuró Posy—. Lo odiaría, ¿verdad?

—Minty —dijo Sophie, probando el sonido en su boca—. Me gusta. No, creo que me encanta. Le sienta bien.

Posy besó la cabeza de Minty.

—¿Qué clase de niña serás? —susurró—. ¿Dulce y dócil?

Sophie se rio al oírla. Había estado presente en doce nacimientos: cuatro hijos propios, cinco de Posy y tres de la hermana de Benedict,

Eloise. Nunca había oído a un bebé llegar a este mundo con un llanto tan fuerte como el de la pequeña Minty.

—Esta niña —aseguró con firmeza— va a volveros locos.

Y así fue. Pero esa, querido lector, es otra historia...

Seduciendo a Mr. Bridgerton

Decir que en *Seduciendo a Mr. Bridgerton* se reveló un gran secreto sería un eufemismo. Pero Eloise Bridgerton (uno de los personajes secundarios más importantes del libro) partió de la ciudad antes de que todo Londres conociera la verdad sobre lady Whistledown. Muchos de mis lectores esperaban una escena en la siguiente novela (*A Sir Phillip, con amor*) en la que Eloise «se enterara del secreto», pero no hubo manera de incluir esa escena en el libro. Sin embargo, tarde o temprano Eloise iba a tener que enterarse, y ahí es donde comienza el segundo epílogo...

Seduciendo a Mr. Bridgerton
Segundo epílogo

—*¿No se lo has dicho?*

Penelope Bridgerton habría dicho más; de hecho, le habría gustado decir más, pero le resultaba difícil hablar, pues se había quedado boquiabierta. Su marido acababa de regresar de una enloquecida carrera por el sur de Inglaterra junto a sus tres hermanos, en busca de su hermana Eloise quien, a todas luces, se había fugado con...

Ay, Dios mío.

—¿Se ha casado? —preguntó Penelope con desesperación.

Colin arrojó el sombrero sobre una silla con un diestro giro de muñeca. Después, alzó una comisura de la boca en una sonrisa satisfecha mientras el sombrero giraba en el aire en un perfecto eje horizontal.

—Aún no —respondió.

Así que no se había fugado para casarse. Pero *sí* había huido. Y lo había hecho en secreto. Eloise, la mejor amiga de Penelope. Eloise, quien le contaba todo a Penelope. Eloise, quien por lo visto *no* le contaba todo a Penelope, había huido a la casa de un hombre a quien nadie conocía, dejando una nota donde aseguraba a su familia que todo estaría bien y que no se preocuparan.

¿¿¿Que no se preocuparan???

Por todos los cielos, cualquiera pensaría que Eloise Bridgerton conocía mejor a su familia. Habían estado desesperados, todos ellos.

Penelope se había quedado con su nueva suegra mientras los hombres iban a buscar a Eloise. Violet Bridgerton había intentado disimularlo, pero sin duda había estado muy pálida, y Penelope no pudo dejar de advertir que las manos le habían temblado con cada movimiento.

Y ahora Colin había regresado y actuaba como si no hubiera pasado nada, no respondía a ninguna de sus preguntas como ella quería, y sobre todo...

—¿Cómo pudiste no decirle nada? —repitió, pisándole los talones.

Colin se arrellanó en un sillón y se encogió de hombros.

—No se presentó la ocasión apropiada.

—¡Has estado cinco días fuera de casa!

—Sí, bueno, pero no he pasado todos ellos con Eloise. Al fin y al cabo, se tarda un día en el viaje de ida y otro en el de vuelta.

—Pero... pero...

Colin logró reunir la energía suficiente para mirar alrededor del cuarto.

—¿Has pedido que nos traigan el té?

—Sí, por supuesto —dijo Penelope, pensativa. Después de casarse, solo había tardado una semana en darse cuenta de que, en lo que se refería a su flamante marido, era mejor tener siempre comida a mano—. Pero Colin...

—Me di mucha prisa en volver, ¿sabes?

—Me he dado cuenta —dijo ella, observando su cabello húmedo y alborotado por el viento—. ¿Has venido a caballo?

Colin asintió.

—¿Desde Gloucestershire?

—Desde Wiltshire, en realidad. Hemos pernoctado en casa de Benedict.

—Pero...

Él esbozó una sonrisa arrebatadora.

—Te he echado de menos.

Y Penelope, que no estaba tan acostumbrada a sus muestras de afecto, se ruborizó.

—Yo también te he echado de menos, pero...

—Ven a sentarte conmigo.

¿Dónde?, estuvo a punto de preguntar. Porque la única superficie plana era su regazo.

La sonrisa de Colin, el encanto personificado, se hizo más intensa.

—Te echo de menos en este preciso momento —musitó.

Sumamente avergonzada, Penelope miró de inmediato el frente de sus pantalones. Colin soltó una carcajada y ella se cruzó de brazos.

—*No*, Colin —le advirtió.

—No, ¿qué? —preguntó él con tono inocente.

—Aunque no estuviéramos en la sala de estar, y aunque las cortinas no estuvieran abiertas...

—Tonterías que se pueden remediar fácilmente —comentó él, mirando las ventanas.

—Y *aunque* —dijo entre dientes, con voz más grave, aunque no más sonora— no estuviéramos esperando que la criada entrara en cualquier momento, cargada con tu bandeja de té, lo importante del asunto es que...

Colin soltó un suspiro.

—... ¡*no has respondido a mi pregunta!*

Colin pestañeó.

—He olvidado cuál era la pregunta.

Pasaron un total de diez segundos antes de que Penelope volviera a hablar.

—Voy a matarte.

—De eso estoy seguro —repuso él con tono indiferente—. La única pregunta es cuándo.

—¡Colin!

—Podría ser más temprano que tarde —murmuró—. Pero la verdad sea dicha, creí que moriría de una apoplejía provocada por un mal comportamiento.

Ella lo miró fijamente.

—*Tu* mal comportamiento —aclaró él.

—Yo me comportaba bien antes de conocerte —replicó ella.

—Ah, ja, ja —rio él—. *Eso* sí que es gracioso.

Y Penelope se vio obligada a cerrar la boca. Porque, maldición, Colin tenía razón. Y en realidad ese era el problema subyacente. Su marido, después de entrar al vestíbulo, quitarse la chaqueta y propinarle un sonoro beso en los labios (¡frente al mayordomo!), le había informado alegremente:

—Ah, a propósito, nunca le dije que tú eras Whistledown.

Y si había algo que podía considerarse como mal comportamiento eran sus diez años como autora del ahora infame *Ecos de Sociedad de lady Whistledown*. Durante la última década, Penelope, bajo un seudónimo, se las había ingeniado para insultar a casi todos los integrantes de la sociedad, incluida ella misma. (La alta sociedad habría sospechado si nunca se hubiese burlado de sí misma; además, Penelope parecía una fruta podrida gracias a los espantosos colores amarillo y anaranjado que su madre la obligaba a vestir.)

Penelope se había «retirado» justo antes de casarse, pero cierto intento de chantaje había convencido a Colin de que lo mejor era desvelar su secreto en un gesto grandilocuente, así que él había revelado la identidad de Penelope en el baile de su hermana Daphne. Todo había sido muy romántico y muy... bueno... muy *grandilocuente*, pero antes de que terminara la velada descubrieron que Eloise había desaparecido.

Eloise era la mejor amiga de Penelope desde hacía años, pero ni siquiera ella conocía el gran secreto de su amiga. Aún no lo sabía. Había abandonado la fiesta antes de que Colin lo anunciara, y por lo visto su marido había considerado oportuno no decirle nada cuando por fin la encontró.

—Francamente —murmuró Colin con un inusitado tono de irritación en la voz— es lo menos que se merece después de lo que nos ha hecho pasar.

—Bueno, sí —musitó Penelope, sintiéndose algo desleal en ese momento. Pero todo el clan Bridgerton se había vuelto loco de preocupación. Aunque era cierto que Eloise había dejado una nota, esta se había mezclado con la correspondencia de su madre y había pasado un día entero antes de que la familia supiera que no habían secuestrado a Eloise. Y ni siquiera entonces se tranquilizaron; Eloise podía haberse ido por voluntad propia, pero tardaron otro día más en revolver sus aposentos hasta encontrar una carta de sir Phillip Crane donde indicaba cuál podría haber sido su destino.

Teniendo en cuenta todo eso, Colin tenía razón.

—Tenemos que volver allí dentro de unos días para la boda —dijo él—. Se lo diremos entonces.

—¡Ah, pero no podemos!

Él calló, luego sonrió.

—¿Y por qué? —inquirió, mirando a su esposa con gran aprecio.

—Será el día de su boda —explicó Penelope, a sabiendas de que él esperaba un motivo mucho más diabólico—. Ese día Eloise debe ser el centro de atención. No puedo decirle algo *semejante*.

—Demasiado altruista para mi gusto —musitó él—, pero el resultado final es el mismo, así que tienes mi aprobación...

—No necesito tu aprobación —lo interrumpió Penelope.

—No obstante, la tienes —dijo él con soltura—. Eloise no se enterará de nada. —Juntó las puntas de los dedos y suspiró con sonoro placer—. Será una boda excelente.

La criada llegó en ese momento, llevando una bandeja de té repleta de cosas. Penelope intentó ignorar el pequeño gruñido que soltó la mujer cuando por fin pudo apoyarla sobre la mesa.

—Puede cerrar la puerta —dijo Colin en cuanto la criada se enderezó.

La mirada de Penelope voló a la puerta y luego a su marido, que se había levantado y estaba cerrando las cortinas.

—¡Colin! —chilló Penelope, ya que su marido la había tomado entre sus brazos y comenzó a besarla en el cuello. Se estaba derritiendo de placer—. Pensé que querías comer —suspiró.

—Así es —murmuró él, tironeando del corsé de su vestido—. Pero tú me apeteces más.

Y mientras Penelope se hundía en los cojines, que sin saber muy bien cómo ya estaban sobre la mullida alfombra, se sintió completamente amada.

Varios días después, Penelope viajaba en un carruaje y miraba por la ventana, regañándose a sí misma.

Colin dormía.

Estaba muy nerviosa por volver a ver a Eloise. Se trataba de Eloise, ¡por el amor de Dios! Llevaban más de una década siendo amigas íntimas. Más que eso, como hermanas. Aunque, quizá... no tanto como ninguna de las dos había pensado. Ambas habían guardado secretos. Penelope tenía ganas de retorcerle el cuello a Eloise por no haberle contado lo de su pretendiente, aunque en realidad no tenía ningún derecho. Cuando Eloise descubriera que Penelope era lady Whistledown...

Penelope se estremeció. Puede que Colin esperara con ansias ese momento (sentía un entusiasmo diabólico), pero a ella se le había encogido el estómago. No había comido en todo el día, y *no* era de las que se saltaba el desayuno.

Se retorció las manos y asomó la cabeza para ver mejor por la ventana (creía que habían girado para tomar el camino de entrada a Romney Hall, pero no estaba segura) y luego miró a Colin.

Aún dormía.

Le dio una patada. Suave, por supuesto, porque no se consideraba demasiado violenta, pero francamente, no le parecía justo que él se hubiese puesto a dormir como un bebé apenas el carruaje comenzó a moverse. Colin se había acomodado en su asiento, le había preguntado si estaba cómoda, y antes de que tuviera tiempo de pronunciar el *gracias* de «Sí, gracias», había cerrado los ojos.

Treinta segundos después, roncaba.

No era justo, la verdad. Incluso de noche, su marido siempre se dormía antes que ella.

Volvió a patearlo, esta vez con más fuerza.

Él murmuró algo entre sueños, cambió de posición levemente, y se desplomó en el rincón.

Penelope se acercó a él. Cerca, cada vez más cerca...

Luego cerró el brazo para que el codo quedara en punta y se lo clavó en las costillas.

—¿Qué...? —Colin se enderezó al instante, parpadeando y tosiendo—. ¿Qué? ¿Qué? ¿Qué?

—Creo que hemos llegado —respondió Penelope.

Colin miró por la ventana, y luego a su esposa.

—¿Y era necesario que me informaras de ello dándome con un arma?

—Ha sido mi codo.

Él miró el brazo de ella.

—Querida mía, tienes unos codos sumamente huesudos.

Penelope estaba segura de que sus codos (o cualquier parte de su cuerpo, para ser precisa) no eran para nada huesudos, pero no creía que fuera a ganar mucho contradiciéndolo, así que repitió:

—Creo que hemos llegado.

Colin se apoyó en el cristal y volvió a parpadear un par de veces, soñoliento.

—Creo que tienes razón.

—Es precioso —opinó Penelope al observar el jardín tan bien cuidado—. ¿Por qué me has dicho que estaba abandonado?

—Porque lo está —respondió Colin, entregándole el chal—. Toma —dijo con una sonrisa brusca, como si aún no estuviera acostumbrado a velar por el bienestar de otra persona de la manera en que la cuidaba a ella—. Aún hace frío.

Todavía era muy temprano; la posada en la que habían dormido quedaba a solo una hora de distancia. La mayor parte de la familia había pasado la noche en casa de Benedict y Sophie, pero la casa no era tan grande como para alojar a todos los Bridgerton. Además, como había explicado Colin, ellos estaban recién casados y necesitaban privacidad.

Penelope se envolvió con la suave lana del chal y se apoyó en su marido para mirar mejor por la ventana. Y para ser sincera, también porque le gustaba estar cerca de su marido.

—A mí me parece encantador —opinó—. Nunca había visto rosas como esas.

—Es más bonito por fuera que por dentro —explicó Colin mientras el carruaje se detenía—. Aunque espero que Eloise lo transforme.

Abrió la puerta por su cuenta y bajó de un salto; luego le ofreció su brazo para ayudarla a descender.

—Vamos, lady Whistledown...

—Señora Bridgerton —lo corrigió ella.

—Como sea que te llames —admitió él con una amplia sonrisa— sigues siendo mía. Y este es tu último acto.

Cuando Colin cruzó el umbral del que sería el nuevo hogar de su hermana lo invadió una inesperada sensación de alivio. A pesar de su enfado con ella, quería a su hermana. De pequeños no habían tenido una relación muy estrecha; él era más cercano en edad a Daphne, y Eloise a menudo no era más que una molesta presencia. Pero el año anterior se habían unido más, y de no haber sido por Eloise, nunca habría descubierto a Penelope.

Y sin Penelope, él estaría...

Qué curioso. No podía imaginar qué sería de él sin ella.

Contempló a su flamante esposa. Penelope observaba con disimulo el vestíbulo de entrada. Tenía una expresión impasible en el rostro, pero Colin sabía que estaba pendiente de todo. Y mañana, cuando conversaran sobre los acontecimientos del día, recordaría hasta el último detalle.

Tenía memoria de elefante. A él le encantaba eso.

—Señor Bridgerton —saludó el mayordomo con una leve inclinación de cabeza—. Bienvenido a Romney Hall.

—Es un placer, Gunning —murmuró Colin—. Lamento lo de la última vez.

Penelope lo miró con recelo.

—Entramos de una forma un tanto... impetuosa —explicó Colin.

El mayordomo debió ver la expresión de sobresalto en el rostro de Penelope, pues se apresuró a agregar:

—Yo me hice a un lado.

—Ah —comenzó a decir ella—. Qué...

—Pero sir Phillip, no —la interrumpió Gunning.

—Ah —Penelope tosió con torpeza—. ¿Se pondrá bien?

—Se le hinchó un poco la garganta —respondió Colin con indiferencia—. Supongo que ya está mejor. —Vio que Penelope le miraba las manos y soltó una carcajada—. Ah, no fui yo —dijo, tomándola del brazo para conducirla por el pasillo—. Yo solo fui un espectador.

Ella hizo una mueca.

—Me temo que eso podría ser peor.

—Posiblemente —dijo él con gran regocijo—. Pero al final todo ha salido bien. Ahora me cae bien el sujeto, y... Ah, madre, has llegado.

Efectivamente, Violet Bridgerton se acercaba a toda prisa.

—Llegáis tarde —dijo, aunque Colin estaba seguro de que no era cierto. Se inclinó para besar la mejilla que su madre le ofrecía y luego se apartó a un lado cuando Violet se acercó para tomar las manos de Penelope entre las suyas—. Querida mía, te necesitamos allí atrás. Después de todo, eres la dama de honor.

Colin imaginó la escena: un grupo de mujeres parlanchinas, todas hablando al mismo tiempo sobre minucias que a él no le importaban y ni mucho menos comprendía. Contándose todo, y...

Se dio la vuelta repentinamente.

—No digas una palabra —le advirtió.

—¿Cómo dices? —Penelope soltó un bufido de indignación—. Fui yo la que dijo que no podíamos contárselo el día de su boda.

—Se lo decía a mi madre —explicó él.

Violet sacudió la cabeza.

—Eloise va a matarnos.

—Casi nos mata cuando se escapó como una idiota —dijo Colin con inusitada irritabilidad—. Ya les he dicho a los demás que cierren la boca.

—¿También a Hyacinth? —preguntó Penelope con desconfianza.

—Especialmente a Hyacinth.

—¿La has sobornado? —quiso saber Violet—. Porque no se callará a menos que la sobornes.

—Dios mío —murmuró Colin—. Cualquiera pensaría que solo llevo un día formando parte de esta familia. Por supuesto que la he sobornado. —Se volvió hacia Penelope—. Sin ánimo de ofender a los nuevos integrantes.

—Ah, no me he ofendido —respondió Penelope—. ¿Cuánto le has dado?

Colin pensó en la negociación con su hermana menor y casi se estremeció.

—Veinte libras.

—¡Veinte libras! —exclamó Violet—. ¿Estás loco?

—Supongo que tú lo habrías hecho mejor —replicó él—. Y solo le he dado la mitad. No me fío de esa niña ni un pelo. Pero si mantiene la boca cerrada, tendré otras diez libras menos.

—Me pregunto en qué circunstancias te *fiarías* de ella —musitó Penelope.

Colin se volvió hacia su madre.

—Intenté darle diez, pero ni se inmutó. —Y luego, a Penelope—: En ninguna.

Violet suspiró.

—Debería regañarte por decir eso.

—Pero no lo harás. —Colin miró a su madre con una gran sonrisa.

—Que el cielo me asista —fue su única respuesta.

—Que el cielo asista a quienquiera que esté lo suficientemente loco como para casarse con ella —observó Colin.

—Creo que Hyacinth es más madura de lo que creéis —opinó Penelope—. No deberíais subestimarla.

—¡Dios bendito! —respondió Colin—. No la *subestimamos* en absoluto.

—Eres tan dulce —dijo Violet, acercándose a su nuera para darle un espontáneo abrazo.

—Todavía no se ha apoderado del mundo por una simple cuestión de suerte —murmuró Colin.

—Ignóralo —le dijo Violet a Penelope—. Y tú —agregó, volviéndose a Colin— debes ir a la iglesia de inmediato. El resto de los hombres ya están allí. Está solo a cinco minutos a pie.

—¿Vas a ir andando? —preguntó Colin, no muy convencido.

—Por supuesto que no —respondió su madre con desdén—. Pero no vamos a prescindir de un carruaje por ti.

—No se me ocurriría pedir uno —ironizó Colin. Decidió que una caminata solitaria bajo el fresco aire de la mañana era preferible a viajar en un carruaje encerrado con las mujeres de su familia.

Se inclinó para besar a su esposa en la mejilla. Justo al lado de la oreja.

—Recuerda —murmuró—. No digas nada.

—Puedo guardar un secreto —replicó Penelope.

—Es mucho más fácil guardar un secreto a mil personas que a una sola —advirtió Colin—. La sensación de culpa es mucho menor.

Las mejillas de Penelope se encendieron de rubor, y él volvió a besarla cerca de la oreja.

—Te conozco muy bien —murmuró él.

Mientras se marchaba, casi pudo oírla apretar los dientes.

—¡Penelope!

Eloise comenzó a levantarse para saludarla, pero Hyacinth, que supervisaba su peinado, apoyó la mano sobre el hombro de su hermana, diciendo en voz baja y con tono amenazador:

—*Siéntate.*

Y Eloise, que en circunstancias normales habría matado a Hyacinth con la mirada, volvió a sentarse dócilmente.

Penelope miró a Daphne, que parecía estar vigilando a Hyacinth.

—Ha sido una mañana larga —suspiró Daphne.

Penelope se acercó a Eloise, empujó con suavidad a Hyacinth y abrazó a su amiga con cuidado para no estropearle el peinado.

—Estás muy guapa —dijo.

—Gracias —respondió Eloise, pero le temblaban los labios, tenía los ojos húmedos y las lágrimas amenazaban con desbordarse en cualquier momento.

Lo que más deseaba Penelope en ese momento era hablar con ella en privado y decirle que todo iba a salir bien y que no *tenía* que casarse con sir Phillip si no lo deseaba, pero a fin de cuentas, Penelope *no* sabía que todo iba a salir bien, y sospechaba que Eloise sí tenía que casarse con sir Phillip.

Solo había oído rumores. Eloise había estado viviendo más de una semana en Romney Hall sin una carabina. Su reputación se iría al garete si se descubría; lo que seguramente sucedería. Penelope conocía mejor que nadie el poder y la tenacidad de los chismes. Además, había oído que Eloise y Anthony habían tenido «una conversación».

Parecía que el matrimonio era inevitable.

—¡Me alegro tanto de que hayas venido! —dijo Eloise.

—Dios mío, sabes que no me perdería tu boda por nada del mundo.

—Lo sé. —Le temblaron los labios, y luego su rostro adoptó la típica expresión de cuando una intenta parecer valiente y cree que de verdad le está funcionando—. Lo sé —repitió con un poco más de firmeza—.

Claro que no te la perderías. Pero eso no disminuye el placer que siento al verte.

Fue una oración demasiado formal para Eloise; durante un instante, Penelope se olvidó de sus propios secretos, de sus propios miedos y preocupaciones. Eloise era su mejor amiga. Colin era su amor, su pasión y su alma, pero Eloise había sido la persona que más había influido en su vida de adulta. No podía imaginarse cómo habría sido la última década sin la sonrisa y las carcajadas de Eloise, sin su incansable buen humor.

Eloise la había querido más que su propia familia.

—Eloise —dijo Penelope, agachándose junto a ella para poder rodearle los hombros con el brazo. Se aclaró la garganta, sobre todo porque estaba a punto de hacerle una pregunta cuya respuesta probablemente no tenía importancia—. Eloise —repitió, casi en un murmullo—. ¿Deseas esto?

—Por supuesto —respondió Eloise.

Pero Penelope no estaba segura de creerle.

—¿Lo quier... —Se detuvo. E hizo esa pequeña mueca con la boca que intentaba ser una sonrisa—: ¿Te gusta? ¿Tu sir Phillip?

Eloise asintió.

—Él es... complicado.

La respuesta hizo que Penelope se sentara.

—Estás bromeando.

—¿En un momento como este?

—¿No eras tú la que siempre decía que los hombres eran criaturas simples?

Eloise la miró con una rara expresión de impotencia.

—Eso creía.

Penelope se acercó aún más, consciente de que la capacidad auditiva de Hyacinth era sumamente fina.

—¿Y tú le gustas?

—Cree que hablo demasiado.

—Es que hablas demasiado —respondió Penelope.

Eloise la fulminó con la mirada.

—Al menos podrías sonreír.

—Es la verdad. Pero lo encuentro adorable.

—Creo que él piensa lo mismo. —Eloise hizo una mueca—. Algunas veces.

—¡Eloise! —llamó Violet desde la puerta—. Tenemos que irnos.

—No queremos que el novio piense que te has fugado —bromeó Hyacinth.

Eloise se puso de pie y enderezó los hombros.

—Ya he tenido suficientes fugas últimamente, ¿no crees? —Se volvió a Penelope con una sonrisa melancólica cargada de sabiduría—. Es hora de que empiece a avanzar y a dejar de huir.

Penelope la observó con curiosidad.

—¿Qué has dicho?

Pero Eloise se limitó a sacudir la cabeza.

—Es algo que oí hace poco.

Fue un comentario curioso, pero no era momento de indagar más en el asunto, así que Penelope se retiró con el resto de la familia. Sin embargo, tras dar algunos pasos, se detuvo ante el sonido de la voz de Eloise.

—¡Penelope!

Se dio la vuelta. Eloise seguía en la puerta, a más de tres metros de distancia. Tenía una expresión rara en el rostro, que no supo interpretar. Esperó, pero Eloise no habló.

—¿Eloise? —dijo con voz queda. Parecía que su amiga *quería* decir algo, pero que no estaba segura de cómo hacerlo. O quizá no sabía qué decir.

Entonces...

—*Lo lamento* —farfulló Eloise; las palabras brotaron de sus labios a una velocidad increíble, incluso para ella.

—Lo lamentas —repitió Penelope, sobre todo por la sorpresa. En realidad, ni siquiera había considerado qué podría decir Eloise en ese momento, pero una disculpa no estaba en los primeros puestos de su lista—. ¿Qué es lo que lamentas?

—Haber guardado secretos. No estuvo bien por mi parte.

Penelope tragó saliva. ¡*Dios mío*!

—¿Me perdonas? —dijo Eloise con dulzura, pero sus ojos expresaban urgencia, y Penelope se sintió la peor de las farsantes.

—Por supuesto —tartamudeó—. No es nada. —Y no *era* nada, al menos comparado con sus propios secretos.

—Debí haberte hablado de mi correspondencia con sir Phillip. No sé por qué no lo hice desde el principio —continuó Eloise—. Pero luego, cuando tú y Colin empezasteis a enamoraros... creo que fue... creo que fue porque era algo *mío*.

Penelope asintió. Sabía muy bien lo que era desear algo propio.

Eloise soltó una risa nerviosa.

—Y ahora, mírame.

Penelope la contempló.

—Estás preciosa. —Era cierto. Eloise no era una novia serena, pero estaba radiante, y Penelope sintió que sus preocupaciones iban disminuyendo hasta desaparecer. Todo saldría bien. Penelope no sabía si Eloise sentiría la misma dicha en el matrimonio que ella había encontrado en el suyo, pero por lo menos estaría feliz y satisfecha.

¿Y quién era ella para decir que la flamante pareja no se enamoraría locamente? Cosas más extrañas habían sucedido.

Enlazó el brazo con el de Eloise y la guio por el pasillo, donde Violet había alzado la voz a un volumen inimaginable.

—Creo que tu madre quiere que nos demos prisa —susurró Penelope.

—¡Eloiiiiiiiiiise! —gritó Violet—. ¡AHORA!

Eloise enarcó las cejas mientras miraba a Penelope de reojo.

—¿Qué te hace pensar eso?

Pero no se dieron ninguna prisa. Avanzaron del brazo por el pasillo, como si se dirigieran al altar.

—¿Quién habría imaginado que nos casaríamos con meses de diferencia? —musitó Penelope—. ¿No íbamos a terminar siendo dos viejas?

—Todavía podemos serlo —respondió Eloise con alegría—. Solo que seremos dos viejas casadas.

—Será fantástico.

—¡Espléndido!

—¡Extraordinario!

—¡Seremos líderes de la moda obsoleta!

—Árbitras del gusto caduco.

—¿De qué habláis vosotras dos? —preguntó Hyacinth, con las manos en la cintura.

Eloise alzó la barbilla y la miró con aire de superioridad.

—Eres demasiado joven para entenderlo.

Y ella y Penelope prácticamente se desternillaron de risa.

—Han enloquecido, mamá —anunció Hyacinth.

Violet miró cariñosamente a su hija y a su nuera, que habían llegado a la avanzada edad de veintiocho años antes de pasar por el altar.

—Déjalas tranquilas, Hyacinth —dijo, conduciéndola hacia el carruaje que las aguardaba—. Vendrán enseguida. —Y luego agregó—: Eres demasiado joven para entenderlo.

Después de la ceremonia y la recepción, y en cuanto Colin pudo convencerse, de una vez por todas, de que sir Phillip Crane sería un marido aceptable para su hermana, logró encontrar un rincón tranquilo al que arrastrar a su esposa para hablar en privado.

—¿Tiene alguna sospecha? —preguntó con una sonrisa.

—Eres terrible —respondió Penelope—. Es su *boda*.

No era ninguna de las respuestas habituales a una pregunta de «sí o no». Colin logró contener el impulso de soltar un resoplido de impaciencia; en cambio, preguntó civilizadamente:

—¿Y con eso quieres decir...?

Penelope lo miró durante diez segundos completos, al cabo de los cuales murmuró:

—No sé de qué estaba hablando Eloise. Los hombres son criaturas *terriblemente* simples.

—Pues... *sí* —estuvo de acuerdo Colin; hacía mucho tiempo que había llegado a la evidente conclusión de que la mente femenina era un misterio absoluto—. Pero ¿qué tiene que ver eso ahora?

Penelope miró por encima de los hombros antes de bajar la voz a un susurro áspero.

—¿Por qué iba a estar pensando en Whistledown en un momento como este?

Tenía razón, por más que Colin odiara admitirlo. En su imaginación había dado por sentado que Eloise, de algún modo, se había dado cuenta de que era la única persona que no conocía el secreto de la identidad de lady Whistledown.

Lo cual era ridículo, sin duda; aun así, era una ensoñación satisfactoria.

—Mmm —respondió.

Penelope lo miró con desconfianza.

—¿Qué estás pensando?

—¿Estás segura de que no podemos decírselo el día de su boda?

—Colin...

—Porque si *no* se lo decimos, seguramente se enterará por *otra* persona, y no me parece justo que no estemos presentes para ver la cara que pone.

—Colin, *no.*

—Después de todo lo que hemos pasado, ¿no crees que te mereces contemplar su reacción?

—No —respondió Penelope lentamente—. No. No lo creo.

—Ay, te subestimas, mi amor —dijo, sonriéndole con benevolencia—. Además, piensa en Eloise.

—No he hecho otra cosa en toda la mañana.

Colin sacudió la cabeza.

—Eso la destrozaría. Enterarse de la espantosa verdad por un absoluto desconocido.

—No es espantosa —replicó Penelope—. ¿Y cómo sabes que sería un desconocido?

—Hemos hecho que toda mi familia prometa guardar el secreto. ¿A qué otra persona conoce ella en este condado olvidado de Dios?

—A mí me gusta Gloucestershire —dijo Penelope, apretando los dientes en un gesto fascinante—. Me parece encantador.

—Sí —observó él con ecuanimidad, mirando la frente arrugada de Penelope, su boca fruncida y los ojos entrecerrados—. Pareces encantada.

—¿No fuiste tú quien insistió en que guardáramos el secreto tanto como fuera humanamente posible?

—Eso mismo, *humanamente posible* —respondió Colin—. A *este* ser humano —dijo haciendo un gesto innecesario hacia sí mismo— le resulta imposible guardar silencio.

—No puedo creer que hayas cambiado de opinión.

Colin se encogió de hombros.

—¿No es ese el privilegio de un hombre?

Ante ese comentario ella abrió la boca, y en ese momento Colin deseó haber encontrado un rincón privado y tranquilo, porque con ese gesto ella prácticamente estaba rogando que la besaran, lo supiera o no.

Sin embargo, era un hombre paciente, y aún tenían esa cómoda habitación reservada en la posada. Además, en esa boda todavía podían cometerse muchas travesuras.

—Ay, Penelope —dijo con voz ronca, acercándose a ella más de lo que era apropiado, incluso aunque fuera su esposa—, ¿no quieres divertirte un poco?

Ella se puso colorada como un tomate.

—*Aquí* no.

Él se echó a reír.

—No estaba hablando de eso —murmuró ella.

—Tampoco yo, en realidad —respondió él, absolutamente incapaz de dejar de sonreír— pero me *alegro* de que pienses en eso con tanta facilidad. —Fingió mirar a su alrededor—. ¿Cuándo crees que podemos marcharnos sin quedar como unos maleducados?

—Ahora mismo, no.

Colin fingió reflexionar.

—Mmm, sí, probablemente tengas razón. Una lástima. Sin embargo —Colin fingió entusiasmarse— nos deja tiempo para hacer algunas travesuras.

Penelope volvió a quedarse sin palabras. A él le gustaba eso.

—¿Vamos? —murmuró él.

—No sé qué voy a hacer contigo.

—Tenemos que ponernos de acuerdo —dijo él, sacudiendo la cabeza—. No estoy seguro de que entiendas bien cómo funciona una pregunta a la que debes responder sí o no.

—Creo que deberías sentarte —dijo ella, y en sus ojos brilló ese destello de prudente agotamiento que, en general, se reserva a los niños pequeños.

O a los adultos tontos.

—Y luego —continuó Penelope— creo que deberías quedarte sentado.

—¿Indefinidamente?

—*Sí*.

Solo para torturarla, él se sentó. Y luego dijo:

—*Nooo*, creo que prefiero hacer travesuras.

Se puso de pie nuevamente y se alejó a grandes zancadas para buscar a Eloise antes de que Penelope pudiera siquiera intentar alcanzarlo.

—¡Colin, *no*! —chilló. Su voz resonó en las paredes de la sala de recepción. Obviamente había gritado justo en el momento en el que todos los demás invitados a la boda estaban callados.

Un salón repleto de Bridgerton. ¿Qué posibilidad había?

Penelope esbozó una sonrisa mientras observaba dos docenas de cabezas girar en su dirección.

—No es nada —explicó, con voz estrangulada y alegre—. Lamento haberos molestado.

Por lo visto, la familia de su marido debía de estar más que acostumbrada a que este se viera involucrado en situaciones en las que fuera necesario un «¡Colin, no!», porque todos reanudaron sus conversaciones sin volver a mirarla.

Excepto Hyacinth.

—¡Maldita sea! —murmuró Penelope para sí, y apretó el paso.

Pero Hyacinth era rápida.

—¿Qué sucede? —preguntó, alcanzando a Penelope con notable agilidad.

—Nada —respondió ella, porque lo último que deseaba era que Hyacinth contribuyera al desastre.

—Va a decírselo, ¿verdad? —insistió Hyacinth, mientras soltaba un «*Uf*» y un «Perdón» al empujar a uno de sus hermanos.

—No —respondió Penelope con firmeza, tratando de sortear a los hijos de Daphne—. No lo hará.

—Lo *hará*.

Penelope se detuvo un momento y se volvió a Hyacinth.

—¿Alguno de vosotros escucha a alguien alguna vez?

—Yo no —respondió Hyacinth alegremente.

Penelope sacudió la cabeza y siguió avanzando con Hyacinth a la zaga. Cuando alcanzó a Colin, este estaba de pie junto a los recién casados, tenía su brazo enlazado al de Eloise y le sonreía como si nunca hubiera pensado en:

a. Enseñarle a nadar arrojándola a un lago.

b. Cortarle ocho centímetros de cabello mientras ella dormía.

o

c. Atarla a un árbol para que ella no lo siguiera hasta una taberna del lugar.

Por supuesto, Colin había pensado en las tres posibilidades, y había llevado a cabo dos. (Ni siquiera Colin se habría atrevido a algo tan permanente como cortarle el pelo).

—Eloise —dijo Penelope, sin aliento por intentar sacarse de encima a Hyacinth.

—Penelope. —Pero la voz de Eloise sonó curiosa. Penelope no se sorprendió; Eloise no era ninguna tonta, y sabía muy bien que el comportamiento normal de su hermano no incluía una sonrisa angelical hacia su hermana.

—Eloise —dijo Hyacinth por ningún motivo que Penelope pudiera deducir.

—Hyacinth.

Penelope se volvió hacia su marido.

—Colin.

Él pareció divertirse.

—Penelope. Hyacinth.

Hyacinth sonrió.

—Colin. —Y luego—: Sir Phillip.

—Señoras. —Por lo visto sir Phillip prefería la brevedad.

—¡Basta! —explotó Eloise—. ¿Qué sucede?

—Parece que estamos recitando nuestros nombres de pila —dijo Hyacinth.

—Penelope tiene algo que decirte —dijo Colin.

—No es verdad.

—Sí.

—Es *verdad* —dijo Penelope, pensando rápidamente. Corrió hacia Eloise y tomó su mano—. Felicidades. Me siento tan feliz por vosotros.

—¿Eso tenías que decirme? —preguntó Eloise.

—Sí.

—*No.*

Y Hyacinth comentó:

—Me estoy divirtiendo muchísimo.

—Eh, es muy amable por tu parte decirlo —dijo sir Phillip, un poco perplejo ante la repentina necesidad de Penelope de felicitar a los anfitriones. Penelope cerró los ojos un instante y soltó un suspiro de cansancio; iba a tener que hablar en privado con el pobre hombre para explicarle los detalles que conllevaba estar casado con alguien de la familia Bridgerton.

Y como conocía tan bien a sus nuevos parientes y sabía que no había forma de evitar revelar su secreto, se volvió hacia Eloise y le dijo:

—¿Podríamos hablar un momento a solas?

—¿Conmigo?

Fue suficiente para que Penelope tuviera deseos de estrangular a alguien. A cualquiera.

—Sí —respondió pacientemente—. Contigo.

—Y conmigo —interrumpió Colin.

—Y conmigo —agregó Hyacinth.

—Tú *no* —replicó Penelope sin molestarse en mirarla.

—Pero yo sí —agregó Colin, enlazando el brazo libre en el de Penelope.

—¿No puede esperar? —preguntó sir Phillip con educación—. Es el día de su boda, y supongo que no quiere perdérselo.

—Lo sé —dijo Penelope con tono cansado—. Lo lamento mucho.

—Está bien —manifestó Eloise, soltándose del brazo de Colin y dirigiéndose a su flamante marido. Murmuró unas palabras que Penelope no pudo oír, y luego dijo—: Hay un pequeño salón detrás de esa puerta. ¿Vamos?

Eloise fue delante; algo que le vino muy bien a Penelope porque tuvo tiempo de decirle a Colin:

—Mantendrás la boca cerrada.

Él la sorprendió al asentir, y luego, al guardar silencio. Colin sostuvo la puerta para que ella accediera a la habitación detrás de Eloise.

—No tardaré mucho tiempo —dijo Penelope con tono de disculpa—. Por lo menos, eso espero.

Eloise no dijo nada, solo la miró con una expresión que Penelope tuvo la presencia de ánimo necesaria para advertir que era inusitadamente serena.

El matrimonio la estaba sentando bien, pensó Penelope, porque la Eloise que *ella* conocía habría estado en ascuas en un momento semejante. Un gran secreto, un misterio a punto de ser revelado... A Eloise le encantaban esas cosas.

Sin embargo, ahora esperaba con calma y con una leve sonrisa en los labios. Penelope miró a Colin, confundida, pero parecía que él obedecía sus instrucciones al pie de la letra y tenía la boca cerrada con fuerza.

—Eloise —comenzó a decir Penelope.

Eloise sonrió. Un poco. Solo una ligera contracción de las comisuras, como si quisiera sonreír más.

—¿Sí?

Penelope se aclaró la garganta.

—Eloise —repitió—. Hay algo que debo decirte.

—¿De verdad?

Penelope entrecerró los ojos. Sin duda alguna el sarcasmo no era lo más adecuado para ese momento. Inspiró profundamente, ahogando el deseo de responder con otro comentario igual de mordaz, y dijo:

—No quería decírtelo el día de tu boda —manifestó, *fulminando* con la mirada a su marido—, pero parece que no tengo elección.

Eloise pestañeó varias veces, pero continuó con la misma actitud serena.

—No se me ocurre otra manera de decírtelo —continuó Penelope, sintiéndose tremendamente mal—, pero cuando te fuiste... Es decir, la noche que huiste, en realidad...

Eloise se inclinó hacia adelante. El movimiento fue leve, aunque Penelope lo percibió, y por un instante pensó... Bueno, no pensó nada con claridad, o por lo menos nada que pudiera expresar en una oración adecuada. Pero tuvo una sensación de inquietud... un tipo diferente de la incomodidad que ya sentía. Era una especie de inquietud sospechosa, y...

—Soy Whistledown —farfulló, porque si esperaba más tiempo estaba segura de que le explotaría el cerebro.

Y Eloise respondió:

—Ya lo sé.

Penelope se sentó en el objeto sólido más cercano, que resultó ser una mesa.

—¿Lo sabes?

Eloise se encogió de hombros.

—Lo sé.

—¿Cómo?

—Me lo dijo Hyacinth.

—¿*Qué?* —gritó Colin, que parecía estar a punto de saltar al cuello de alguien. O, para ser más exactos, a punto de saltar al cuello de Hyacinth.

—Estoy segura de que está con la oreja pegada a la puerta —murmuró Eloise con un gesto de cabeza—. En caso de que queráis...

Pero Colin se adelantó y abrió de golpe la puerta del pequeño salón. Como no podía ser de otro modo, Hyacinth perdió el equilibrio y casi se cayó.

—¡Hyacinth! —exclamó Penelope con tono de desaprobación.

—¡Ay, por favor! —replicó Hyacinth alisándose la falda—. No habrás creído que no escucharía detrás de la puerta, ¿verdad? Me conoces muy bien.

—Voy a retorcerte el pescuezo —gruñó Colin—. Teníamos un acuerdo.

Hyacinth se encogió de hombros.

—Sucede que, en realidad, no necesito veinte libras.

—Ya te he *dado* diez.

—Lo sé —respondió Hyacinth con una alegre sonrisa.

—¡Hyacinth! —exclamó Eloise.

—Lo cual no significa —continuó Hyacinth con modestia— que no *quiera* las otras diez.

—Me lo dijo anoche —explicó Eloise, y entrecerró los ojos peligrosamente—, pero solo después de informarme que sabía quién era lady Whistledown, que de hecho toda la sociedad lo sabía, pero que el dato me costaría veinti*cinco* libras.

—¿No se te ocurrió —preguntó Penelope— que si toda la sociedad lo sabía podrías habérselo preguntado a otra persona?

—Toda la sociedad no estaba en mi dormitorio a las dos de la mañana —replicó Eloise.

—Estoy pensando en comprarme un sombrero —musitó Hyacinth—. O quizás un poni.

Eloise le lanzó una mirada indignada y luego se volvió a Penelope.

—¿De verdad eres Whistledown?

—Lo soy —admitió Penelope—. O más bien... —Miró a Colin, no sabía muy bien por qué, salvo porque lo quería muchísimo y porque él la conocía perfectamente. Cuando su marido vio su débil sonrisa, él también sonrió, sin importar lo furioso que pudiera estar con Hyacinth.

Y lo supo. De alguna manera, en medio de todo lo sucedido, él supo lo que ella necesitaba. Siempre lo sabía.

Penelope volvió a dirigirse a Eloise.

—Lo *he sido* —corrigió—. Ya no lo soy. Me he retirado.

Aunque Eloise ya lo sabía. La carta de retiro de lady W había circulado mucho antes de que su amiga se marchara de la ciudad.

—Para siempre —agregó Penelope—. La gente ha insistido, pero no me convencerán de que vuelva a escribir. —Hizo una pausa y pensó en lo que había comenzado a escribir en su casa—. Por lo menos no bajo el nombre de Whistledown. —Miró a Eloise, que se había sentado junto a ella sobre la mesa. Su rostro era inexpresivo y no había dicho nada en *siglos*... bueno, siglos para tratarse de Eloise.

Penelope trató de sonreír.

—En realidad, estoy pensando en escribir una novela.

Eloise siguió sin responder, aunque pestañeaba muy rápidamente, y tenía la frente fruncida, como si estuviese muy concentrada pensando.

Entonces Penelope tomó una de sus manos y dijo lo único que de verdad sentía:

—Lo lamento, Eloise.

Eloise había estado observando con mirada inexpresiva una mesita, pero al oírla se volvió y sus ojos buscaron los de Penelope.

—¿Lo lamentas? —repitió. Parecía dubitativa, como si lamentarlo no fuera la emoción correcta, o por lo menos no fuera *suficiente*.

A Penelope se le cayó el alma a los pies.

—Lo lamento mucho —volvió a decir—. Debí habértelo contado. Debí haber...

—¿Estás *loca*? —preguntó Eloise. Por fin parecía que le prestaba atención—. Por *supuesto* que no debiste habérmelo contado. Jamás habría sido capaz de guardar el secreto.

A Penelope le pareció increíble que lo reconociera.

—Estoy tan *orgullosa* de ti —prosiguió Eloise—. Olvídate de la narración por un momento... no puedo imaginar siquiera la logística de todo, y en algún momento, cuando pase el día de mi boda, te pediré que me cuentes hasta el último detalle.

—¿Entonces te sorprendió? —murmuró Penelope.

Eloise le lanzó una mirada cargada de ironía.

—Por decirlo de alguna manera.

—Tuve que buscarle una silla —intervino Hyacinth.

—Ya estaba sentada —replicó Eloise.

Hyacinth agitó una mano en el aire.

—Tanto da.

—Ignórala —replicó Eloise, centrándose exclusivamente en Penelope—. De verdad, no te imaginas lo impresionada que me has dejado... ahora que me he sobrepuesto a la sorpresa, por supuesto.

—¿En serio? —Hasta ese momento, Penelope no se había dado cuenta de lo mucho que deseaba la aprobación de Eloise.

—De guardar el secreto durante tanto tiempo —dijo Eloise, agitando la cabeza con admiración—. A mí, a *ella*. —Apuntó un dedo hacia Hyacinth—. Lo has hecho muy bien. —Al decir eso se inclinó hacia adelante y envolvió a Penelope en un cálido abrazo.

—¿No estás enfadada conmigo?

Eloise se apartó y abrió la boca, y Penelope se dio cuenta de que había estado a punto de responder «No», probablemente seguido de «Por supuesto que no».

Pero las palabras permanecieron en la boca de Eloise y solo se quedó sentada, con expresión algo pensativa y sorprendida, hasta que por fin dijo:

—No.

Penelope enarcó las cejas.

—¿Estás segura? —Porque Eloise no parecía convencida. Para ser sincera, ni siquiera parecía Eloise.

—Sería diferente si aún estuviera en Londres —prosiguió Eloise con voz queda— sin nada que hacer. Pero esto... —Miró alrededor de la habitación y señaló ligeramente a la ventana—. *Aquí*. No es lo mismo. Es una vida diferente —dijo en voz baja—. Soy una persona diferente. O por lo menos un poco distinta.

—Lady Crane —le recordó Penelope.

Eloise sonrió.

—Gracias por recordármelo, señora Bridgerton.

Penelope estuvo a punto de soltar una carcajada.

—¿Puedes creerlo?

—¿De ti, o de mí? —preguntó Eloise.

—De ambas.

Colin, que había mantenido una distancia respetuosa, con una mano firmemente sujeta al brazo de Hyacinth para que *ella* mantuviera una distancia respetuosa, se acercó.

—Creo que deberíamos regresar —dijo en voz baja. Extendió la mano y ayudó a levantarse a Penelope y luego a Eloise—. No hay duda de que *tú* debes regresar —dijo, inclinándose para dar un beso en la mejilla a su hermana.

Eloise sonrió con melancolía, volvió a ser otra vez la novia ruborizada y asintió. Con un último apretón a las manos de Penelope, pasó junto a Hyacinth (poniendo los ojos en blanco) y se dirigió a su recepción de boda.

Penelope la observó marcharse, enlazando su brazo en el de Colin y apoyándose suavemente en él. Ambos se quedaron en silencio, observando la puerta ahora vacía y escuchando los sonidos de la fiesta.

—¿Crees que sería de buena educación marcharnos ahora? —murmuró.

—Probablemente no.

—¿Crees que a Eloise le molestaría?

Penelope sacudió la cabeza.

Colin apretó los brazos alrededor de ella, y Penelope sintió los labios de él rozándole suavemente la oreja.

—Vamos —dijo.

Y ella no le llevó la contraria.

El veinticinco de mayo de 1824, precisamente un día después de la boda de Eloise Bridgerton y sir Phillip Crane, se entregaron tres misivas en la habitación del señor Colin Bridgerton y señora, huéspedes de la posada Rose and Bramble, cerca de Tetbury, Gloucestershire. Llegaron al mismo tiempo y todas provenían de Romney Hall.

—¿Cuál leemos primero? —preguntó Penelope, extendiendo las tres misivas delante de ella sobre la cama.

Colin se quitó la camisa, que se había puesto para abrir la puerta.

—Me someto a tu buen juicio, como de costumbre.

—¿Como de costumbre?

Se metió en la cama junto a Penelope. Era increíblemente adorable cuando se ponía sarcástica. No creía que hubiese otra persona que la superara.

—Como siempre que me convenga —corrigió.

—Comenzaré por la de tu madre, entonces —dijo Penelope, y tomó una de las cartas de la cama. Abrió el sello y desplegó el papel cuidadosamente.

Colin la observó mientras leía. Ella abrió los ojos como platos, luego enarcó las cejas e hizo una mueca con los labios, como si se riera a pesar de sí misma.

—¿Qué quiere decirnos? —preguntó.

—Nos perdona.

—Supongo que no tiene sentido que pregunte qué tiene que perdonarnos.

Penelope lo miró con severidad.

—Por marcharnos temprano de la boda.

—Dijiste que a Eloise no le molestaría.

—Y estoy segura de que no le molestó. Pero hablamos de tu *madre*.

—Respóndele y asegúrale que, si alguna vez vuelve a casarse, me quedaré hasta el final de la fiesta.

—No haré semejante cosa —respondió Penelope, poniendo los ojos en blanco—. De todos modos, no creo que espere respuesta.

—¿De verdad? —Ahora él sintió curiosidad, dado que su madre siempre esperaba respuesta—. Entonces, ¿qué hemos hecho para merecer su perdón?

—Eh, mencionó algo sobre el parto oportuno de nietos.

Colin esbozó una sonrisa.

—¿Te has sonrojado?

—No.

—*Sí.*

Ella le dio un codazo en las costillas.

—No. Aquí, léelo tú mismo si eso prefieres. Yo leeré la carta de Hyacinth.

—Supongo que no me habrá devuelto las diez libras —gruñó Colin.

Penelope desplegó el papel y lo sacudió. No había ningún dinero.

—Esa descarada tiene suerte de ser mi hermana —murmuró.

—Qué mal perdedor eres —se burló Penelope—. Ella te venció, y de manera impecable.

—¡Ay, por favor! —se mofó él—. No te vi elogiar su astucia ayer por la tarde.

Ella desechó sus protestas.

—Bueno, algunas cosas se ven mejor con el tiempo.

—¿Qué tiene que decirnos? —preguntó Colin, inclinándose por encima de su hombro. Conociendo a Hyacinth, probablemente se trataba de alguna argucia para sacarle más dinero.

—En realidad es muy dulce —dijo Penelope—. Ninguna maldad.

—¿Has leído ambas caras? —preguntó Colin con desconfianza.

—Solo ha escrito una.

—Un gasto inusitado en ella —agregó con recelo.

—Cielo santo, Colin, es solo un relato de la boda después de nuestra partida. Y debo decir que tiene un enorme talento para el humor y los detalles. Habría sido una buena Whistledown.

—Que Dios nos ampare.

La última carta era de Eloise, y a diferencia de las otras dos, estaba dirigida solo a Penelope. Colin sintió curiosidad, por supuesto, ¿quién no la tendría? Pero se alejó para que Penelope la leyera a solas. La amistad entre su esposa y su hermana era algo que él admiraba y respetaba. Él tenía una relación muy estrecha con sus hermanos, incluso más que estrecha. Pero nunca había visto un vínculo de amistad tan profundo como el que compartían Penelope y Eloise.

—¡Ah! —soltó Penelope mientras le daba la vuelta a la página. La misiva de Eloise era bastante más larga que las otras dos, y había llenado las dos caras del papel—. Qué descarada.

—¿Qué ha hecho? —preguntó Colin.

—Ah, nada —respondió Penelope, aunque parecía bastante molesta—. Tú no estabas presente, pero la mañana de la boda no dejó de disculparse por haber guardado secretos. Nunca se me ocurrió pensar que su intención era que yo admitiera lo mismo. Hizo que me sintiera fatal.

Su voz se apagó mientras leía otra página. Colin se recostó sobre las mullidas almohadas y observó el rostro de su esposa. Le gustaba contemplar cómo movía los ojos de izquierda a derecha, siguiendo las palabras. Le agradaba ver cómo movía los labios cuando sonreía o fruncía el ceño. En realidad, le sorprendía lo feliz que estaba simplemente por ver a su esposa leer.

Hasta que ella ahogó un grito y se puso blanca como una sábana.

Colin se incorporó sobre los codos.

—¿Qué sucede?

Penelope sacudió la cabeza y gruñó.

—Ah, es astuta.

Al diablo con la privacidad. Colin le arrebató la carta.

—¿Qué ha dicho?

—Allí abajo —dijo Penelope, señalando con tristeza al pie de la carta—. Al final.

Colin apartó su dedo y comenzó a leer.

—Cielo santo, sí que es prolija en palabras —murmuró—. No entiendo nada.

—Venganza —dijo Penelope—. Dice que mi secreto ha sido más grande que el de ella.

—Es verdad.

—Dice que le debo un favor.

Colin reflexionó.

—Probablemente sea verdad.

—Para empatar.

Dio una palmadita a la mano de su esposa.

—Me temo que así es como pensamos los Bridgerton. Nunca has competido en ningún juego con nosotros, ¿verdad?

Penelope lanzó un gemido.

—Ha dicho que lo consultará con *Hyacinth*.

Ahora fue él quien palideció.

—Lo sé —dijo Penelope sacudiendo la cabeza—. Nunca más volveremos a estar seguros.

Colin deslizó el brazo alrededor de ella y la atrajo hacia sí.

—¿No dijimos que queríamos visitar Italia?

—O India.

Él sonrió y la besó en la nariz.

—O también podríamos quedarnos aquí.

—¿En Rose and Bramble?

—Se supone que partimos mañana por la mañana. Es el último lugar donde Hyacinth nos buscaría.

Penelope alzó la vista y lo miró con ojos cálidos y un tanto traviesos.

—No tengo compromisos urgentes en Londres durante al menos quince días.

Él rodó encima de ella y la giró hacia abajo, hasta dejarla recostada sobre la espalda.

—Mi madre ha dicho que no nos perdonaría a menos que le diéramos un nieto.

—No ha sido tan terminante.

Él la besó justo en el punto sensible que tenía detrás del lóbulo de la oreja, con el que siempre conseguía que se estremeciera.

—Finjamos que sí.

—Pues, en ese caso... ¡ah!

Colin deslizó los labios por el vientre de su esposa.

—¿Ah? —murmuró él.

—Es mejor que nos pongamos... ¡ah!

Él levantó la vista.

—¿Qué decías?

—A trabajar. —Apenas pudo terminar la frase.

Él sonrió sobre su piel.

—A su servicio, señora Bridgerton. Siempre.

A Sir Phillip, con amor

Rara vez he escrito sobre niños tan entrometidos como Amanda y Oliver Crane, los solitarios mellizos de sir Phillip Crane. Parecía imposible que pudieran convertirse en personas adultas equilibradas y sensatas, pero pensé que si alguien podía enderezarlos sería su nueva madrastra, Eloise (de soltera, Bridgerton) Crane. Hacía tiempo que quería escribir en primera persona, así que decidí ver el mundo a través de los ojos de una Amanda ya adulta. Ella se iba a enamorar, y Phillip y Eloise tendrían que ver cómo sucedía.

A Sir Phillip, con amor
Segundo epílogo

No soy de las personas más pacientes. Y prácticamente no tengo tolerancia a la estupidez. Por eso me he sentido muy orgullosa de mí misma al mantener la boca cerrada esta tarde, mientras tomaba el té con la familia Brougham.

Los Brougham son nuestros vecinos, lo han sido durante los últimos seis años, desde que el señor Brougham heredó la propiedad de su tío, también llamado señor Brougham. Tienen cuatro hijas y un hijo sumamente malcriado. Por suerte para mí, el hijo es cinco años menor que yo, por lo que no tendré que pensar en casarme con él. (Aunque mis hermanas Penelope y Georgiana, que tienen nueve y diez años menos que yo, no serán tan afortunadas). Todas las hermanas Brougham se llevan un año unas de otras; la mayor tiene dos años más que yo, y la menor dos años menos. Son muy agradables, aunque quizá demasiado dulces y amables para mi gusto. Pero últimamente han estado demasiado insoportables.

Eso se debe a que yo también tengo un hermano, y él no tiene cinco años menos que ellas. De hecho, es mi hermano mellizo, y eso lo convierte en candidato para casarse con cualquiera de ellas.

Como era de esperar, Oliver decidió no acompañar a mi madre, a mi hermana Penelope ni a mí a tomar el té.

Pero esto es lo que sucedió, y la razón por la que estoy contenta conmigo misma por no haber dicho lo que quería decir, que no era otra cosa que: *Sin duda es usted idiota.*

Yo estaba bebiendo mi té, intentando mantener la taza en los labios el mayor tiempo posible para evitar preguntas sobre Oliver, cuando la señora Brougham dijo:

—Ha de ser fascinante tener un hermano mellizo. Dime, querida Amanda, ¿en qué se diferencia tener un hermano mellizo de no tenerlo?

Espero no tener que explicar por qué esta pregunta me pareció tan estúpida. ¿Cómo iba a decirle cuál es la diferencia si me he pasado aproximadamente el cien por cien de mi vida siendo melliza y no tengo ninguna experiencia en no serlo?

El desdén debió reflejarse en mi rostro, pues mi madre me lanzó una de sus legendarias miradas de advertencia en el mismo instante en que abrí la boca para responder. Como no quería avergonzar a mi madre (y no porque quisiera que la señora Brougham se sintiera más inteligente de lo que realmente era), respondí:

—Supongo que en que siempre tienes un compañero.

—Pero ahora tu hermano no está presente —dijo una de las hermanas Brougham.

—Mi padre no siempre acompaña a mi madre, y me imagino que ella lo considera su compañero —respondí.

—No es lo mismo un hermano que un marido —gorjeó la señora Brougham.

—Eso espero —repliqué. En serio, era una de las conversaciones más ridículas que he tenido. Y parecía que Penelope tendría preguntas cuando volviéramos a casa.

Mi madre volvió a mirarme con desaprobación, ya que sabía exactamente qué tipo de preguntas haría Penelope y no tenía ganas de responderlas. Pero como mi madre siempre ha dicho que valora que las mujeres sean curiosas...

Bueno, habría caído en su propia trampa.

Debería mencionar que, dejando a un lado las trampas, estoy convencida de que tengo la mejor madre de Inglaterra. Y al contrario de lo que sucede con no ser una hermana melliza, una realidad que desconozco por completo, sí sé lo que es tener otra madre, así que estoy totalmente capacitada, creo yo, para opinar al respecto.

Mi madre, Eloise Crane, es en realidad mi madrastra, aunque solo la llamo de esa manera cuando es necesario aclararlo. Ella se casó con mi padre cuando Oliver y yo teníamos ocho años, y estoy segura de que nos salvó la vida a todos. Es difícil explicar cómo vivíamos antes de que ella llegara a nuestras vidas. Sin duda podría describir los hechos, pero el *ambiente*, la sensación que había en nuestra casa...

De verdad que no sé cómo explicarlo.

Mi madre biológica se suicidó. Durante la mayor parte de mi vida no tuve constancia de ese detalle. Pensé que ella había muerto de fiebre, lo que supongo que es verdad. Lo que nadie me dijo nunca fue que la fiebre sobrevino porque ella intentó ahogarse en un lago en pleno invierno.

No tengo intención de quitarme la vida, pero debo decir que ese no sería el método que elegiría.

Sé que debería sentir compasión y lástima por ella. Mi actual madre era prima lejana de ella y dice que estuvo triste durante toda su vida. Dice que algunas personas son así, mientras que otras, por raro que parezca, siempre están alegres. Pero no puedo evitar pensar que, si su intención era suicidarse, podría haberlo hecho antes. Quizá cuando yo era muy pequeña. O mejor aún, cuando era bebé. Sin duda, mi vida habría sido mucho más fácil.

Le pregunté a mi tío Hugh (que en realidad no es mi tío, pero está casado con la hermanastra de la esposa del hermano de mi madre actual, *y* vive muy cerca *y* es vicario) si yo podría ir al infierno por pensar de ese modo. Él me respondió que no y que, sinceramente, para él tenía mucho sentido.

Creo que prefiero su parroquia a la mía.

El caso es que ahora tengo recuerdos de ella. De Marina, mi primera madre. Y no *quiero* tenerlos. Los que tengo son borrosos y confusos. No puedo recordar el sonido de su voz. Oliver dice que puede ser porque ella nunca hablaba. No recuerdo si hablaba o no. Tampoco recuerdo la forma exacta de su rostro, ni su olor.

Por el contrario, recuerdo estar al otro lado de su puerta, sintiéndome muy pequeña y asustada. Y recuerdo que andábamos mucho de puntillas, porque sabíamos que no debíamos hacer ruido. Recuerdo que yo siempre estaba nerviosa, como si supiera que algo malo iba a ocurrir.

Y ocurrió.

¿Un recuerdo no debería ser algo específico? No me importaría tener un recuerdo de un momento, o de un rostro, o de un sonido. Pero mis sensaciones son difusas, y ni siquiera son felices.

Una vez le pregunté a Oliver si él tenía los mismos recuerdos; él se limitó a encogerse de hombros y dijo que, en realidad, nunca pensaba en ella. No sé si creerle. Supongo que sí; mi hermano no suele reflexionar mucho esas cosas. O para ser más exactos, no suele reflexionar mucho nada. Solo queda esperar que, cuando se case (lo que sin duda no será lo suficientemente pronto para las hermanas Brougham) elija una novia con la misma ausencia de reflexión y sensibilidad. De lo contrario, ella será infeliz. Él no, por supuesto; ni siquiera se daría cuenta de su infelicidad.

Los hombres son así, eso dicen.

Mi padre, por ejemplo, no es para nada observador. A menos, claro está, que el objeto de observación sea una planta: en ese caso mira cada detalle. Es botánico y le encantaría pasarse todo el día en su invernadero. Creo que es todo lo contrario de mi madre, que es vivaz y extrovertida, y siempre sabe qué decir, pero cuando están juntos es obvio que se quieren mucho. La semana pasada los sorprendí besándose en el jardín. Me quedé atónita. Mi madre tiene casi cuarenta años, y mi padre es mayor.

Pero me he ido por las ramas. Estaba hablando de la familia Brougham, y más específicamente de la estúpida pregunta de la señora Brougham acerca de no ser mellizo. Como dije, me sentía satisfecha conmigo misma por no haber sido maleducada, cuando la señora Brougham dijo algo *muy* interesante.

—Mi sobrino vendrá de visita esta tarde.

Una a una, todas las hermanas Brougham se enderezaron en su asiento. Juro que fue como un juego de niños con un resorte. Pam, pam, pam, pam... Pasaron de la postura perfecta a una extraordinariamente erguida.

Aquella reacción me hizo deducir de inmediato que el sobrino de la señora Brougham debía de estar en edad de casarse, probablemente poseía una buena fortuna y quizás hasta fuera bien parecido.

—No mencionaste que Ian vendría de visita —dijo una de las hijas.

—Y no vendrá —respondió la señora Brougham—. Él sigue en Oxford, como bien sabéis. El que vendrá es Charles.

Puf. Las hermanas Brougham se desinflaron, todas al mismo tiempo.

—Ah —dijo una de ellas—. Charlie.

—¿Has dicho hoy? —manifestó otra con increíble falta de entusiasmo.

Luego, la tercera dijo:

—Tendré que esconder mis muñecas.

La cuarta no opinó. Simplemente se dedicó a beber su té; parecía que la conversación la aburría.

—¿Por qué tienes que esconder tus muñecas? —quiso saber Penelope. A decir verdad, yo me hacía la misma pregunta, pero parecía demasiado infantil para una señorita de diecinueve años.

—Eso fue hace doce años, Dulcie —dijo la señora Brougham—. Cielo santo, tienes memoria de elefante.

—No olvido lo que hizo a mis muñecas —sentenció Dulcie.

—¿Qué hizo? —preguntó Penelope.

Dulcie hizo un gesto con el dedo de cortarse la garganta. Penelope soltó un grito entrecortado; debo confesar que la expresión de Dulcie era un tanto horripilante.

—Es una bestia —opinó una de las hermanas de Dulcie.

—Charles no es una bestia —insistió la señora Brougham.

Todas las hermanas Brougham nos miraron y sacudieron las cabezas en silencioso acuerdo, como si dijeran: No le hagáis caso.

—¿Qué edad tiene tu sobrino ahora? —quiso saber mi madre.

—Veintidós —respondió la señora Brougham, agradecida por la pregunta—. El mes pasado se graduó en Oxford.

—Es un año mayor que Ian —explicó una de las muchachas.

Asentí, aunque no podía usar a Ian como referencia, ya que nunca lo había visto.

—No es tan apuesto.

—Ni tan amable.

Miré a la última hermana Brougham, esperando su contribución. Pero lo único que hizo fue bostezar.

—¿Cuánto tiempo se quedará? —preguntó mi madre con educación.

—Dos semanas —respondió la señora Brougham, aunque en realidad solo dijo «Dos seman» antes de que una de sus hijas chillara de consternación.

—¡Dos semanas! ¡Una quincena entera!

—Esperaba que nos acompañara a la asamblea local —dijo la señora Brougham.

El comentario fue recibido con más protestas. Reconozco que este Charles estaba empezando a intrigarme. Alguien que podía inspirar semejante terror entre las hermanas Brougham debía de tener algo bueno.

Aunque también tengo que decir, que no es que sienta antipatía alguna por las hermanas Brougham. A diferencia de su hermano, a ninguna de ellas se le otorgó cualquier deseo y capricho y, por lo tanto, no son insoportables. Pero son (cómo decirlo) sosegadas y sumisas, y, por esa razón, no son el tipo de compañía que encaje con mi persona (nadie me ha descrito jamás con esos adjetivos). Sinceramente, no creo haberlas oído expresar nunca una opinión fundada sobre nada. Si las cuatro detestaban tanto a alguien... bueno, ese alguien tendría que ser, cuanto menos, interesante.

—¿A tu primo le gusta cabalgar? —preguntó mi madre.

La señora Brougham le lanzó una mirada astuta.

—Creo que sí.

—Tal vez Amanda acepte dar un paseo con él y mostrarle la zona. —Mi madre esbozó una sonrisa inocente y dulce, algo poco común en ella.

Quizá debería agregar que uno de los motivos por los que estoy convencida de que mi madre es la mejor de Inglaterra es que rara vez parece inocente y dulce. No me malinterpretéis: tiene un corazón de oro y haría cualquier cosa por su familia. Sin embargo, es la quinta hija en una familia de ocho hermanos, y puede ser maravillosamente astuta y retorcida.

Además, nadie puede ganarla en una discusión. Sé lo que digo, lo he intentado.

Así que, cuando ella me ofreció para que actuara como guía, no pude evitar decir que sí, a pesar de que tres de las cuatro hermanas Brougham comenzaron a reírse disimuladamente. (La cuarta todavía parecía aburrida. Y yo empecé a preguntarme si le ocurría algo malo).

—Mañana —dijo la señora Brougham encantada. Batió las palmas y sonrió—. Lo enviaré mañana por la tarde. ¿Te parece bien?

De nuevo no me quedó más remedio que aceptar, y eso hice, preguntándome a qué había accedido exactamente.

La tarde siguiente yo estaba vestida con mi mejor traje de montar y me paseaba por la habitación, preguntándome si el misterioso Charles Brougham haría acto de presencia. Pensé que, si no aparecía, estaría en todo su derecho. Sería de mala educación, por supuesto, ya que estaría rompiendo un compromiso asumido por su tía en su nombre, pero, de todos modos, él tampoco había pedido ser el nuevo potro que entretuviera a la aristocracia de la zona.

Y os juro que no he querido hacer ningún juego de palabras.

Mi madre ni siquiera había intentado negar que oficiaba de casamentera. Eso me sorprendió; creí que, como mínimo, esbozaría una leve protesta. Por el contrario, me recordó que me había negado a pasar una temporada en Londres, y luego empezó a explicar que aquí, en nuestro rincón de Gloucestershire, no había caballeros disponibles de edad apropiada.

Yo le recordé que ella no había encontrado a *su* marido en Londres.

Entonces ella dijo algo que empezaba con «Bueno, pero...» y desvió la conversación tan rápido y dando tantos rodeos que no entendí nada de lo que dijo.

Estoy segura de que esa era su intención.

Mi madre no se enfadó precisamente por mi negativa a asistir a una temporada; a ella le gustaba nuestra vida en el campo, y solo Dios sabe que mi padre no sobreviviría en la ciudad más de una semana. Mi madre dijo que no era muy amable por mi parte decir eso, pero creo que, en el fondo, estaba de acuerdo conmigo. Papá se distraería con una planta en el parque y nunca más volveríamos a encontrarlo. (Mi padre se distrae fácilmente).

O, y confieso que esto es lo más probable, diría algo absolutamente inapropiado en una fiesta. A diferencia de mi madre, mi padre no tiene el don de la conversación cortés y no encuentra necesario hablar con doble sentido o hacer comentarios ingeniosos. En lo que a él respecta, una persona solo debería decir lo justo y necesario.

Adoro a mi padre, pero es evidente que su lugar está lejos de la ciudad.

Yo podría haber tenido una temporada en Londres si hubiese querido. La familia de mi madre está muy bien relacionada. Su hermano es vizconde y sus hermanas están casadas con un duque, un conde y un barón. Me habrían invitado a las reuniones más exclusivas. Pero lo cierto es que no quise ir. No habría tenido ninguna libertad. Aquí en el campo puedo ir a caminar o salir a montar durante el tiempo que quiera, siempre y cuando diga a alguien adónde voy. En Londres, una joven dama no puede poner la punta del pie en la calle sin una carabina.

Qué horror.

Pero volvamos a mi madre. A ella no le molestó que yo me hubiese negado a pasar la temporada en Londres, porque eso significaba que no tendría que separarse de mi padre durante varios meses. (Porque, como os he dicho antes, él tendría que haberse quedado en casa). Pero al mismo tiempo, estaba realmente preocupada por mi futuro. Por ello había emprendido una especie de cruzada. Si yo no me acercaba a los caballeros en edad de merecer, ella me los acercaría.

Lo que nos lleva de nuevo a Charles Brougham.

A las dos de la tarde aún no había llegado. Debo confesar que me estaba poniendo bastante irascible. Era un día caluroso, o al menos todo lo caluroso que puede esperarse en Gloucestershire, y el traje de montar verde oscuro, que me había parecido tan moderno y alegre cuando me lo había puesto, comenzaba a picarme.

Yo empezaba a marchitarme.

Por alguna razón, mi madre y la señora Brougham habían olvidado fijar una hora para la visita del sobrino, así que me había visto obligada a estar vestida y lista exactamente al mediodía.

—¿A qué hora dirías que termina la tarde? —pregunté, abanicándome con un periódico plegado.

—¿Mmm? —Mi madre estaba escribiendo una carta, supuestamente a alguno de sus muchos hermanos, y en realidad no me estaba escuchando. Ofrecía una imagen adorable, allí sentada junto a la ventana. No tengo idea de cuál habría sido el aspecto de mi madre biológica si hubiera llegado a ser una mujer mayor, dado que no se dignó a vivir tanto tiempo, pero Eloise no había perdido ni un atisbo de su belleza. Su cabello aún tenía un vivo color castaño y no tenía ni una sola arruga. Sus ojos eran indescriptibles; en realidad, tenían un color cambiante.

Me ha dicho que, cuando era joven, nunca la consideraron una belleza. Nadie creía que fuera poco atractiva, y de hecho era bastante popular, pero nunca la consideraron la atracción del baile. Ella dice que las mujeres inteligentes envejecen mejor.

Creo que es una opinión interesante, y espero que sea un buen augurio para mi propio futuro.

Sin embargo, en ese instante, no me preocupaba el futuro más allá de los diez minutos siguientes, después de los cuales estaba convencida de que moriría de calor.

—La tarde —repetí—. ¿Cuándo dirías que termina? ¿A las cuatro? ¿A las cinco? Por favor, dime que no es a la seis.

Mi madre por fin levantó la mirada.

—¿De qué hablas?

—Del señor Brougham. Dijimos que por la tarde, ¿verdad?

Eloise me miró sin entender.

—Puedo dejar de esperarlo cuando termine la tarde, ¿verdad?

Mi madre hizo una pausa, con la pluma suspendida en el aire.

—No deberías ser tan impaciente, Amanda.

—No lo soy —insistí—. Tengo *calor*.

Ella se quedó pensando.

—Hace calor aquí, ¿verdad?

Asentí.

—Mi traje está hecho de lana.

Ella hizo una mueca, pero me di cuenta de que no sugirió que fuera a cambiarme. No iba a sacrificar a un posible pretendiente por un detalle menor como el clima. Volví a abanicarme.

—No creo que se apellide Brougham —dijo mi madre.

—¿Cómo dices?

—Creo que es pariente de la señora Brougham, no de su marido. No sé cuál es el apellido de soltera de la señora Brougham.

Me encogí de hombros.

Mi madre volvió a prestar atención a la carta. Escribe un exorbitante número de cartas. Sobre qué, ni me lo imagino. No diría que nuestra familia es sosa, pero sin duda somos normales y corrientes. Seguro que sus hermanas ya están aburridas de comentarios tales como *Georgiana ya sabe las conjugaciones en francés* o *Frederick se ha hecho daño en la rodilla.*

Pero a mi madre le gusta recibir cartas y dice que, para recibirlas, hay que enviarlas, así que se sienta frente al escritorio casi todos los días, informando sobre los monótonos detalles de nuestra vida.

—Alguien viene —anunció, justo cuando empezaba a quedarme dormida en el sofá. Me senté y miré hacia la ventana. Efectivamente, un carruaje se acercaba por la entrada.

—Pensé que iríamos a cabalgar —dije con cierta irritación. ¿Me había derretido en el traje de montar para nada?

—Así era —murmuró mi madre, frunciendo la frente mientras observaba la llegada del carruaje.

No creía que el señor Brougham, o quienquiera que estuviese en el carruaje, pudiese ver la sala a través de la ventana abierta, pero por las dudas, mantuve mi postura erguida en el sofá, levantando la cabeza levemente para poder observar los acontecimientos en la entrada principal.

El carruaje se detuvo y un caballero bajó de un salto, pero estaba de espaldas a la casa y no pude ver de él nada más que su altura (promedio) y su cabello (oscuro). Luego extendió la mano y ayudó a bajar a una dama.

¡Dulcie Brougham!

—¿Qué está haciendo ella aquí? —dije con indignación.

En cuanto Dulcie apoyó ambos pies en suelo firme, el caballero ayudó a descender a otra joven dama, y luego a otra. Y a otra.

—¿Ha traído a todas las hermanas Brougham? —preguntó mi madre.

—Eso parece.

—Creí que lo detestaban.

Sacudí la cabeza.

—Parece que no.

El motivo del cambio radical de opinión de las hermanas se dio a conocer un momento después, cuando Gunning anunció su llegada.

No sé qué aspecto tenía el primo Charles *antes*, pero ahora... bueno, baste decir que a cualquier dama le parecería apuesto. Su cabello era grueso y algo ondulado, e incluso desde el otro lado de la sala me di cuenta de que tenía unas pestañas kilométricas. Poseía una de esas bocas que siempre parecen estar a punto de sonreír. En mi opinión, el mejor tipo de boca que se puede tener.

No estoy diciendo que sintiera otra cosa más que un educado interés por él, pero las hermanas Brougham se desvivían por tomarlo del brazo.

—Dulcie —dijo mi madre, acercándose con una sonrisa de bienvenida—. Y Antonia. Y Sarah. —Respiró hondo—. Y también Cordelia. Qué agradable sorpresa que hayáis venido todas.

Que mi madre era una avezada anfitriona se reflejó en el hecho de que parecía estar encantada de verdad.

—No podíamos dejar que el querido primo Charles viniera solo —explicó Dulcie.

—Él no conoce el camino —agregó Antonia.

No podía ser un viaje más sencillo: solo había que cabalgar hasta el pueblo, doblar a la derecha en la iglesia y seguir recto poco más de un kilómetro y medio hasta nuestra casa.

Pero no dije nada. Sin embargo, observé al primo Charles con cierta compasión. No tenía que haber sido un viaje demasiado entretenido.

—Charles, querido —estaba diciendo Dulcie— te presento a lady Crane y a la señorita Amanda Crane.

Hice una reverencia, preguntándome si iba a tener que subirme a ese carruaje junto a todas ellas. Esperaba que no. Si afuera ya hacía calor, el interior sería sofocante.

—Lady Crane, Amanda —continuó Dulcie—, os presento a mi querido primo Charles, el señor Farraday.

Ladeé la cabeza al oír eso. Mi madre tenía razón; no se apellidaba Brougham. Cielo santo, ¿eso significaba que era pariente de la *señora* Brougham? El señor Brougham me parecía el más sensato de los dos.

El señor Farraday hizo una educada inclinación de cabeza y, durante un brevísimo instante, nuestros ojos se cruzaron.

Aquí debería aclarar que no soy una persona romántica. O al menos no creo que lo sea. Si lo fuera, habría viajado a Londres para la dichosa temporada. Me habría pasado los días leyendo poesía y las noches bailando, coqueteando y divirtiéndome.

Tampoco creo en el amor a primera vista. Incluso mis padres, que están más enamorados que cualquier pareja que conozca, me han dicho que no se quedaron prendados el uno del otro de inmediato.

Pero cuando mis ojos se posaron en los del señor Farraday...

Como he dicho, no fue amor a primera vista, porque no creo en esas cosas. En realidad, no fue nada a primera vista, pero hubo algo... una especie de comprensión compartida... cierto sentido del humor. No estoy segura de cómo describirlo.

Aunque si insistierais, supongo que diría que fue una sensación de complicidad. Como si ya lo conociera. Lo cual, por supuesto, era ridículo.

Pero no tan ridículo como sus primas, que parloteaban, se paseaban y revoloteaban a su alrededor. Obviamente habían decidido que el primo Charles ya no era una bestia, y que si alguien iba a casarse con él, sería una de ellas.

—Señor Farraday —dije. Tensé las comisuras de los labios, intentando reprimir una sonrisa.

—Señorita Crane —respondió él con la misma expresión. Se inclinó sobre mi mano y la besó, ante la consternación de Dulcie, que estaba justo a mi lado.

De nuevo *debo* insistir en que no soy una persona romántica. Pero cuando sus labios me rozaron la piel, sentí un cosquilleo en el estómago.

—Me temo que voy vestida para salir a cabalgar —le dije, señalando mi traje de montar.

—Eso veo.

Observé con cara de lástima a sus primas, que sin duda no estaban vestidas para ningún tipo de actividad física.

—Es un día tan hermoso —murmuré.

—Muchachas —dijo mi madre mirando directamente a las hermanas Brougham—. ¿Por qué no vienen conmigo mientras Amanda y vuestro primo van a cabalgar? Le prometí a vuestra madre que ella lo llevaría a conocer la zona.

Antonia abrió la boca para protestar, pero no era rival para Eloise Crane, y de hecho no le dio tiempo a emitir sonido alguno antes de que mi madre agregara:

—Oliver bajará pronto.

Con eso se conformaron. Las cuatro hermanas tomaron asiento en una pulcra fila sobre el sofá, de mayor a menor, con idénticas sonrisas en los rostros.

Casi sentí pena por Oliver.

—No he traído mi montura —dijo con pesar el señor Farraday.

—No importa —respondí—. Tenemos unos establos excelentes. Estoy segura de que encontraremos algo adecuado.

Salimos por la puerta de la sala, luego por la entrada principal de la casa, giramos en la esquina que daba al jardín trasero y luego...

El señor Farraday se apoyó en la pared y se echó a reír.

—Ah, gracias —dijo de corazón—. Gracias. Gracias.

No estaba segura de si debía fingir que no sabía a lo que se refería. No podía estar de acuerdo con él sin insultar a sus primas, cosa que no deseaba hacer. Como he mencionado, no me caen mal las hermanas Brougham, aunque esa tarde me parecieron algo ridículas.

—Dígame que sabe cabalgar —dijo él.

—Por supuesto.

Él hizo una señal hacia la casa.

—Ninguna de ellas sabe.

—No es cierto —respondí, confundida. Recordaba haberlas visto montadas a caballo en alguna ocasión.

—Saben sentarse en una montura —explicó él, con una chispa en los ojos que solo podía considerarse un desafío— pero no saben cabalgar.

—Ya veo —murmuré. Medité las opciones que tenía y dije—: Yo sí sé.

Él me miró, elevando una comisura de la boca. Sus ojos eran de un bonito tono verde musgo con pequeñas motas marrones. Una vez más tuve esa rara sensación de comunión.

Espero no parecer presuntuosa al decir que algunas cosas las hago muy bien. Sé disparar una pistola (aunque no un rifle, y no tan bien como mi madre, que es una experta tiradora). Sé sumar el doble de rápido que Oliver, siempre y cuando tenga pluma y papel. Sé pescar, nadar, y por encima de todo, sé cabalgar.

—Venga conmigo —dije, señalando los establos.

Él asintió y me alcanzó.

—Dígame, señorita Crane —manifestó él con un dejo de picardía en la voz—, ¿con qué la sobornaron para que estuviera presente esta tarde?

—¿Cree que su compañía no era suficiente recompensa?

—Usted no me conocía —señaló él.

—Es cierto. —Doblamos en la senda que daba a los establos, y me alegré al sentir que corría la brisa—. A decir verdad, mi madre me tendió una trampa.

—Admite que le tendieron una trampa —murmuró él—. Qué interesante.

—Usted no conoce a mi madre.

—No —aseguró él—. Estoy impresionado. La mayoría de las personas no lo confesaría.

—Como he dicho, no conoce a mi madre. —Me volví hacia él y sonreí—. Proviene de una familia con ocho hermanos. Superarla en cualquier tipo de estratagema es todo un triunfo.

Llegamos a los establos, pero me detuve antes de entrar.

—¿Y usted, señor Farraday? —pregunté—. ¿Con qué lo sobornaron para contar con su presencia esta tarde?

—También me engañaron —respondió él—. Me dijeron que me libraría de mis primas.

Solté un resoplido de risa ante el comentario. Inapropiado, sí, pero inevitable.

—Se cernieron sobre mí justo cuando salía —agregó con tono tétrico.

—Son de temer —dije con rostro inescrutable.

—Eran más numerosas que yo.

—Creí que no les caía bien —señalé.

—Yo también. —Apoyó las manos en las caderas—. Fue el único motivo por el que acepté venir de visita.

—¿Qué fue exactamente lo que les hizo cuando eran niñas? —quise saber.

—Mejor sería preguntar: ¿qué me hicieron ellas a mí?

Tuve el tino de no mencionar que él tenía ventaja por ser hombre. Cuatro niñas podían derrotar a un niño con facilidad. De pequeña me había peleado con Oliver incontables veces, y aunque él jamás lo admitiría, le gané la mayoría.

—¿Sapos? —pregunté, pensando en mis propias bromas de la infancia.

—Eso hacía yo —admitió con vergüenza.

—¿Peces muertos?

Él no respondió, pero su expresión dejó ver su culpa.

—¿Cuál de ellas? —pregunté, tratando de imaginar la cara de horror de Dulcie.

—Todas.

Contuve el aliento.

—¿Al mismo tiempo?

Él asintió.

Quedé impresionada. Supongo que a la mayoría de las damas no les parecería interesante ese tipo de cosas, pero siempre he tenido un inusual sentido del humor.

—¿Alguna vez hizo un espolvoreado de harina? —pregunté.

Él enarcó las cejas y se inclinó hacia adelante.

—Cuénteme más.

Entonces le hablé sobre mi madre, y cómo Oliver y yo habíamos intentado matarla de un susto antes de que se casara con mi padre. La verdad es que fuimos unos brutos. No solo niños traviesos, sino un peligro absoluto para la humanidad. Es un milagro que mi padre no nos enviara a un colegio internos. Nuestra proeza más memorable fue cuando pusimos un cubo de harina sobre la puerta de su dormitorio, para espolvorearla con ella cuando saliera al pasillo.

El problema fue que llenamos el cubo con demasiada harina, así que, más que espolvorearla, recibió una avalancha.

Además, no contamos con que el cubo le golpearía la cabeza.

Cuando dije que la llegada de mi madre actual a nuestras vidas nos había salvado a todos, fue algo literal. Oliver y yo pedíamos atención a gritos, y nuestro padre, tan encantador como es ahora, no sabía cómo controlarnos.

Conté todo esto al señor Farraday. Fue algo muy raro. No sé por qué hablé tanto tiempo y le dije tantas cosas. Creí que porque él era una de esas personas que sabe escuchar, pero luego me explicó que no, que en realidad se le daba fatal escuchar y que solía interrumpir cada dos por tres.

Sin embargo, conmigo no lo hizo. Él escuchó y yo hablé, y luego yo escuché y él habló; me habló sobre su hermano Ian, sobre su aspecto angelical y sus modales de caballero. Me contó que todo el mundo lo idolatraba, aunque Charles es el mayor. Y cómo, a pesar de eso, nunca pudo odiarlo porque, al fin y al cabo, Ian era un buen chico.

—¿Todavía quieres ir a cabalgar? —le pregunté cuando observé que el sol ya había empezado a descender en el cielo. No sabía cuánto tiempo habíamos estado allí de pie, hablando y escuchando, escuchando y hablando.

Para mi sorpresa, Charles respondió que no, que prefería seguir caminando.

Y eso hicimos.

Al final del día, todavía hacía calor, así que, después de cenar, salí al jardín. El sol se había hundido en el horizonte, pero aún no había oscurecido por completo. Me senté en los escalones del patio trasero, de cara al oeste para poder observar los últimos destellos de luz diurna cambiando de color: de lavanda a púrpura y luego a negro.

Me encanta esa hora de la noche.

Me quedé allí sentada un buen rato, el suficiente para ver como empezaban a aparecer las estrellas, hasta que me vi obligada a abrazarme para entrar en calor. No había llevado chal. Supongo que no pensé que me quedaría sentada afuera tanto tiempo. Estaba a punto de regresar cuando oí que alguien se acercaba.

Era mi padre, que volvía a casa desde el invernadero. Llevaba un farol y tenía las manos sucias. Por alguna extraña razón, verlo así hizo que volviera a sentirme como una niña. Era un hombre grande como un oso, e incluso antes de casarse con Eloise, cuando parecía que no sabía qué decir a sus propios hijos, siempre había conseguido que me sintiera segura. Era mi padre y me protegía. Él no necesitaba decirlo, yo lo sabía.

—Es tarde para que estés fuera —dijo. Se sentó a mi lado, apoyó el farol y se sacudió el polvo de los pantalones de trabajo con las manos.

—Solo estaba pensando —respondí.

Él asintió, luego apoyó los codos en los muslos y alzó la mirada al cielo.

—¿Has visto alguna estrella fugaz esta noche?

Sacudí la cabeza, aunque él no me estaba mirando.

—No.

—¿Necesitas una?

Sonreí para mis adentros. Era su forma de preguntarme si quería pedir algún deseo. Cuando era pequeña, solíamos pedir deseos a las estrellas juntos; no sé por qué dejamos de hacerlo.

—No —respondí. Estaba sumida en un estado introspectivo, pensando en Charles y preguntándome qué significaba el hecho de haber pasado toda la tarde con él y las ganas que tenía de verlo mañana. Pero no tenía la sensación de que necesitara que se me otorgara ningún deseo. Al menos, no por ahora.

—Yo siempre tengo deseos —observó su padre.

—¿De verdad? —Me volví a él y ladeé la cabeza para observar su perfil. Sé que mi padre era tremendamente infeliz antes de conocer a mi actual madre, pero todo eso había quedado muy atrás. Si alguien tenía una vida feliz y completa, ese era él.

—¿Qué deseas? —le pregunté.

—Sobre todo, salud y felicidad para mis hijos.

—Eso no cuenta —dije, sintiendo la sonrisa que asomaba a mis labios.

—Ah, ¿crees que no? —Me miró. Sus ojos brillaron divertidos—. Te aseguro que es en lo primero que pienso cuando me levanto, y en lo último antes de irme a dormir.

—¿De verdad?

—Tengo cinco hijos, Amanda, todos sanos y fuertes. Y hasta donde sé, todos sois felices. Lo más seguro es que solo haya sido cuestión de suerte que hayáis salido tan bien, pero no tentaré al destino deseando otra cosa.

Pensé en sus palabras durante un momento. Nunca se me había ocurrido desear algo que ya tenía.

—¿Da miedo ser padre? —pregunté.

—Es lo más aterrador del mundo.

No sé qué pensaba que iba a decir, pero no eso. Entonces me di cuenta de que me hablaba como adulta. No sé si ya lo había hecho antes. Seguía siendo mi padre, y yo su hija, pero yo había cruzado algún umbral misterioso.

Fue emocionante y triste al mismo tiempo.

Permanecimos sentados uno al lado del otro algunos minutos más, señalando constelaciones, sin decir nada importante. Entonces, justo cuando me disponía a volver a casa, dijo:

—Tu madre me ha contado que has recibido la visita de un caballero esta tarde.

—Y de sus cuatro primas —bromeé.

Él me miró enarcando las cejas; una reprimenda silenciosa por quitarle importancia al asunto.

—Sí —respondí—. Así ha sido.

—¿Te ha gustado?

—Sí. —Sentí que me volvía más ligera, como si tuviera burbujas en el vientre—. Me ha gustado.

Él asimiló mis palabras y luego dijo:

—Tendré que conseguir un palo muy grande.

—¿Qué?

—Solía decir a tu madre que, cuando tuvieras edad suficiente para que te cortejaran, tendría que espantar a los caballeros.

El comentario me pareció casi dulce.

—¿De verdad?

—Bueno, no cuando eras muy pequeña. Entonces eras una pesadilla y temía que nadie te quisiera.

—¡Papá!

Él rio por lo bajo.

—No digas que no sabes que es cierto.

No pude contradecirlo.

—Pero cuando fuiste un poco mayor y empecé a ver las primeras señales de la mujer en la que te convertirías... —Suspiró—. Cielo santo, si alguna vez me dio miedo ser padre...

—¿Y ahora?

Él reflexionó un momento.

—Supongo que ahora solo espero haberte criado lo suficientemente bien como para que tomes decisiones sensatas. —Hizo una pausa—. Y, por supuesto, si alguien piensa siquiera en tratarte mal, tendré a mano ese palo.

Sonreí, y luego me acerqué un poco a él para poder apoyar la cabeza sobre su hombro.

—Te quiero, papá.

—Yo también te quiero, Amanda. —Se volvió y besó la parte superior de mi cabeza—. Mucho.

Por cierto, me casé con Charles, y mi padre jamás tuvo que recurrir al palo. La boda fue seis meses más tarde, después de un noviazgo adecuado y de un compromiso algo menos decoroso. Sin embargo, no voy a escribir sobre ninguno de los acontecimientos que llevaron a que el compromiso fuera indecoroso.

Mi madre insistió en darme una charla prematrimonial, pero esta tuvo lugar la noche anterior a la boda, cuando la información ya no era muy oportuna, pero no dije nada. Sin embargo, tuve la impresión de que ella y mi padre también se habían anticipado a sus votos matrimoniales. Me quedé estupefacta. Impresionada. No me parecía algo propio de ellos. Ahora que he experimentado el aspecto físico del amor, solo pensar que mis padres...

Es demasiado para soportar.

La casa de la familia de Charles está en Dorset, bastante cerca del mar, pero como su padre todavía vive, hemos alquilado una casa en Somerset, a medio camino entre su familia y la mía. A Charles le disgusta la ciudad tanto como a mí. Está pensando en emprender un programa de cría de caballos; algo muy raro, pero por lo visto el cultivo de plantas y la cría de animales no son muy diferentes. Él y mi padre se han hecho grandes amigos, y eso es maravilloso, excepto que ahora mi padre viene de visita bastante a menudo.

Nuestra nueva casa no es grande y los dormitorios están cerca los unos de los otros. Charles ha inventado un nuevo juego llamado: «Vamos a ver si Amanda puede quedarse callada».

Entonces se dedica a hacer todo tipo de travesuras conmigo... ¡mientras mi padre duerme al otro lado del pasillo!

Es un demonio, pero lo adoro. No puedo evitarlo, sobre todo cuando...

Un momento, no iba a escribir sobre ninguna de esas cosas, ¿verdad?

Solo me limitaré a decir que tengo una sonrisa de oreja a oreja mientras lo recuerdo.

Y que eso *no* estuvo incluido en la charla prematrimonial de mi madre.

Supongo que debería confesar que anoche perdí el juego. No me quedé para nada callada.

Mi padre no dijo ni una palabra. Pero partió inesperadamente esa tarde por algún tipo de emergencia botánica.

No me consta que las plantas *tengan* emergencias, pero apenas se fue, Charles insistió en revisar nuestras rosas para ver si tenían el mismo problema que mi padre había dicho que tenían las suyas.

Sin embargo, por algún motivo, quiso revisar las rosas que ya estaban cortadas y dispuestas en un jarrón de nuestra habitación.

—Vamos a jugar a algo nuevo —susurró en mi oído—. «Vamos a ver cuánto ruido puede hacer Amanda».

—¿Qué tengo que hacer para ganar? —pregunté—. ¿Y cuál es el premio?

Puedo ser muy competitiva, y él también, pero os aseguro que ambos ganamos.

Y el premio fue absolutamente maravilloso.

El corazón de una Bridgerton

Debo confesar que, cuando escribí las últimas palabras de *El corazón de una Bridgerton*, ni siquiera se me ocurrió pensar si Francesca y Michael tendrían hijos. Su historia de amor había sido tan conmovedora y completa que sentí que había cerrado el libro con ellos, por así decirlo. Sin embargo, pocos días después de su publicación, empecé a recibir cartas de los lectores, y todo el mundo quería saber lo mismo: ¿Había tenido Francesca el bebé que tanto deseaba? Cuando me senté a escribir el segundo epílogo, supe que esa era la pregunta que debía responder...

El corazón de una Bridgerton
Segundo epílogo

Ella volvió a contar.

A contar, siempre contando.

Siete días desde su última menstruación.

Seis hasta el período en que podría ser fértil.

De veinticuatro a treinta y un días para volver a menstruar, siempre y cuando no concibiera.

Que lo más probable fuera que no lo hiciera.

Hacía tres años que se había casado con Michael. Tres años. Había sufrido las menstruaciones treinta y tres veces. Las había contado, por supuesto; hacía pequeñas y desalentadoras rayas en un trozo de papel que guardaba en su escritorio, en un rincón trasero del cajón de en medio, donde Michael no pudiera verlo.

Porque él sufriría. No porque deseara un hijo, que lo deseaba, sino sobre todo porque *ella* deseaba uno con desesperación.

Y Michael quería que ella lo tuviera. Quizás incluso más de lo que él mismo quería.

Francesca intentaba esconder su pena. Trataba de sonreír durante el desayuno y fingía que no le *molestaba* tener un paño entre las piernas, pero Michael siempre lo veía en sus ojos, y durante todo el día parecía abrazarla con más fuerza, besarla en la frente con más frecuencia.

Ella intentaba convencerse de que debía dar las gracias a Dios por lo que tenía. Y lo hacía. Vaya si lo hacía. Todos los días. Era Francesca Bridgerton Stirling, condesa de Kilmartin, bendecida con dos familias cariñosas: aquella en la que había nacido y la adquirida (dos veces) por matrimonio.

Tenía un marido con el que la mayoría de las mujeres solo podía soñar: era apuesto, divertido, inteligente, y estaba tan enamorado de ella como ella de él. Michael la hacía reír. Hacía que sus días fueran alegres y sus noches, una aventura. Le encantaba hablar con él, pasear con él o simplemente sentarse en la misma habitación que él y mirarse furtivamente mientras ambos fingían leer un libro.

Era feliz. Mucho. Y si nunca tenía un bebé, al menos tenía a ese hombre, ese hombre estupendo, maravilloso y excepcional que la entendía de una manera que la dejaba sin palabras.

Michael la conocía. Conocía cada centímetro de ella y, aun así, nunca dejaba de sorprenderla y desafiarla.

Ella lo amaba. Lo amaba con cada poro de su cuerpo.

Y la mayor parte del tiempo le bastaba. La mayor parte del tiempo, era más que suficiente.

Pero por la noche, cuando él se dormía y ella permanecía despierta, acurrucada junto a él, sentía un vacío que temía que ninguno de los dos pudiera llenar jamás. Se acariciaba el abdomen, y allí seguía, tan plano como siempre, burlándose de ella y negándose a hacer lo único que deseaba más que nada en el mundo.

Y en ese momento lloraba.

Tenía que haber un nombre, pensó Michael junto a la ventana mientras contemplaba cómo Francesca desaparecía al otro lado de la colina rumbo al panteón de la familia Kilmartin. Tenía que haber un nombre para ese tipo específico de dolor, de tortura, realmente. Lo único que quería en el mundo era hacerla feliz. Ah, claro que había otras cosas: paz, salud, prosperidad de los arrendatarios, hombres honrados en el cargo de primer ministro durante los próximos cien años. Pero al final, lo que deseaba era que Francesca fuera feliz.

La amaba. Siempre la había amado. Era, o por lo menos debería haber sido, la cosa más sencilla del mundo. La amaba. Y punto. Y si solo dependiera de él, habría movido cielo y tierra para hacerla feliz.

Pero lo único que ella deseaba más que a nada, lo único que ansiaba con desesperación y por lo que luchaba con tanta valentía para ocultar el dolor que le provocaba no tenerlo, parecía que él no podía dárselo.

Un hijo.

Y lo curioso era que él empezaba a sentir el mismo dolor.

Al principio había sufrido solo por ella. Ella deseaba un hijo y, por tanto, él también lo deseaba. Ella quería ser madre y, en consecuencia, él quería que lo fuera. Quería verla con un bebé en los brazos, y no porque fuera su hijo, sino porque sería de ella.

Él quería que ella tuviera lo que deseaba. Y, egoísta de él, quería ser el hombre que se lo brindara.

Pero últimamente había empezado a sentir esa misma angustia. Cuando visitaban a alguno de sus muchos hermanos y hermanas, al instante se veían rodeados por la siguiente generación de críos. Tiraban de su pierna, gritaban: «¡Tío Michael!» y aullaban de risa cuando él los lanzaba al aire, y siempre rogaban un minuto más, una vuelta más, que les diera un dulce de menta más en secreto.

Los Bridgerton tenían una fertilidad prodigiosa. Parecía que todos podían engendrar el número exacto de retoños que deseaban. Y a veces hasta uno más, por las dudas.

Todos excepto Francesca.

Quinientos ochenta y cuatro días después, Francesca bajó del carruaje Kilmartin e inspiró el aire de campo puro y limpio de Kent. La primavera ya estaba muy avanzada y el sol le calentó las mejillas, pero cuando el viento soplaba, todavía se llevaba consigo los últimos vestigios de invierno. Sin embargo, a Francesca no le importaba. Siempre le había gustado sentir la caricia del viento frío sobre la piel. A Michael lo volvía loco; él siempre se quejaba de que, después de pasar tantos años en la India, no terminaba de adaptarse a vivir en un clima frío.

Lamentaba que no hubiese podido acompañarla en el largo viaje desde Escocia para el bautizo de la hija de Hyacinth, Isabella. Él estaría allí, por supuesto; ella y Michael nunca se perdían el bautizo de ninguna de sus sobrinas y sobrinos. Sin embargo, sus negocios en Edimburgo habían demorado su llegada. Francesca también podría haber pospuesto el viaje, pero hacía muchos meses que no veía a su familia y los echaba de menos.

Qué curioso. Cuando era más joven, siempre había estado ansiosa por marcharse, por tener su propia casa, su propia identidad. Pero ahora, mientras veía crecer a sus sobrinas y sobrinos, sus visitas eran más frecuentes. No quería perderse los momentos más importantes de sus vidas. Estaba de visita por casualidad cuando la hija de Colin, Agatha, había dado sus primeros pasos. Había sido impresionante. Y aunque esa noche había llorado en silencio en su cama, las lágrimas que brotaron de sus ojos al ver a Aggie tambalearse y reírse habían sido de pura felicidad.

Si no iba a ser madre, por lo menos disfrutaría de esos momentos. No podría soportar la idea de una vida sin ellos.

Francesca sonrió mientras entregaba su capa a un lacayo y caminaba por los familiares pasillos de Aubrey Hall. Había pasado gran parte de su niñez allí y en Bridgerton House, en Londres. Anthony y su esposa habían hecho algunas modificaciones, pero gran parte de la decoración seguía como siempre. Las paredes seguían pintadas del mismo color blanco cremoso con un sutil tono durazno. Y el Fragonard que su padre le había regalado a su madre por su trigésimo cumpleaños aún colgaba sobre la mesa, justo al lado de la puerta del salón rosado.

—¡Francesca!

Se dio la vuelta. Era su madre, que estaba sentada en el salón y se había puesto de pie.

—¿Cuánto tiempo hace que estás aquí? —preguntó Violet, acercándose a saludarla.

Francesca abrazó a su madre.

—No mucho. Estaba admirando el cuadro.

Violet se acercó a ella y juntas contemplaron el Fragonard.

—Es maravilloso, ¿no es cierto? —murmuró su madre, con una sonrisa suave y nostálgica en el rostro.

—Me encanta —dijo Francesca—. Siempre me ha gustado. Me recuerda a papá.

Violet se volvió hacia ella, sorprendida.

—¿De verdad?

Francesca entendió su reacción. El cuadro mostraba a una mujer joven con un ramo de flores y una nota. No era un tema muy masculino. Pero la joven miraba por encima de su hombro, con una expresión algo traviesa, como si, con la provocación adecuada, se fuera a reír. Francesca no recordaba mucho cómo era la relación entre sus padres; solo tenía seis años cuando murió su progenitor. Pero recordaba su risa. El sonido de la risa profunda y sonora de su padre siempre la acompañaba.

—Imagino así tu matrimonio. —dijo Francesca, señalando el cuadro.

Violet retrocedió medio paso e inclinó la cabeza hacia un lado.

—Creo que tienes razón —dijo, encantada al darse cuenta—. Nunca lo vi desde esa perspectiva.

—Deberías llevarte el cuadro a Londres —dijo Francesca—. ¿Acaso no es tuyo?

Violet se ruborizó, y por un breve instante Francesca vislumbró a la joven que fue en el brillo de sus ojos.

—Sí —respondió—. Pero su sitio está aquí. Aquí fue donde él me lo regaló. Y aquí —señaló el lugar de honor sobre la pared— fue donde lo colgamos juntos.

—Fuisteis muy felices —dijo Francesca. No fue una pregunta sino una observación.

—Igual que vosotros.

Francesca asintió.

Violet extendió la mano y tomó la suya, dándole suaves palmaditas mientras ambas seguían contemplando el cuadro. Francesca sabía exactamente lo que su madre estaba pensando: en su infertilidad y en que parecía haber un acuerdo tácito de no hablar nunca del asunto. Pero, ¿por qué tendrían que hacerlo? ¿Qué podía decir Violet que mejorara la situación?

Francesca no podía decir nada, porque con eso solo lograría que su madre se sintiera peor; de modo que permanecieron en silencio como lo hacían siempre, pensando en lo mismo sin hablar nunca de ello, preguntándose quién sufriría más.

Francesca pensó que era ella; después de todo, el vientre estéril era el suyo. Pero quizás el dolor de su madre era más agudo. Violet era su *madre* y sufría por los sueños perdidos de su hija. ¿Acaso eso no era doloroso? Y lo irónico era que Francesca nunca lo sabría. Nunca sabría lo que era sufrir por un hijo, porque jamás sabría lo que era ser madre.

Tenía casi treinta y tres años. No conocía a ninguna mujer casada que hubiera llegado a esa edad sin concebir un hijo. Parecía que los hijos venían enseguida, o no venían.

—¿Ha llegado Hyacinth? —quiso saber Francesca, mirando aún el brillo en la mirada de la mujer del cuadro.

—Todavía no. Pero Eloise llegará esta tarde. Ella...

Francesca notó la vacilación en la voz de su madre antes de que se callara.

—¿Está embarazada? —preguntó.

Se hizo un breve silencio, y luego:

—Sí.

—Es maravilloso. —Y lo dijo de corazón. Se alegraba con todo su ser. Pero no sabía cómo transmitirlo para que sonara así.

No quiso mirar a su madre a la cara. Porque si lo hacía, se pondría a llorar.

Se aclaró la garganta e inclinó la cabeza hacia un lado, como si quedase algún centímetro del Fragonard que aún no había examinado.

—¿Alguien más? —preguntó.

Sintió que su madre se ponía tensa a su lado y se preguntó si Violet estaría pensando si valía la pena fingir que no sabía exactamente a qué se refería.

—Lucy —respondió su madre con voz queda.

Francesca por fin se volvió y miró a Violet, apartando la mano de la de su madre.

—¿Otra vez? —Lucy y Gregory se habían casado hacía menos de dos años, pero este sería su segundo hijo.

Violet asintió.

—Lo lamento.

—No digas eso —replicó Francesca, horrorizada por lo ronca que sonó su voz—. No digas que lo lamentas. No es algo de lo que haya que lamentarse.

—No —se apresuró a decir su madre—. No he querido decir eso.

—Deberías estar feliz por ellos.

—¡Y lo estoy!

—Más feliz por ellos que apenada por mí —añadió Francesca con voz ahogada.

—Francesca...

Violet intentó tomar la mano de su hija, pero Francesca se apartó.

—Prométemelo —dijo—. Tienes que prometerme que siempre estarás más feliz que apenada.

Violet la miró con impotencia, y Francesca se dio cuenta de que su madre no sabía qué decir. Durante toda su vida, Violet Bridgerton había sido la más sensible y maravillosa de las madres. Siempre parecía saber qué necesitaban sus hijos, en el momento exacto en que lo necesitaban... ya fuese una palabra amable o un suave empujón, o incluso una gigantesca y proverbial patada en el trasero.

Sin embargo, ahora, en este momento, Violet estaba desorientada. Y Francesca era quien la había colocado en esa situación.

—Lo siento, mamá —repuso, farfullando las palabras—. Lo siento mucho, perdóname.

—No. —Violet se apresuró a abrazarla, y esta vez Francesca no se apartó—. No, querida —repitió Violet, acariciándole el cabello—. No digas eso, por favor, no digas eso.

La hizo callar, cantándole suavemente como si fuera una niña, y Francesca se dejó hacer. Y cuando sus lágrimas tibias y silenciosas mojaron el hombro de su madre, ninguna de las dos dijo ni una sola palabra.

Cuando Michael llegó dos días después, Francesca estaba inmersa en los preparativos del bautizo de la pequeña Isabella, y si bien no había olvidado la conversación con su madre, al menos no ocupaba todos sus pensamientos. Después de todo, nada de eso era nuevo. Francesca seguía siendo igual de estéril que cada vez que visitaba a su familia en Inglaterra. La única diferencia era, que en aquella ocasión, había hablado con alguien al respecto. Un poco.

Tanto como había podido.

Y sin embargo, de alguna manera, se había quitado un peso de encima. Aquel momento en el pasillo, con su madre abrazándola, había logrado que se deshiciera de algo más que unas lágrimas.

Y aunque todavía sufría por los bebés que jamás tendría, por primera vez en mucho tiempo se sentía completamente feliz.

Era algo extraño y maravilloso, y se negaba a cuestionarlo.

—¡Tía Francesca! ¡Tía Francesca!

Francesca sonrió y enlazó el brazo con el de su sobrina. Charlotte era la hija menor de Anthony; cumpliría ocho años dentro de un mes.

—¿Qué sucede, tesoro?

—¿Has visto el vestido de la bebé? Es muy *largo*.

—Lo sé.

—Y tiene muchos volantes.

—Los trajes de bautizo tienen muchos volantes. Incluso los de los niños varones están llenos de volantes.

—Me parece un desperdicio —opinó Charlotte, encogiéndose de hombros—. Isabella no *sabe* que lleva puesto algo tan bonito.

—Ah, pero nosotras sí.

Charlotte reflexionó un momento.

—Pero a mí no me importa, ¿y a ti?

Francesca se rio.

—No, supongo que no. Querría a Isabella sin importar lo que llevara puesto.

Tía y sobrina continuaron su paseo por los jardines para recoger jacintos, con los que decorarían la capilla. Casi habían llenado una canasta cuando oyeron el sonido inconfundible de un carruaje que se acercaba por la entrada.

—¿Quién será ahora? —dijo Charlotte, poniéndose de puntillas, como si eso la ayudara a ver mejor el carruaje.

—No estoy segura —respondió Francesca. Esa tarde llegarían varios miembros de la familia.

—Quizá sea el tío Michael.

Francesca sonrió.

—Eso espero.

—*Adoro* al tío Michael —repuso Charlotte con un suspiro, y Francesca casi se echó a reír, pues había visto la expresión en la mirada de su sobrina miles de veces.

Las mujeres adoraban a Michael. Parecía que ni las niñas de siete años eran inmunes a su encanto.

—Bueno, es muy apuesto —aportó Francesca.

Charlotte se encogió de hombros.

—Supongo.

—¿Supones? —respondió Francesca, haciendo un esfuerzo por no reírse.

—*A mí* me gusta porque me lanza al aire cuando mi padre no está mirando.

—Le gusta romper las reglas.

Charlotte sonrió de oreja a oreja.

—Lo sé. Por eso no se lo digo a mi padre.

A Francesca nunca le había parecido que Anthony fuera especialmente severo, pero era el jefe de la familia desde hacía más de veinte años; suponía que la experiencia lo había dotado de cierto amor por el orden y la pulcritud.

Y había que decirlo: le *gustaba* mandar.

—Será nuestro secreto —dijo Francesca, inclinándose para murmurar al oído de su sobrina—. Y cuando quieras venir de visita a Escocia puedes hacerlo. Nos saltamos las reglas constantemente.

Charlotte abrió los ojos como platos.

—¿De verdad?

—A veces desayunamos a la hora de la cena.

—Excelente.

—Y caminamos bajo la lluvia.

Charlotte se encogió de hombros.

—Todo el mundo camina bajo la lluvia.

—Sí, supongo que sí, pero a veces *bailamos*.

Charlotte retrocedió un paso.

—¿Puedo ir con vosotros *ahora*?

—Eso depende de tus padres, tesoro. —Francesca rio y tomó la mano de Charlotte—. Pero lo que sí podemos hacer ahora es bailar.

—¿Aquí?

Francesca asintió.

—¿Dónde todo el mundo puede vernos?

Francesca miró a su alrededor.

—No veo que nadie esté mirando. Y si estuvieran mirando, ¿a quién le importa?

Charlotte frunció los labios, y Francesca prácticamente pudo *adivinar* sus pensamientos.

—¡A mí no! —anunció, y tomó del brazo a Francesca. Juntas bailaron una giga, seguida de un danza escocesa en la que giraron y giraron hasta quedar sin aliento.

—¡Ay, desearía que lloviera! —rio Charlotte.

—¿Y cuál sería la gracia? —se oyó una voz nueva.

—¡Tío Michael! —chilló Charlotte, arrojándose a sus brazos.

—Y a mí me olvidan al instante —dijo Francesca con una sonrisa irónica.

Michael la miró con ternura por encima de la cabeza de Charlotte.

—Yo no —murmuró.

—La tía Francesca y yo hemos estado bailando —le contó Charlotte.

—Lo sé. Os he visto desde el interior de la casa. Me gustó sobre todo la nueva.

—¿Qué nueva?

Michael fingió parecer confundido.

—La nueva danza que bailabais.

—No bailábamos ninguna danza nueva —replicó Charlotte, frunciendo el entrecejo.

—Entonces, ¿qué fue eso de tirarse al césped?

Francesca se mordió el labio para evitar sonreír.

—¡Nos hemos *caído*, tío Michael!

—¡No!

—¡Sí, nos hemos caído!

—Era una danza muy vigorosa —confirmó Francesca.

—Entonces debéis ser extraordinariamente elegantes, pues parecía que lo hacíais a *propósito*.

—¡No! ¡No lo hicimos! —exclamó Charlotte, entusiasmada—. Realmente nos hemos caído. ¡Sin querer!

—Supongo que tendré que creerte —repuso él con un suspiro— pero solo porque sé que eres demasiado honesta para mentir.

Ella lo miró con adoración.

—Yo nunca te mentiría, tío Michael —manifestó la niña.

Él la besó en la mejilla y la dejó en el suelo.

—Tu madre dice que es hora de comer.

—¡Pero acabas de llegar!

—No me iré a ningún sitio. Tienes que alimentarte después de tanto baile.

—No tengo hambre —replicó ella.

—Es una lástima —dijo Michael—, porque esta tarde pensaba enseñarte a bailar el vals, y está claro que no puedes hacerlo con el estómago vacío.

Charlotte abrió los ojos como platos.

—¿De verdad? Papá ha dicho que no puedo aprender hasta que tenga diez años.

Michael esbozó una de esas medias sonrisas irresistibles que aún hacían estremecer a Francesca.

—No tenemos que decírselo, ¿verdad?

—Ay, tío Michael, te *adoro* —expresó la niña con fervor, y luego, después de un abrazo sumamente fuerte, Charlotte corrió hacia Aubrey Hall.

—Otra más que cae rendida a tus encantos —observó Francesca, sacudiendo la cabeza y mirando a su sobrina correr por el césped.

Michael la tomó de la mano y la atrajo hacia él.

—¿Qué quieres decir con eso?

Francesca esbozó una leve sonrisa y suspiró, diciendo:

—Yo *nunca* te mentiría.

Él le dio un sonoro beso.

—Sinceramente, espero que no.

Ella alzó la mirada hacia los ojos grisáceos de su marido y se abandonó al calor de su cuerpo.

—Parece que ninguna mujer es inmune a tus encantos.

—Entonces soy muy afortunado de haber caído solo bajo el hechizo de una.

—Qué suerte la *mía*.

—Pues, sí —repuso él con fingida modestia—, pero no he querido decirlo.

Ella le dio un manotazo en el brazo.

Él le respondió con un beso.

—Te he echado de menos.

—Yo también.

—¿Y cómo está el clan Bridgerton? —preguntó mientras enlazaba el brazo al de ella.

—De maravilla —respondió Francesca—. De verdad, me lo estoy pasando estupendamente.

—¿De verdad? —repitió él con expresión divertida.

Francesca lo condujo lejos de la casa. Hacía más de una semana que no disfrutaba de la compañía de su marido y no deseaba compartirlo todavía.

—¿A qué te refieres? —preguntó.

—Has dicho «de verdad», como si te sorprendiera.

—Por supuesto que no —repuso Francesca. Pero luego pensó—. Siempre lo paso estupendamente cuando visito a mi familia —dijo con cuidado.

—Pero...

—Pero esta vez es mejor. —Se encogió de hombros—. No sé por qué.

Eso no era del todo cierto. Ese momento con su madre... esas lágrimas habían sido mágicas.

Pero no podía contarle eso a él. Michael no oiría otra cosa que no fuera la parte en la que había llorado, y luego se preocuparía, y ella se sentiría muy mal por haberlo preocupado, y ya estaba *cansada* de todo eso.

Además, él era hombre. Jamás lo comprendería.

—Me siento feliz —anunció ella—. Es algo que flota en el ambiente.

—El sol *brilla* —observó él.

Ella encogió un solo hombro con desenfado y se apoyó contra un árbol.

—Los pájaros cantan.

—¿Las flores se abren?

—Solo algunas —reconoció ella.

Michael contempló el paisaje.

—Lo único que faltaría en este momento es que un conejo pequeño y esponjoso pasara saltando por la pradera.

Ella sonrió dichosa y se inclinó hacia él para besarlo.

—El esplendor bucólico es algo maravilloso.

—Sin duda. —Los labios de él se encontraron con los suyos con familiar avidez—. Te echaba de menos —dijo con voz ronca de deseo.

Ella soltó un leve gemido cuando él le mordisqueó la oreja.

—Lo sé. Ya me lo has dicho.

—Merece la pena repetirlo.

Francesca quiso decir algo ingenioso sobre que nunca se cansaba de oírlo, pero en ese momento se encontró apretada contra el árbol, casi sin poder respirar, con una de sus piernas levantada alrededor de la cadera de él.

—Llevas puesta *demasiada* ropa —gruñó él.

—Estamos demasiado cerca de la casa —jadeó ella; su vientre se estremeció de deseo cuando él se pegó a ella de una forma mucho más íntima.

—¿Cuánto tenemos que alejarnos —murmuró él mientras deslizaba una mano debajo de su falda— para que no sea «demasiado cerca»?

—Un poco.

Michael se apartó un poco y la miró.

—¿De verdad?

—De verdad. —Ella esbozó una medio sonrisa y se sintió pícara. Poderosa. Con ganas de tomar el control. De él. De su vida. De todo.

—Ven conmigo —propuso ella en un impulso; lo agarró de la mano y corrió.

Michael había echado de menos a su esposa. De noche, cuando ella no estaba junto a él, la cama le parecía fría y el aire se sentía vacío. Aun cuando estaba cansado y su cuerpo no la anhelaba, añoraba su presencia, su aroma, su calidez.

Echaba de menos el sonido de su respiración. Echaba de menos la forma tan diferente en que se movía el colchón cuando había un segundo cuerpo sobre él.

Él sabía que Francesca sentía lo mismo, a pesar de ser más reticente que él y que no solía usar palabras tan apasionadas. Aun así, sintió una agradable sorpresa mientras corría por la pradera y dejaba que ella tomara la iniciativa, sabiendo que, en unos minutos, estaría dentro de ella.

—Aquí —señaló Francesca, deteniéndose al pie de una colina.

—¿Aquí? —preguntó él con desconfianza. No estaban al amparo de ningún árbol, nada que los ocultara si alguien pasaba caminando.

Ella se sentó.

—Por aquí no pasa nadie.

—¿Nadie?

—El césped es muy mullido —señaló ella con tono seductor, palmeando el lugar que tenía al lado.

—No voy a preguntar cómo lo sabes —murmuró.

—Hacía pícnics —explicó ella, pareciendo adorablemente indignada— con mis *muñecas*.

Él se quitó el abrigo y lo extendió como una manta sobre la hierba. El suelo tenía una suave pendiente e imaginó que sería más cómodo para ella que en posición horizontal.

Él la miró. Miró el abrigo. Pero su esposa no se movió.

—Tú —dijo ella.

—¿Yo?

—Échate —le ordenó.

Él obedeció. Con celeridad.

Entonces, antes de que le diera tiempo a hacer un comentario, bromear o burlarse, o siquiera respirar, ella se montó a horcajadas sobre él.

—¡Cielo san… —jadeó él, pero no pudo terminar porque Francesca lo besó con labios cálidos, hambrientos y salvajes. Todo era deliciosamente familiar… le encantaba conocer cada centímetro de ella, desde la curva de su pecho hasta el ritmo de sus besos... y, sin embargo, esta vez sintió algo...

Diferente.

Nuevo.

La tomó de la nuca con una mano. Cuando estaban en casa, le gustaba quitarle las horquillas una a una y contemplar cómo se soltaba cada mechón de su peinado. Sin embargo, hoy estaba demasiado necesitado, demasiado ansioso, no tenía paciencia para...

—¿Y eso por qué? —preguntó, pues ella le había apartado la mano.

Francesca entrecerró los ojos lánguidamente.

—Hoy mando yo —murmuró.

El cuerpo de él se tensó. Todavía más. Dios mío, esa mujer iba a matarlo.

—Más rápido —jadeó él.

Pero no creía que lo estuviera escuchando. Se estaba tomando su tiempo, desabrochándole los pantalones, deslizando las manos por su abdomen hasta llegar a su objetivo.

—Frannie...

Un dedo. Fue lo único que hizo. Un dedo liviano como una pluma a lo largo de su miembro.

Ella se volvió y lo miró.

—Qué divertido —observó ella.

Michael solo se concentró en tratar de respirar.

—Te amo —dijo ella con voz suave. Sintió cómo se levantaba. Se alzó las faldas hasta los muslos y se acomodó; luego, con un movimiento verdaderamente rápido, lo introdujo en su interior y se apoyó sobre él; el cuerpo de ella se apoyó sobre el suyo, haciendo que la penetrara hasta la base.

Entonces él quiso moverse. Quiso empujar hacia arriba, o girarla y embestirla hasta la extenuación, pero las manos de ella le sujetaban con firmeza de las caderas, y cuando alzó la mirada vio que tenía los ojos cerrados, como si estuviera concentrada.

Su respiración era lenta y regular, pero también fuerte, y con cada exhalación parecía presionar hacia abajo cada vez un poco más.

—Frannie —gruñó él, porque no sabía qué otra cosa hacer. Quería que se moviera con más rapidez. O con más fuerza. O algo, pero ella solo se balanceaba hacia atrás y hacia delante, arqueando y curvando las caderas en un delicioso tormento. Se aferró a esas caderas con la intención de hacerla subir y bajar, pero ella abrió los ojos y sacudió la cabeza con una sonrisa suave y dichosa.

—Me gusta así —dijo.

Él quería algo diferente. *Necesitaba* algo diferente, pero cuando ella lo miró, parecía tan sumamente feliz que no pudo negarle nada. Entonces ella comenzó a temblar, y fue algo extraño, porque él conocía muy bien cómo ella alcanzaba el clímax, pero esta vez parecía más suave... y más fuerte al mismo tiempo.

Ella se balanceó, se estremeció y soltó un pequeño grito antes de caer sobre él.

Y entonces, para su total y absoluta sorpresa, él llegó al orgasmo. No creía estar preparado, ni remotamente cerca del clímax, aunque tampoco le habría llevado mucho tiempo de haber podido moverse debajo de ella. Pero luego, sin previo aviso, simplemente explotó.

Permanecieron así tendidos durante un rato, bañados por el suave calor del sol. Ella enterró su rostro en el cuello de él, y él la abrazó, preguntándose cómo era posible que existieran momentos así.

Porque fue perfecto. Y si hubiera podido, se habría quedado así para siempre. Y aunque no se lo preguntó, supo que ella sentía lo mismo.

La intención de ambos había sido regresar a casa dos días después del bautizo, pensó Francesca mientras miraba cómo uno de sus sobrinos derribaba al suelo a otro, y sin embargo allí estaban, tres semanas después, y ni siquiera habían comenzado a hacer el equipaje.

—Espero que no haya huesos rotos.

Francesca sonrió a su hermana Eloise, que también había decidido quedarse de visita en Aubrey Hall más tiempo.

—No —respondió Francesca, estremeciéndose levemente cuando el futuro duque de Hastings, también conocido como Davey, de once años de edad, soltó un grito de guerra mientras saltaba de un árbol—. Aunque no es por falta de empeño.

Eloise se sentó junto a ella y giró la cara hacia el sol.

—Me pondré el sombrero dentro de un minuto, lo juro —prometió.

—No logro descifrar las reglas del juego —comentó Francesca.

Eloise ni se molestó en abrir los ojos.

—Porque no existen.

Francesca observó el caos desde una nueva perspectiva. Oliver, el hijastro de doce años de Eloise, había encontrado un balón (¿desde cuándo había un balón?) y corría por el césped. Parecía que había llegado a su objetivo, aunque Francesca no estaba segura de si era un tocón de roble gigante que estaba allí desde que era niña, o Miles, el segundo hijo de Anthony, que había estado sentado con los brazos y las piernas cruzados desde que Francesca había salido, hacía diez minutos.

Pero en cualquier caso, Oliver debía de haber ganado un punto, porque golpeó el balón contra el suelo y empezó a saltar con un grito triunfal. Miles debía de estar en su equipo (era el primer indicio que Francesca tenía de que había equipos), porque se puso de pie de inmediato y lo celebró de la misma manera.

Eloise abrió un ojo.

—Mi hijo no ha matado a nadie, ¿verdad?

—No.

—¿Nadie lo ha matado a él?

Francesca sonrió.

—Tampoco.

—Bien. —Eloise bostezó y volvió a acomodarse en su tumbona.

Francesca pensó antes de hablar.

—¿Eloise?

—¿Mmm?

—¿Alguna vez... —Frunció el ceño. Realmente no había una manera adecuada para hacer esa pregunta—. ¿Alguna vez has amado a Oliver y a Amanda...

—¿Menos? —terminó Eloise por ella.

—Sí.

Eloise se sentó más derecha y abrió los ojos.

—No.

—¿De verdad? —No era que Francesca no la creyera. Amaba a sus sobrinas y sobrinos con toda su alma; habría dado la vida por cualquiera de ellos, incluidos Oliver y Amanda, sin vacilar ni un segundo. Pero ella nunca había dado a luz. Nunca había llevado a un hijo en su vientre, o no por mucho tiempo, y no sabía si eso marcaba alguna diferencia. Si hacía que fuera más intenso.

Si ella tuviera un bebé, un hijo propio, nacido de su sangre y la de Michael, ¿se daría cuenta de pronto de que ese amor que ahora sentía por Charlotte, Oliver, Miles y todos los demás...? ¿Quedaría minimizado ese amor comparado con lo que sentiría por su propio hijo?

¿Sería diferente?

¿Quería que fuera diferente?

—Pensé que me pasaría eso —admitió Eloise—. Por supuesto que quería mucho a Oliver y a Amanda antes de tener a Penelope. ¿Cómo podría no quererlos? Son parte de Phillip. Además —continuó con un gesto cada vez más pensativo, como si nunca antes hubiera reflexionado sobre ese asunto—, ellos son... ellos. Y yo soy su madre.

Francesca sonrió con melancolía.

—Pero aun así —continuó Eloise— antes de tener a Penelope, e incluso cuando estaba embarazada de ella, pensé que sería diferente. —Hizo una pausa—. *Es* diferente. —Hizo otra pausa—. Pero no es menos. No es cuestión de niveles o cantidades, ni siquiera... realmente... de la naturaleza del sentimiento. —Eloise se encogió de hombros. —No puedo explicarlo.

Francesca volvió a mirar el juego, que se había reanudado con renovada intensidad.

—No —dijo con voz queda—. Creo que lo has explicado muy bien.

Hubo un largo silencio y luego Eloise dijo:

—Tú no... hablas mucho de eso.

Francesca agitó la cabeza con suavidad.

—No.

—¿Quieres hablar?

Francesca pensó un momento.

—No sé. —Se volvió a su hermana. De niñas, se pasaban casi todo el día discutiendo, pero en cierto modo Eloise era la otra cara de su moneda. Se parecían mucho, excepto en el color de los ojos, e incluso compartían el mismo día de cumpleaños, con un año de diferencia.

Eloise la observaba con tierna curiosidad, con una compasión que, solo semanas atrás, habría sido desgarradora. Sin embargo, ahora era simplemente reconfortante. Francesca ya no se sentía objeto de pena, se sentía amada.

—Soy feliz —dijo Francesca. Y era cierto. De verdad. Por una vez en su vida no sentía ese doloroso vacío que la devastaba. Incluso había olvidado hacer cuentas. No sabía cuántos días habían pasado desde su última menstruación y se sentía increíblemente *bien*.

—Odios los números —murmuró.

—¿Cómo dices?

Francesca reprimió una sonrisa.

—Nada.

El sol, que se había escondido detrás de una fina capa de nubes, apareció de pronto en todo su esplendor. Eloise se tapó los ojos con la mano mientras volvía a recostarse.

—Cielo santo —comentó—. Creo que Oliver acaba de *sentarse* encima de Miles.

Francesca se echó a reír, y luego, antes siquiera de saber qué se proponía, se puso de pie.

—¿Crees que me dejarán jugar?

Eloise la miró como si se hubiera vuelto loca; Francesca se encogió de hombros y pensó que quizá fuera verdad.

Eloise miró a Francesca, luego a los niños, y después nuevamente a Francesca. Entonces se puso de pie.

—Si tú juegas, yo también jugaré.

—No puedes —le recordó Francesca—. Estás embarazada.

—De muy poco —respondió Eloise, restándole importancia—. Además, Oliver no se atrevería a sentarse encima *de mí*. —Extendió el brazo—. ¿Vamos?

—¡Vamos! —Francesca enlazó el brazo con el de su hermana, y juntas corrieron colina abajo, gritando como dos chiquillas y disfrutando cada segundo.

—Me han dicho que esta tarde has montado todo un espectáculo —dijo Michael, subiéndose al borde de la cama.

Francesca no se movió. Ni siquiera batió una pestaña.

—Estoy exhausta. —Fueron sus únicas palabras.

Él observó el dobladillo polvoriento de su vestido.

—Y sucia, también.

—Estoy demasiado cansada para lavarme.

—Anthony ha comentado que Miles dijo que estaba impresionado. Parece que lanzas bastante bien para ser mujer.

—Habría sido perfecto —respondió ella— si alguien me hubiera informado de que no podía usar las manos.

Él rio entre dientes.

—¿A qué jugaban exactamente?

—No tengo ni idea. —Francesca soltó un leve gemido de cansancio—. ¿Me das un masaje en los pies?

Michael se acomodó mejor sobre la cama y le levantó el vestido hasta la mitad de las pantorrillas. Tenía los pies negros.

—¡Cielo santo! —exclamó—. ¿Has jugado descalza?

—¡No podía hacerlo con mis zapatillas!

—¿Cómo ha estado Eloise?

—Por lo visto ella lanza como un varón.

—Creí que no se podían usar las manos.

Al oírlo, Francesca se incorporó sobre los codos, indignada.

—Ya lo *sé*. Dependía de en qué extremo del campo estuvieras. Si es que eso existe.

Él le tomó un pie entre las manos y se recordó que tendría que lavarse después; las manos, ya que ella podía ocuparse de sus propios pies.

—No sabía que fueras tan competitiva —observó.

—Viene de familia —murmuró Francesca—. No, no, allí. Sí, justo ahí. Más fuerte. Aaahhh...

—¿Por qué tengo la sensación de haber oído eso antes —musitó él— aunque yo me lo estaba pasando mucho mejor?

—Cállate y sigue masajeándome los pies.

—A su servicio, majestad —murmuró él, sonriendo al ver que Francesca se había dado cuenta de que le encantaba que la trataran como tal.

Después de uno o dos minutos de silencio, salvo algún que otro gemido por parte de su esposa, preguntó—: ¿Cuánto tiempo más quieres quedarte aquí?

—¿Estás deseando volver a casa?

—Tengo asuntos de los que ocuparme —respondió Michael— pero nada que no pueda esperar. En realidad, me gusta estar con tu familia.

Ella enarcó una ceja... y esbozó una sonrisa.

—¿De verdad?

—Ya lo creo. Aunque me sentí un poco abrumado cuando tu hermana me dio esa paliza en el partido de tiro.

—Ella da una paliza a todo el mundo, siempre lo ha hecho. La próxima vez juega con Gregory. No acierta ni a un árbol.

Michael pasó al otro pie. A Francesca se la veía muy feliz y relajada. No solo en ese momento, sino también durante la cena, y en la sala, y cuando jugaba con sus sobrinos, e incluso por la noche, cuando él le hacía el amor en la enorme cama con dosel. Él estaba listo para volver a casa, a Kilmartin, una edificación antigua y con muchas corrientes de aire, pero su hogar sin lugar a dudas. Sin embargo, se quedaría allí para siempre sin pensárselo dos veces si eso significaba ver a Francesca tan feliz.

—Creo que tienes razón —dijo ella.

—Por supuesto que tengo razón —respondió él—. Pero ¿en qué, exactamente?

—Es hora de volver a casa.

—No dije que lo fuera. Simplemente te he preguntado cuáles eran tus intenciones.

—No era necesario que lo dijeras —repuso ella.

—Si deseas quedarte...

Ella negó con la cabeza.

—No. Quiero volver a casa. A nuestro hogar. —Con un gemido de dolor, se sentó y cruzó las piernas—. Todo esto ha sido maravilloso y me lo he pasado muy bien, pero echo de menos Kilmartin.

—¿Estás segura?

—Te echo de menos.

Él enarcó las cejas.

—Yo estoy aquí.

Ella sonrió y se inclinó hacia adelante.

—Echo de menos tenerte solo para mí.

—Solo tienes que pedirlo, milady. En cualquier momento, en cualquier lugar. Te alzaré en mis brazos y te dejaré hacer lo que quieras conmigo.

Ella se rio por lo bajo.

—Quizás ahora mismo.

Él creyó que era una excelente idea, pero su caballerosidad lo obligó a decir:

—Creí que estabas dolorida.

—No tanto. No si haces tú todo el trabajo.

—No será ningún problema, querida mía. —Se quitó la camisa por encima de la cabeza y se acostó junto a ella, dándole un beso largo y delicioso. Después, se apartó con un suspiro de satisfacción y simplemente la contempló—. Estás preciosa —susurró—. Más que nunca.

Ella sonrió, con esa sonrisa perezosa y cálida que significaba que estaba satisfecha, o que sabía que pronto lo estaría.

Le encantaba esa sonrisa.

Comenzó a desabrochar los botones de la parte trasera de su vestido y, cuando estaba por la mitad, de repente, se acordó de algo.

—Espera —dijo—. ¿Puedes?

—¿Si puedo qué?

Él se detuvo, frunciendo el ceño mientras trataba de contar mentalmente. ¿No debería estar menstruando?

—¿No es tu momento del mes? —preguntó él.

Ella abrió la boca y parpadeó.

—No —respondió, un tanto sorprendida, no por la pregunta de él sino por su respuesta—. No.

Él cambio de posición y se apartó algunos centímetros para poder verle el rostro.

—¿Crees que...?

—No lo sé. —Ahora ella parpadeaba rápidamente, y Michael se dio cuenta de que se le había acelerado la respiración—. Supongo. Podría...

Él quiso gritar de alegría, pero no se atrevió. Todavía no.

—¿Cuándo crees...

—...que lo sabré? No sé. Quizá...

—¿...dentro de un mes? ¿Dos?

—Quizá dos. Tal vez antes. No sé. —Francesca se llevó la mano al vientre—. Podría malograrse.

—Es verdad —dijo él con cautela.

—Pero podría salir adelante.

—Cierto.

Él sintió que una risa burbujeaba en su interior, un extraño vértigo en el vientre, que creció y le hizo cosquillas hasta que brotó por sus labios.

—No podemos estar seguros —advirtió ella, pero podía ver lo entusiasmada que estaba.

—No —dijo él, pero de algún modo supo que sí lo estaban.

—No quiero hacerme ilusiones.

—No, no, por supuesto que no.

Ella abrió mucho los ojos y se colocó ambas manos sobre el vientre que seguía completa y absolutamente plano.

—¿Sientes algo? —murmuró él.

Ella hizo un gesto de negación con la cabeza.

—De todos modos, sería demasiado pronto.

Él lo sabía. Por supuesto que lo sabía. No sabía por qué había preguntado eso.

Entonces Francesca dijo algo imposible.

—Pero él está aquí —murmuró—. Lo sé.

—Frannie... —Si ella se equivocaba, si volvía a sufrir... él no creía poder soportarlo.

Sin embargo, ella agitó la cabeza.

—Es cierto —dijo, y no insistió. No intentó convencerlo, ni siquiera a sí misma. Él podía oírlo en su voz. De algún modo ella lo sabía.

—¿Te has sentido indispuesta? —le preguntó.

Ella sacudió la cabeza.

—¿Has...? Cielo santo, no debiste haber jugado con los niños esta tarde.

—Eloise lo hizo.

—Eloise puede hacer lo que le venga en gana. Ella no eres *tú*.

Ella sonrió. A Michael incluso le pareció que sonrió como una virgen, y dijo:

—No voy a derrumbarme.

Se acordó del aborto que había sufrido hacía años. No había sido hijo suyo, pero Michael había sentido el dolor de ella, intenso y agudo, como un puñal en el corazón. El primo de Michael (el primer marido de Francesca) había fallecido pocas semanas antes y ambos sufrían por esa pérdida. Y cuando perdió el bebé de John...

Él no creía que pudieran sobrevivir a otra pérdida como aquella.

—Francesca —pidió él con insistencia— debes cuidarte. *Por favor*.

—No volverá a suceder —dijo ella, agitando la cabeza.

—¿Cómo lo *sabes*?

Ella se encogió de hombros, desconcertada.

—No lo sé. Simplemente lo sé.

Dios mío, suplicó en silencio que ella no se estuviera engañando.

—¿Quieres decírselo a tu familia? —le preguntó con voz queda.

Ella sacudió la cabeza.

—Todavía no. No porque tenga miedo —se apresuró a agregar—. Solo deseo... —Apretó los labios y esbozó una encantadora sonrisa—. Solo deseo que sea mío durante un tiempo. Nuestro.

Él se llevó la mano de ella a los labios.

—¿Cuánto tiempo es «durante un tiempo»?

—No estoy segura. —Pero su mirada se había vuelto más vivaz—. Todavía no lo tengo claro...

Un año más tarde...

Violet Bridgerton quería por igual a todos sus hijos, pero también los quería de manera *diferente*. Y cuando se trataba de echarlos de menos, lo hacía de la manera que consideraba más lógica. Su corazón anhelaba más al que había visto menos. Por esa razón, mientras esperaba en la sala de Aubrey Hall a que llegara un carruaje con el blasón Kilmartin, se sentía ansiosa e inquieta, y saltaba de su asiento cada cinco minutos para mirar por la ventana.

—En la carta decía que llegarían hoy —la tranquilizó Kate.

—Lo sé —respondió Violet con una sonrisa avergonzada—. Es solo que llevo un año sin verlos. Sé que Escocia está lejos, pero nunca había pasado todo un año sin ver a uno de mis hijos.

—¿En serio? —preguntó Kate—. Qué extraordinario.

—Todos tenemos nuestras prioridades —explicó Violet, decidiendo que no tenía sentido fingir que no estaba nerviosa. Dejó de lado su bordado y se acercó a la ventana, estirando el cuello cuando creyó ver algo brillando bajo el sol.

—¿Incluso cuando Colin viajaba tanto? —preguntó Kate.

—Lo más que ha estado ausente han sido trescientos cuarenta y dos días —respondió Violet—. Cuando viajó por el Mediterráneo.

—¿Contaste los días?

Violet se encogió de hombros.

—No puedo evitarlo. Me gusta contar. —Pensó en todas las cuentas que había hecho cuando sus hijos eran pequeños, para asegurarse de tener la misma cantidad de hijos al principio y al final de un paseo—. Me ayuda a hacer un seguimiento de las cosas.

Kate sonrió mientras se inclinaba y mecía la cuna a sus pies.

—Nunca más me quejaré de la logística que implica tener cuatro hijos.

Violet cruzó la habitación para contemplar a su nieta más pequeña. La pequeña Mary había llegado por sorpresa, ya que había nacido muchos años después que Charlotte. Kate pensaba que ya no tendría más hijos; pero un día, hacía diez meses, se bajó de la cama, se dirigió tranquilamente a la bacinilla, vació el contenido de su estómago y le comunicó a Anthony:

—Creo que vuelvo a estar embarazada.

O eso le habían contado a Violet. Esta se mantenía alejada de los dormitorios de sus hijos adultos, excepto en caso de enfermedad o parto.

—Nunca me he quejado —repuso Violet en voz baja. Kate no la oyó, aunque Violet tampoco había tenido intención de que la oyera. Sonrió a la pequeña Mary, que dormía dulcemente bajo una manta de color morado—. Creo que tu madre habría estado encantada —dijo, levantando la mirada hacia Kate.

Kate asintió, con los ojos nublados de lágrimas. Su madre (en realidad había sido su madrastra, pero Mary Sheffield la había criado desde pequeña) había fallecido un mes antes de que Kate supiera que estaba embarazada.

—Sé que no tiene sentido —observó Kate, inclinándose para mirar el rostro de su hija más de cerca—, pero juraría que se parece un poco a ella.

Violet pestañeó y ladeó la cabeza.

—Creo que tienes razón.

—En los ojos.

—No, en la nariz.

—¿Eso crees? Más bien pensaba... ¡Ah, mira! —Kate señaló hacia la ventana—. ¿Es Francesca?

Violet se puso de pie y corrió hacia la ventana.

—¡Sí! —exclamó—. Ah, y brilla el sol. Iré a esperarla afuera.

Sin siquiera mirar hacia atrás, tomó su chal de una mesita y corrió hacia el pasillo. Hacía tanto tiempo que no veía a Frannie, pero ese no era el único motivo por el cual estaba tan ansiosa por verla. Francesca había cambiado en el transcurso de su última visita, en el bautizo de Isabella. Era difícil de explicar, pero Violet sentía que algo había cambiado en el interior de su hija.

De todos sus hijos, Francesca siempre había sido la más callada, la más reservada. Amaba a su familia, pero también le gustaba estar lejos, para forjar su propia identidad, hacer su propia vida. No era de sorprender que nunca hubiera elegido compartir sus sentimientos sobre el aspecto más doloroso de su existencia: su infertilidad. Pero la última vez, aunque no hablaron del tema explícitamente, algo había ocurrido entre ellas, y Violet sintió que había podido absorber parte de la pena de su hija.

Cuando Francesca partió ya no parecía triste. Violet no sabía si por fin había aceptado su destino, o si solo había aprendido a disfrutar de lo que tenía. Sin embargo, y por primera vez desde que Violet recordaba, vio a Francesca plenamente feliz.

Corrió por el pasillo (¡a su edad!) y abrió la puerta principal para esperar en la entrada. El carruaje de Francesca estaba a punto de llegar, tomando la última curva para que una de las puertas quedara frente a la casa.

Podía ver a Michael a través de la ventana. Él la saludó con la mano. Ella sonrió.

—¡Ah, cómo os he echado de menos! —exclamó, adelantándose mientras su yerno bajaba de un salto—. Debéis prometerme que nunca más tardaréis tanto.

—¡Como si pudiera negarle algo! —respondió él, inclinándose para besar la mejilla de su suegra. Entonces se dio la vuelta y extendió el brazo para ayudar a bajar a Francesca.

Violet abrazó a su hija y luego se apartó para mirarla. Frannie estaba...

Radiante.

Estaba absolutamente radiante.

—Te he echado de menos, mamá —dijo Francesca.

Violet habría respondido, pero se quedó sin palabras. Sintió que apretaba los labios y le temblaban las comisuras para contener las lágrimas. No sabía por qué estaba tan conmovida. Era cierto que había pasado más de un año, pero ¿acaso no había estado trescientos cuarenta y dos días sin ver a uno de sus hijos? Aquella situación no era tan distinta.

—Tengo algo para ti —anunció Francesca. Habría jurado que su hija también tenía los ojos húmedos.

Francesca se dio la vuelta hacia el carruaje y extendió los brazos. Apareció una criada en la puerta con una especie de bulto, que entregó a su señora.

Violet jadeó. Dios mío, no podía ser...

—Mamá —dijo Francesca con voz queda, acunando a su preciosa carga—, te presento a John.

Las lágrimas, que habían esperado pacientemente en los ojos de Violet, comenzaron a fluir.

—Frannie —susurró, tomando al bebé entre sus brazos— ¿por qué no me has dicho nada?

Y Francesca (su tercera hija, exasperante e inescrutable) respondió:

—No lo sé.

—Es precioso —observó Violet, sin importarle que le hubieran ocultado la noticia. En ese momento no le importó nada; nada excepto el pequeño bebé entre sus brazos que la observaba con una expresión increíblemente sabia.

—Tiene tus ojos —dijo Violet, mirando a Francesca.

Frannie asintió con una sonrisa casi tonta, como si ella misma no se lo creyera.

—Lo sé.

—Y tu boca.

—Creo que tienes razón.

—Y tu... ¡Dios mío, creo que también tiene tu nariz!

—Me han dicho —comentó Michael con voz divertida— que yo también participé en su concepción, pero aún no veo pruebas.

Francesca lo miró con tanto amor que Violet casi se quedó sin habla.

—Tiene tu encanto —aseguró ella.

Violet se echó a reír, y luego volvió a reírse. Había tanta felicidad en su interior que no le cabía en el cuerpo.

—Creo que es hora de que presentemos a esta personita a su familia, ¿no creéis? —propuso.

Francesca extendió los brazos para tomar al bebé, pero Violet se apartó.

—Todavía no —dijo. Quería sostenerlo un rato más. Quizás hasta el martes.

—Madre, creo que podría tener hambre.

Violet la miró con aire de superioridad.

—Él nos avisará cuando eso suceda.

—Pero...

—Sé algo sobre bebés, Francesca Bridgerton Stirling. —Violet miró a John y sonrió—. Por ejemplo, que ellos adoran a sus abuelas.

El niño hizo gorgoritos, y después (estaba segura) sonrió.

—Ven conmigo, pequeño —murmuró Violet—. Tengo tantas cosas que contarte.

Detrás de ella, Francesca se volvió hacia Michael y dijo:

—¿Crees que volveremos a tocarlo mientras dure la visita?

Él sacudió la cabeza, y agregó:

—Nos dejará más tiempo para buscarle una hermanita.

—¡Michael!

—Escucha a tu marido —dijo Violet, sin molestarse en darse la vuelta.

—¡Cielo santo! —murmuró Francesca.

Pero Francesca le escuchó.

Y disfrutó.

Y nueve meses más tarde, dio la bienvenida a Janet Helen Stirling.

Que era una copia *exacta* de su padre.

Por un beso

Si alguna vez hubo un final en alguno de mis libros que enfureció a los lectores, fue el de *Por un beso*, cuando la hija de Hyacinth encuentra los diamantes que Hyacinth había estado buscando durante más de una década... y luego vuelve a ponerlos en su sitio. Pensé que eso era exactamente lo que una hija de Hyacinth y Gareth haría; realmente, ¿no era justicia poética que Hyacinth (un personaje al que solo puedo definir como «una buena pieza») tuviera una hija exactamente igual a ella?

Pero terminé estando de acuerdo con los lectores: Hyacinth merecía encontrar esos diamantes... al fin.

Por un beso
Segundo epílogo

1847, y el círculo se completa. De verdad.

Bah.

Entonces, era oficial.

Se había convertido en su madre.

Hyacinth St. Clair contuvo las ganas de enterrar el rostro entre las manos, sentada en el mullido banco de madame Langlois, modista, la costurera más de moda de todo Londres con diferencia.

Contó hasta diez en tres idiomas y luego, solo por si acaso, tragó y soltó una exhalación. Porque, sinceramente, no sería bueno perder los estribos en un sitio tan público.

Por mucho que deseara *estrangular* a su hija.

—Mami. —Isabella asomó la cabeza desde detrás de la cortina. Hyacinth se dio cuenta de que la palabra era una afirmación, no una pregunta.

—¿Sí? —respondió, adoptando una expresión de plácida serenidad digna de esos cuadros de la Piedad que habían visto la última vez que habían viajado a Roma.

—El rosa, no.

Hyacinth agitó una mano. Cualquier cosa con tal de no hablar.

—Tampoco el púrpura.

—No creo haber sugerido el púrpura —murmuró Hyacinth.

—El azul no me gusta, tampoco el rojo, y francamente, no entiendo por qué la sociedad insiste en el blanco. Bueno, si pudiera dar mi opinión...

Hyacinth sintió que se le caía el alma a los pies. ¿Quién habría dicho que ser madre podía ser tan agobiante? ¿No debería estar *acostumbrada* ya a estas escenas?

—...una joven debería usar el color que mejor sienta a su cutis, y no el que alguna tonta sin importancia de Almack's considere moderno.

—Estoy totalmente de acuerdo —opinó Hyacinth.

—¿De verdad? —A Isabella se le encendió el rostro, y Hyacinth se quedó sin aliento, pues en ese momento la vio tan parecida a su propia madre que fue una experiencia casi sobrecogedora.

—Sí —respondió Hyacinth—, pero seguirás llevando por lo menos uno en blanco.

—Pero...

—¡Sin peros!

—Pero...

—Isabella.

Isabella masculló algo en italiano.

—Te he oído —dijo Hyacinth con aspereza.

Isabella sonrió, de manera tan dulce que solo su propia madre (por supuesto *no* su padre, que admitía que su hija hacía con él lo que le venía en gana) reconocería lo falso que era el gesto.

—¿Pero lo has entendido? —preguntó, parpadeando tres veces en rápida sucesión.

Y como Hyacinth sabía que no tenía salida, apretó los dientes y respondió con la verdad:

—No.

—Eso suponía —dijo Isabella—. Por si te interesa, lo que he dicho es que...

—No —la interrumpió Hyacinth, obligándose a bajar el tono de voz; el miedo a lo que Isabella pudiera decir la había empujado a hablar casi a gritos. Se aclaró la garganta y dijo—: Ahora no. Aquí no —agregó con una mirada significativa. Cielo santo, su hija no tenía sentido del decoro. Tenía opiniones demasiado escandalosas, y si bien Hyacinth estaba a favor de que las mujeres expresaran su opinión, le gustaba todavía más que las mujeres supieran *cuándo* compartir dichas opiniones.

Isabella salió del vestidor con un bello vestido blanco con adornos en color verde salvia, a los que Hyacinth sabía que su hija haría ascos, y se sentó junto a ella en el banco.

—¿Qué estás murmurando? —preguntó.

—No estaba murmurando —respondió Hyacinth.

—Movías los labios.

—Ah, ¿sí?

—Sí —confirmó Isabella.

—Si tanto te interesa, me disculpaba con tu abuela.

—¿Con la abuela Violet? —preguntó Isabella mirando a su alrededor—. ¿Está aquí?

—No, pero he pensado que merecía saber de mi remordimiento.

Isabella pestañeó y ladeó la cabeza.

—¿Por qué?

—Por todas esas veces —repuso Hyacinth, detestando lo cansada que sonaba su voz—. Todas esas veces que ella me dijo: «Espero que tengas una hija *igualita a ti...*».

—Y la tienes —dijo Isabella, sorprendiéndola con un leve beso en la mejilla—. ¿No es maravilloso?

Hyacinth miró a su hija. Isabella tenía diecinueve años. Había debutado el año anterior con gran éxito. Desde un punto de vista estrictamente objetivo, creía que era más bonita de lo que ella había sido. Su cabello era de un cautivador tono rubio cobrizo, heredado de algún ancestro olvidado de quién sabía qué lado de la familia. Y los rizos... ¡cómo le amargaban la vida a Isabella! Pero Hyacinth los adoraba. Cuando Isabella era una niña que apenas caminaba rebotaban en pequeños tirabuzones perfectos, absolutamente indomables, pero siempre adorables.

Y ahora... A veces la miraba y veía la mujer en que se había convertido y apenas podía respirar por la fuerza de la emoción que le oprimía el pecho. Era un amor que no podría haber imaginado, tan feroz y tierno, pero al mismo tiempo, su hija tenía la capacidad de volverla completamente loca.

Como en ese momento, por ejemplo.

Isabella sonreía con aire de inocencia. Con demasiada inocencia, a decir verdad. Luego la vio bajar la mirada a la falda levemente vaporosa del vestido que a Hyacinth le encantaba (y que Isabella odiaría) y toqueteó distraídamente las cintas verdes que lo adornaban.

—¿Mami? —dijo.

Esta vez era una pregunta, no una afirmación, lo cual significaba que Isabella deseaba algo, y (para variar) no sabía cómo conseguirlo.

—¿Crees que este año...

—No —dijo Hyacinth. Y esta vez sí que envió una disculpa silenciosa a su madre. Dios mío, ¿Violet había soportado todo esto? ¿*Ocho* veces?

—Ni siquiera sabes qué iba a preguntarte.

—Por supuesto que sé qué ibas a preguntarme. ¿Cuándo te darás cuenta de que yo *siempre* lo sé?

—Eso no es cierto.

—Es más cierto que falso.

—¿Sabes? Puedes ser bastante arrogante.

Hyacinth se encogió de hombros.

—Soy tu madre.

Isabella apretó los labios hasta formar una línea, y Hyacinth disfrutó de cuatro segundos enteros de paz antes de que preguntara:

—Pero este año, ¿crees que podamos...

—No vamos a viajar.

Isabella abrió la boca, sorprendida. Hyacinth reprimió las ganas de soltar un grito triunfante.

—¿Cómo has sabid...?

Hyacinth le dio una palmada en la mano a su hija.

—Ya te he dicho que yo siempre lo sé. Y aunque estoy segura de que a todos nos gustaría hacer un viaje, nos quedaremos en Londres durante la temporada, y tú, hija mía, sonreirás, bailarás y buscarás un marido.

Otra señal de que se estaba convirtiendo en su madre.

Hyacinth suspiró. Seguro que Violet Bridgerton se estaba riendo en ese preciso instante. De hecho, se venía riendo desde hacía diecinueve años.

—Es igualita a ti —le gustaba decir a su madre, sonriendo a Hyacinth mientras alborotaba los rizos a Isabella—. Igual que tú.

—Igual que tú, mamá —murmuró Hyacinth con una sonrisa, imaginándose el rostro de Violet—. Y ahora yo soy como tú.

Una o dos horas más tarde. Gareth también ha madurado y cambiado, aunque, como pronto veremos, no de manera significativa...

Gareth St. Clair se recostó en un sillón e hizo una pausa para saborear su coñac mientras echaba un vistazo a su despacho. Sin duda, un trabajo bien hecho y terminado a tiempo producía una notable satisfacción. No era una sensación a la que hubiera estado acostumbrado cuando era joven, pero que ahora disfrutaba casi a diario.

Había tardado varios años en recuperar la fortuna de los St. Clair hasta alcanzar un nivel respetable. Su padre (nunca había podido llamarlo de otro modo) dejó de derrochar dinero sistemáticamente y se entregó a una especie de abandono cuando supo la verdad sobre el nacimiento de Gareth. Así que supuso que podría haber sido mucho peor.

Sin embargo, cuando Gareth asumió el título, descubrió que había heredado deudas, hipotecas y casas a las que habían sustraído casi todos los objetos de valor. La dote de Hyacinth, que había aumentado gracias a unas inversiones prudentes después de su boda, vino muy bien para ayudar a resolver la situación, pero aun así, Gareth tuvo que trabajar mucho y emplear más diligencia de la que había creído posible para salvar a su familia de las deudas.

Lo curioso era que había disfrutado lográndolo.

¿Quién iba a pensar que él, justo él, obtendría tanta satisfacción en el trabajo duro? Su escritorio estaba impecable, sus libros de contabilidad limpios y ordenados, y podía encontrar cualquier documento importante en menos de un minuto. Sus cuentas siempre cuadraban, sus propiedades prosperaban y sus arrendatarios eran felices y gozaban de buena salud.

Bebió otro sorbo de coñac, dejando que el suave fuego recorriera su garganta. Una sensación celestial.

La vida era perfecta. En serio. Perfecta.

George estaba terminando sus estudios en Cambridge, Isabella sin duda elegiría marido aquel año, y Hyacinth...

Se rio entre dientes. Hyacinth seguía siendo Hyacinth. Se había calmado un poco más con la edad, o quizá solo se debía a que la maternidad la había pulido, pero seguía siendo la misma Hyacinth, franca, deliciosa y absolutamente maravillosa.

La mitad de las veces lo volvía loco, pero era una locura *agradable*, y aunque a veces se unía a los suspiros de sus amigos y asentía con aire cansado cuando todos se quejaban de sus esposas, en el fondo sabía que era el hombre más afortunado de Londres. Diablos, incluso de Inglaterra. De todo el mundo.

Apoyó la copa y dio unos golpecitos con los dedos sobre una caja envuelta con elegancia que descansaba en una esquina de su escritorio. Había comprado el regalo esa mañana en Madame LaFleur, una tienda que sabía que Hyacinth no frecuentaba, para evitarle la vergüenza de tener que tratar con dependientas que conocieran hasta la última prenda de lencería que tenía en su armario.

Seda francesa, encaje belga.

Gareth sonrió. Se trataba de una minúscula pieza de seda francesa, adornada con una cantidad diminuta de encaje belga.

A Hyacinth le sentaría a las mil maravillas.

Lo poco que la cubriera.

Volvió a reclinarse en el sillón, soñando despierto. Sería una noche larga y fascinante. Hasta puede que...

Enarcó las cejas mientras intentaba recordar los compromisos que su esposa tenía ese día. Hasta puede que una tarde larga y fascinante. ¿Cuándo *llegaba* a casa? ¿Alguno de los niños estaría con ella?

Cerró los ojos, imaginándosela en distintos estados de desnudez, seguidos de poses interesantes, y luego en distintas actividades *fascinantes*.

Soltó un gemido. Más valía que Hyacinth volviera a casa *muy* pronto, pues su imaginación se había desbordado demasiado como para no tener satisfacción, y...

—¡*Gareth!*

No era un tono de lo más meloso. La deliciosa neblina erótica se disolvió por completo. Bueno, casi por completo. Puede que a Hyacinth, quieta como estaba junto a la puerta, con los ojos entrecerrados y los dientes apretados, no se la viera muy dispuesta a tener una tarde de sexo, pero estaba *allí*; tenía ganada la mitad de la batalla.

—Cierra la puerta —murmuró él, poniéndose de pie.

—¿Sabes qué ha hecho tu hija?

—¿Te refieres a tu hija?

—Nuestra hija —replicó ella. Pero cerró la puerta.

—¿Quiero saberlo?

—¡Gareth!

—Muy bien —suspiró él, seguido de un obediente—: ¿Qué ha hecho?

Ya había tenido esa conversación antes, por supuesto. Infinidad de veces. Normalmente, la respuesta tenía algo que ver con el matrimonio y las opiniones poco convencionales de Isabella sobre el asunto. Y cómo no, sobre lo frustrada que se sentía Hyacinth con aquella situación.

Pocas veces variaba.

—No es tanto lo que haya hecho —explicó Hyacinth.

Él ocultó una sonrisa. Tampoco esto era inesperado.

—Sino lo que no quiere hacer.

—¿Cumplir tus órdenes?

—*Gareth.*

Él acortó la distancia que los separaba.

—¿No tienes bastante conmigo?

—¿Cómo dices?

Él la tomó de la mano y la acercó suavemente hacia él.

—Siempre cumplo tus órdenes —susurró.

Ella reconoció la chispa en su mirada.

—¿Ahora? —Se dio la vuelta hasta que pudo ver la puerta cerrada—. Isabella está arriba.

—No nos oirá.

—Pero podría...

Él comenzó a besarla en el cuello.

—Podemos cerrar la puerta con llave.

—Pero ella sabrá...

Él comenzó a desabrocharle los botones del vestido. Era un *experto* con los botones.

—Es una muchacha inteligente —dijo, apartándose para admirar su trabajo cuando la tela cayó al suelo. Le *encantaba* que su esposa no llevara puesta ninguna camisola.

—¡Gareth!

Él se inclinó y se llevó un pezón rosado a la boca antes de que ella pudiera protestar.

—¡Ah, Gareth!

A Hyacinth se le aflojaron las rodillas. Lo justo para que él la alzara y la llevara al sofá. El que tenía los cojines más mullidos.

—¿Más?

—Dios mío, sí —gimió ella.

Deslizó la mano debajo de su falda y la acarició hasta llevarla a la locura.

—Tu resistencia es simbólica —murmuró él—. Reconócelo. Siempre me deseas.

—¿Veinte años de matrimonio no es suficiente reconocimiento?

—Veintidós años, y quiero oírlo de tus labios.

Ella gimió cuando él deslizó un dedo en su interior.

—Casi siempre —concedió ella—. Casi siempre te deseo.

Él suspiró con dramatismo, aunque sonrió contra su cuello.

—Entonces tendré que esforzarme más.

Gareth levantó la cabeza para mirarla. Ella lo estaba contemplando con gesto travieso, seguro que por su efímero intento de rectitud y respetabilidad.

—Mucho más —coincidió ella—. Y ya que estamos, también un poco más rápido.

Él lanzó una sonora carcajada.

—¡Gareth! —Hyacinth podía ser atrevida en privado, pero siempre estaba atenta a los sirvientes.

—No te preocupes —dijo él con una sonrisa—. Guardaré silencio. Seré muy, muy silencioso. —Con un fluido movimiento, le subió las faldas por encima de la cintura y descendió hasta tener la cabeza entre las piernas de ella—. Eres tú, querida, quien tendrá que controlar el volumen.

—Oh. Oh. Oh...

—¿Más?

—Por supuesto.

Entonces él la lamió. Adoraba su sabor. Y cuando se retorcía de placer, era todo un banquete.

—¡Ah, cielo santo! Ah.... ¡Ah...!

Él sonrió sobre su piel y después movió la lengua en círculos hasta que la oyó soltar un pequeño chillido. Le encantaba hacerle eso, llevar a su competente y locuaz esposa hasta un completo abandono.

Veintidós años. ¿Quién iba a pensar que, después de veintidós años, seguiría deseando a una sola mujer, solo a esa mujer, y con tanto ardor?

—Ah, Gareth —jadeó ella—. Ay, Gareth... Más, Gareth...

Redobló los esfuerzos. Hyacinth estaba a punto de alcanzar el orgasmo. La conocía tan bien, conocía las curvas y la forma de su cuerpo, el modo en que se movía cuando estaba excitada, cómo respiraba cuando lo deseaba. Estaba cerca.

Entonces llegó al clímax, se arqueó y jadeó hasta que su cuerpo quedó sin fuerzas.

Él se rio por lo bajo mientras ella lo golpeaba para apartarlo. Siempre hacía eso después de alcanzar el éxtasis; decía que no soportaba ni una caricia más, que seguramente se moriría si no la dejaba regresar a la normalidad.

Gareth se movió y se fue acurrucando contra ella hasta que pudo verle el rostro.

—Ha estado bien —dijo ella.

Él enarcó una ceja.

—¿Solo bien?

—Muy bien.

—¿Lo suficientemente bien como para corresponderme?

Hyacinth esbozó una sonrisa.

—Ah, no sé si has estado *tan* bien.

Él comenzó a desabrocharse los pantalones.

—Entonces tendré que repetir mi actuación.

Hyacinth abrió la boca, sorprendida.

—O una variación del tema, si lo prefieres.

Ella torció el cuello para mirar hacia abajo.

—¿Qué estás haciendo?

Él sonrió con lascivia.

—Saborear los frutos de mi trabajo. —Ella jadeó mientras él la penetraba y él resolló de placer; luego pensó en lo mucho que la amaba.

Y a partir de ese momento, no pensó en mucho más.

Al día siguiente. Porque nadie creyó que Hyacinth se daría por vencida, ¿verdad?

Al caer la tarde, Hyacinth regresó a su segundo pasatiempo favorito. Aunque *favorito* no parecía ser el adjetivo adecuado, ni tampoco *pasatiempo* el sustantivo correcto. *Compulsión* encajaría mejor en la descripción, igual que *lamentable*, o quizás *implacable*. ¿*Penoso?*

Inevitable.

Hyacinth suspiró. Definitivamente inevitable. Una compulsión inevitable.

¿Cuánto tiempo hacía que vivía en aquella casa? ¿Quince años?

Quince años. Quince años y algunos meses más, y aún seguía buscando esas malditas joyas.

Cualquiera creería que, a estas alturas, ya se habría dado por vencida. Sin duda cualquier otra persona ya lo habría hecho. Tenía que reconocer que era la persona más terca que conocía, hasta rayar en lo absurdo.

Excepto, quizá, su propia hija. Hyacinth nunca le había hablado a Isabella sobre las joyas, pues sabía que se sumaría a la búsqueda con un fervor tan enfermizo como el suyo. Tampoco se lo había confesado a su hijo, George, porque él se lo habría contado a Isabella. Y jamás conseguiría que esa muchacha se casara si creía que podía encontrar una fortuna en joyas en el interior de su casa.

No era que Isabella fuera a querer las joyas por su valor. Hyacinth conocía a su hija lo suficiente como para saber que, en algunas cuestiones (posiblemente, en la mayoría) Isabella era exactamente igual que ella. Y Hyacinth nunca había buscado las joyas por lo que pudieran valer. Era cierto que a ella y a Gareth les vendría bien el dinero (y les habría venido mejor años atrás). Pero no se trataba de eso. Era una cuestión de principios. De alcanzar la gloria.

Era la necesidad desesperada de poder echar el guante a esas malditas piedras, agitarlas frente a la cara de su marido y decirle:

—¿Lo ves? ¿Lo ves? ¡No he estado loca todos estos años!

Hacía tiempo que Gareth había renunciado a encontrar las joyas. Le había dicho que quizá ni existían. Que seguro que alguien las habría encontrado hacía años. Por todos los cielos, ¡hacía *quince años* que vivían en Clair House! Si Hyacinth estaba destinada a encontrarlas, ya lo habría hecho, así que ¿por qué seguía torturándose?

Excelente pregunta.

Hyacinth apretó los dientes mientras se arrastraba por el suelo del lavabo por octingentésima vez en su vida. Ella lo sabía. Que Dios la ayudara, lo sabía, pero no podía darse por vencida. Si se rendía ahora, ¿qué habrían sido los últimos quince años? ¿Una pérdida de tiempo? Todas esas horas, ¿una pérdida de tiempo?

No soportaba siquiera pensar en ello.

Además, no era de la clase de personas que se rendían, ¿verdad? Si se daba por vencida, sería incoherente con su propia naturaleza. ¿Significaría eso que estaba envejeciendo?

No estaba preparada para envejecer. Quizás esa era la maldición de ser la más joven de ocho hermanos. Nunca estabas completamente preparada para envejecer.

Se inclinó aún más y apoyó la mejilla sobre las frías baldosas del suelo para poder mirar debajo de la bañera. Ninguna anciana podría hacer *eso*, ¿verdad? Una anciana no podría...

—Ah, aquí estás, Hyacinth.

Gareth había asomado la cabeza por la puerta. No se le veía nada sorprendido por haber encontrado a su esposa en una posición tan extraña. Sin embargo, comentó:

—Han pasado varios meses desde la última búsqueda, ¿no?

Hyacinth levantó la mirada.

—Se me ha ocurrido algo.

—¿Algo que no se te haya ocurrido antes?

—Sí —dijo ella entre dientes.

—¿Estás mirando detrás de los azulejos? —preguntó él con amabilidad.

—Debajo de la bañera —respondió ella con renuencia antes de acomodarse para sentarse.

Gareth pestañeó y miró la enorme bañera con patas.

—¿Has podido moverla tú sola? —preguntó con voz incrédula.

Hyacinth asintió. Era sorprendente la fuerza que una podía tener con la motivación apropiada.

Gareth la miró, luego a la bañera, y después de nuevo a ella.

—No —dijo—. No es posible. No has podido...

—Sí, he podido.

—No es posible...

—Es posible —replicó ella. Estaba empezando a disfrutar con todo aquello. Últimamente no lo sorprendía con tanta frecuencia como le habría gustado—. Solo unos centímetros —admitió.

Gareth volvió a mirar la bañera.

—Tal vez solo uno —confesó.

Por un momento, pensó que Gareth se limitaría a encogerse de hombros y la dejaría con su tarea, pero la sorprendió al ofrecerse:

—¿Quieres que te ayude?

Hyacinth tardó algunos segundos en entender a qué se refería.

—¿Con la bañera? —preguntó.

Él asintió y cruzó la corta distancia que mediaba hasta el borde de la bañera.

—Si has podido mover un centímetro tú sola —dijo—, seguro que entre los dos podremos triplicar esa distancia. O más.

Hyacinth se puso de pie.

—Pensaba que no creías que las joyas siguieran aquí.

—Y no lo creo. —Apoyó las manos en las caderas mientras observaba la bañera y buscaba el mejor lugar para empujarla—. Pero tú sí, y estoy seguro de que esto forma parte de las obligaciones de un marido.

—Ah. —Hyacinth tragó saliva y se sintió un poco culpable por haber creído que él no la apoyaba—. Gracias.

Él le indicó que agarrara el otro lado de la bañera.

—¿La levantaste? —preguntó—. ¿O empujaste?

—Empujé. Con el hombro, en realidad. —Señaló una franja estrecha entre la bañera y la pared—. Me metí allí, y luego coloqué el hombro justo debajo del borde, y...

Pero Gareth ya estaba levantando la mano para que no continuara.

—Basta —dijo—. No sigas. Te lo ruego.

—¿Por qué no?

Él la miró un buen rato antes de responder:

—Sinceramente, no lo sé. Pero no quiero conocer los detalles.

—Muy bien. —Hyacinth se dirigió al sitio que él le había señalado y agarró el borde—. De todos modos, gracias.

—Es un... —Él hizo una pausa—. Bueno, no es un placer. Pero es algo.

Sonrió para sí misma. Era el mejor marido del mundo.

Sin embargo, después de tres intentos se hizo evidente que no iban a poder mover la bañera usando esa técnica.

—Vamos a tener que usar el método de hacer palanca y empujar —anunció Hyacinth—. Es el único modo.

Gareth asintió con resignación, y juntos se metieron en el angosto espacio que había entre la bañera y la pared.

—Debo decir —apuntó él, doblando las rodillas y apoyando las suelas de las botas contra la pared— que todo esto me parece sumamente indecoroso.

A Hyacinth no se le ocurrió ninguna respuesta, así que se limitó a gruñir. Que él interpretase el ruido como quisiera.

—Esto debería contar para algo —murmuró.

—¿Cómo dices?

—Esto. —Gareth hizo un gesto con la mano, que podía significar cualquier cosa. Hyacinth no supo si se refería a la pared, al suelo, a la bañera o a cualquier partícula de polvo que flotara en el aire.

—En cuanto a gestos se refiere —continuó él— no es de los más importantes, pero creo que, si alguna vez me olvido de tu cumpleaños, por ejemplo, podría ayudar a minimizar la falta y que volviera a caerte en gracia.

Hyacinth enarcó una ceja.

—¿No puedes hacerlo por la bondad de tu corazón?

Él asintió con gesto regio.

—Claro que puedo. Y, de hecho, es lo que estoy haciendo. Pero uno nunca sabe cuándo...

—¡Ay, por el amor de Dios! —murmuró Hyacinth—. Vives para torturarme, ¿verdad?

—Mantiene mi mente despierta —respondió él con tono afable—. Muy bien, ¿vamos?

Ella asintió.

—A la de tres —dijo, preparando los hombros—. Uno, dos... *tres*.

Con un gruñido, ambos empujaron sirviéndose de todo su peso y la bañera se deslizó a duras penas por el suelo. El ruido fue espantoso, áspero y chirriante, y cuando Hyacinth miró hacia abajo, vio unas antiestéticas marcas blancas a través de las baldosas.

—¡Dios mío! —murmuró.

Gareth se dio la vuelta y su rostro se arrugó en una expresión irritada cuando vio que solo habían movido la bañera apenas diez centímetros.

—Pensaba que habíamos podido desplazarla un poco más —replicó.

—Pesa mucho —dijo ella; una observación bastante innecesaria.

Durante un momento, Gareth no hizo otra cosa que parpadear, mirando la pequeña franja de suelo que habían descubierto.

—¿Y ahora qué tienes pensado hacer? —preguntó.

Hyacinth torció ligeramente la boca en una expresión de perplejidad.

—No estoy segura —admitió—. Buscar en el suelo, me imagino.

—¿No lo has hecho ya? —Entonces, al ver que tardaba medio segundo en responder, agregó—: ¿En los quince años que llevamos viviendo aquí?

—He *palpado* el suelo, por supuesto —se apresuró a responder ella, dado que era evidente que el brazo le cabía debajo de la bañera—. Pero no es lo mismo que una inspección visual, y...

—Buena suerte —la interrumpió él, poniéndose de pie.

—¿Te marchas?

—¿Querías que me quedara?

Ella no había esperado que él se quedara, pero ahora que estaba allí...

—Sí —respondió, sorprendida por su propia respuesta—. ¿Por qué no?

Él le sonrió con una expresión muy cálida y amorosa y, lo mejor de todo, familiar.

—Podría comprarte un collar de diamantes —dijo él con voz queda, volviendo a sentarse.

Ella extendió la mano y la apoyó sobre la de él.

—Sé que podrías.

Permanecieron en silencio durante un minuto, y luego Hyacinth se acercó aún más a su marido, soltando un suspiro de satisfacción mientras se acomodaba junto a él y apoyaba la cabeza en su hombro.

—¿Sabes por qué te amo? —dijo ella con dulzura.

Gareth entrelazó los dedos con los de ella.

—¿Por qué?

—Podrías haberme comprado un collar —respondió—. Y podrías haberlo escondido. —Ella volvió la cabeza para poder besar la curva del cuello de él—. Podrías haberlo escondido solo para que yo pudiera encontrarlo. Pero no lo has hecho.

—Yo...

—Y no digas que nunca lo has pensado —dijo ella, volviéndose para quedar de nuevo de cara a la pared, que tenía a solo unos centímetros. Pero continuó con la cabeza apoyada en el hombro de él. Gareth también estaba de frente a la pared, y aunque ninguno de los dos se miraban, seguían con las manos entrelazadas. De alguna manera, la posición que tenían resumía todo lo que un matrimonio debería ser.

—Porque te conozco —prosiguió Hyacinth, sintiendo crecer una sonrisa en su interior—. Te conozco, y tú me conoces, y eso es lo más maravilloso que existe.

Él le apretó la mano y luego la besó en la coronilla.

—Si están aquí, las encontrarás.

Ella suspiró.

—O moriré en el intento.

Él se rio entre dientes.

—No debería ser gracioso —le informó ella.

—Pero lo es.

—Lo sé.

—Te amo —dijo él.

—Lo sé.

¿Qué más podía desear Hyacinth?

Mientras tanto, a dos metros de distancia...

Isabella estaba bastante acostumbrada a las payasadas de sus padres. Aceptaba el hecho de que se metían en rincones oscuros con mucha más frecuencia de lo que dictaba el decoro. La tenía sin cuidado el hecho de que su madre fuera la mujer más franca de Londres, o que su padre continuara siendo tan apuesto que sus propias amigas suspiraban y tartamudeaban en su presencia. En realidad, incluso le gustaba ser la hija de una pareja tan poco convencional. Oh, en público eran de lo más educado, sin duda, y se les consideraba una de las parejas más alegres.

Pero en la privacidad de Clair House... Isabella sabía que a sus amigas no las animaban a expresar su opinión como a ella. A la mayoría de sus amigas ni siquiera las animaban a tener opinión. Y sin duda, la mayoría de las jóvenes damas que conocía no habían tenido la oportunidad de estudiar lenguas modernas, ni de retrasar su debut social un año para viajar por el continente.

Así que, en definitiva, Isabella se consideraba muy afortunada por tener esos padres, y si eso significaba pasar por alto algunos episodios en los que no actuaban como personas maduras... bueno, valía la pena; además, había aprendido a ignorar gran parte del comportamiento de sus progenitores.

Pero cuando aquella tarde había ido en busca de su madre (para decirle que aceptaba el vestido blanco con los aburridos adornos verdes; eso último era cosecha propia), y la encontró junto a su padre sobre el suelo del lavabo, empujando una *bañera*...

Francamente, era demasiado, incluso para una pareja como los St. Clair.

En esas circunstancias, ¿quién la habría culpado por quedarse a escuchar?

Por supuesto no su madre, decidió Isabella mientras se inclinaba para escuchar mejor. Hyacinth St. Clair nunca habría hecho lo correcto y se habría ido. Era imposible haber vivido con esa mujer durante diecinueve años y no saber *eso*. En cuanto a su padre... bueno, Isabella estaba convencida de que él también se habría quedado a escuchar, sobre todo cuando se lo habían puesto tan *fácil*, de cara a la pared como estaban, de espaldas a la puerta abierta y con una bañera entre ellos.

—¿Y ahora qué tienes pensado hacer? —preguntó su padre con un tono marcado por un matiz de diversión que parecía reservar solo para su madre.

—No estoy segura —respondió su madre, con una voz inusitadamente... bueno, no insegura, pero no tan segura como de costumbre—. Buscar en el suelo, me imagino.

¿Buscar en el suelo? ¿De qué diablos estaban hablando? Isabella se acercó para escuchar mejor, justo a tiempo para oír a su padre decir:

—¿No lo has hecho ya? ¿En los quince años que llevamos viviendo aquí?

—He palpado el suelo —replicó su madre, esta vez con un tono más habitual en ella—. Pero no es lo mismo que una inspección visual, y...

—Buena suerte —dijo su padre, y entonces... ¡Ay, no! ¡*Se marchaba*!

Isabella comenzó a irse, pero en ese momento debió de suceder algo porque él se sentó de nuevo. Isabella volvió a acercarse a la puerta abierta...

Con cuidado, con mucho cuidado, porque él podía levantarse en cualquier momento, contuvo el aliento y se asomó, sin quitar los ojos de las nucas de sus padres.

—Podría comprarte un collar de diamantes —dijo su padre.

¿Un collar de diamantes?

Un collar de diam...

Quince años.

¿Movían una bañera?

¿En un lavabo?

Quince años.

Hacía quince años que su madre buscaba.

¿Un collar de diamantes?

Un collar de diamantes.

Un collar de diam...

Ay. Dios. Mío.

¿Qué iba a hacer? ¿Qué iba a hacer? Sabía lo que tenía que hacer, pero por todos los cielos, *¿cómo* iba a hacerlo?

¿Y qué podía decir? ¿Qué iba a decir para...?

Por ahora, debía olvidarse del asunto, porque su madre había vuelto a hablar.

—Podrías haberme comprado un collar. Y podrías haberlo escondido. Podrías haberlo escondido, solo para que yo pudiera encontrarlo. Pero no lo has hecho.

Había tanto amor en su voz que a Isabella se le hizo un nudo en la garganta. Y algo en esas palabras pareció resumir todo lo que eran sus padres. Para sí mismos y el uno para el otro.

Para sus hijos.

Y de pronto, el momento se volvió demasiado íntimo para que nadie lo espiara, ni siquiera ella. Salió de puntillas de la habitación y luego corrió hacia su dormitorio, donde se desplomó en una silla apenas cerró la puerta.

Porque sabía lo que su madre llevaba buscando tanto tiempo.

Estaba guardado en el cajón inferior de su escritorio. Y era más que un collar. Era un juego entero de collar, brazalete y anillo, una auténtica lluvia de diamantes; cada piedra estaba enmarcada por dos delicadas aguamarinas. Isabella los había encontrado cuando tenía diez años, escondidos en una pequeña cavidad detrás de uno de los azulejos turcos del lavabo del cuarto infantil. *Debería* haber dicho algo al respecto. Sabía que debería haberlo dicho. Pero no lo había hecho, y ni siquiera tenía claro por qué.

Quizás era porque los había encontrado ella. Quizá porque le encantaba tener un secreto. Quizá porque no había pensado que podían pertenecer a otra persona o que incluso alguien supiera de su existencia. Por supuesto jamás se le había pasado por la cabeza que su madre los hubiera estado buscando durante quince años.

¡Su madre!

Su madre era la última persona que alguien podía imaginar que guardara un secreto. Nadie pensaría mal de Isabella porque no se le ocurriera en el momento de encontrar los diamantes un: *Oh, seguro que mi madre los está buscando y ha decidido, por motivos que solo ella conoce, no decirme nada.*

En realidad, si uno se paraba a pensarlo, la culpa era de su madre. Si Hyacinth le hubiese *dicho* que buscaba las joyas, Isabella habría confesado de inmediato. O si no de inmediato, lo suficientemente pronto como para satisfacer la conciencia de todos.

Hablando de conciencias, ahora la suya la estaba carcomiendo por dentro. Era una sensación de lo más desagradable... y desconocida.

No era que Isabella fuese todo dulzura y educación, todo sonrisas y piadosas perogrulladas. Por todos los cielos, evitaba a esas muchachas como a la peste. Pero, por ese mismo motivo, rara vez hacía algo que después la hiciera sentir culpable, aunque solo fuera porque, quizá (solo quizá) sus ideas de decoro y moralidad eran ligeramente flexibles.

Ahora sentía un nudo en el estómago; un nudo con una peculiar habilidad para hacerle subir la bilis hasta la garganta. Le temblaban las manos, se sentía indispuesta. No tenía fiebre, ni le dolía nada, solo estaba indispuesta. Consigo misma.

Soltando un suspiro irregular, se puso de pie y cruzó la habitación hasta el escritorio, un delicado mueble estilo rococó que su bisabuela tocaya había traído de Italia. Había guardado las joyas allí hacía tres años, cuando por fin había dejado el cuarto infantil de la planta de arriba. Había descubierto un compartimento secreto en la parte trasera del cajón inferior. No le había sorprendido especialmente; parecía que los muebles de Clair House escondían muchos compartimentos secretos; gran parte de esos muebles habían sido importados de Italia. Pero ese detalle era de gran ayuda y bastante conveniente, así que un día, cuando su familia había asistido a una fiesta de la alta sociedad, a la que no la habían dejado asistir por ser demasiado joven, se escabulló al cuarto infantil, sacó las joyas de su escondite detrás del azulejo (que había vuelto a pegar con pericia) y las guardó en el escritorio.

Desde entonces habían permanecido, salvo en las raras ocasiones en que las sacaba y se las probaba, pensando en lo bonitas que quedarían con su nuevo vestido, pero ¿*cómo* iba a explicar su existencia a sus padres?

Ahora parecía que no habría sido necesaria ninguna explicación. O tal vez, una clase de explicación diferente.

Muy diferente.

Isabella se acomodó en la silla del escritorio y se inclinó para sacar las joyas del compartimento secreto. Aún estaban en la misma bolsa donde las había encontrado: una bolsa de terciopelo con cordel. Deslizó su contenido sobre el escritorio, donde se desparramaron con todo lujo. No sabía mucho sobre joyas, pero sin duda aquellas debían de ser de la mejor calidad. Captaban la luz del sol con una magia indescriptible; parecía que cada piedra tenía la capacidad de captar la luz, para luego dispersarla en todas las direcciones.

Isabella no creía que fuera alguien codicioso o materialista, pero ante semejantes tesoros, entendía por qué los diamantes podían enloquecer a un hombre. O por qué las mujeres ansiaban con tanta desesperación tener otro diamante, más grande, con mejor corte que el anterior.

Sin embargo, esas joyas no le pertenecían. Puede que no fueran propiedad de nadie. Pero si alguien tenía derecho a poseerlas, sin duda era su madre. Isabella no sabía cómo o por qué Hyacinth sabía que existían, pero parecía que eso no tenía importancia. Su madre tenía una especie de conexión con las joyas, sabía algo importante de ellas. Y si pertenecían a alguien, era a ella.

De mala gana volvió a guardar las joyas en la bolsa y ajustó el cordel dorado para que ninguna de las piezas se saliera. Ahora sabía qué tenía que hacer. Sabía exactamente lo que debía hacer.

Pero después...

La tortura vendría con la espera.

Un año más tarde...

Habían pasado dos meses desde la última vez que Hyacinth había buscado las joyas, pero Gareth estaba ocupado con un asunto de las fincas, no tenía ningún libro que mereciera la pena leer y, bueno, se sentía algo... inquieta.

Eso le sucedía de vez en cuando. Pasaba meses sin buscar, semanas y días sin pensar siquiera en los diamantes, y entonces ocurría algo que se los recordaba y empezaba a hacerse preguntas. Así que allí estaba de nuevo, obsesionada y frustrada, moviéndose furtivamente por la casa para que nadie supiera qué se traía entre manos.

En realidad se sentía avergonzada. Independientemente de la perspectiva desde la que se mirara todo aquello, ella era como mínimo un poco tonta. O las joyas estaban escondidas en Clair House y no las había encontrado a pesar de los dieciséis años de búsqueda, o no estaban escondidas, y había estado persiguiendo una quimera. Ni siquiera podía imaginar cómo podría explicar aquello a sus hijos; seguro que los sirvientes creían que estaba un poco loca (todos la habían sorprendido buscando en un lavabo en algún momento u otro), y Gareth... bueno, él era un encanto y la consentía, pero, de todos modos, Hyacinth mantenía sus actividades para ella sola.

Era mejor así.

Para la búsqueda de esa tarde había elegido el lavabo del cuarto infantil. Por ninguna razón en particular, por supuesto, sino porque ya había puesto fin a su búsqueda sistemática en los lavabos de todos los sirvientes (una tarea que siempre requería cierta sensibilidad y sutileza), y porque antes se había dedicado a su propio lavabo; así que el cuarto infantil le pareció una buena elección. Después, pasaría a alguno de los lavabos de la segunda planta. George se había mudado a sus propias dependencias de soltero, y si existía un Dios misericordioso, Isabella se casaría pronto y Hyacinth ya no tendría que preocuparse de que alguien la sorprendiera hurgando y buscando entre los azulejos de las paredes y, posiblemente, también quitándolos.

Puso los brazos en jarras y respiró profundamente mientras inspeccionaba el pequeño lavabo. Siempre le había gustado aquel sitio. Los azulejos eran, o al menos parecían ser, turcos. Hyacinth suponía que en los pueblos orientales debían de llevar una vida mucho menos sosegada que la de los británicos, pues los colores siempre la ponían de un humor excelente: azules intensos y suaves aguamarinas, con franjas amarillas y anaranjadas.

Hyacinth había viajado una vez al sur de Italia, a la playa. Era exactamente como aquella habitación, soleada y brillante de una forma que las costas de Inglaterra nunca alcanzarían.

Entrecerró los ojos y observó la moldura de la cornisa, buscando grietas o hendiduras, y luego se puso a gatas para efectuar la inspección habitual de los azulejos inferiores.

No sabía qué esperaba encontrar, qué podría aparecer de repente que no hubiese detectado durante la otra, o más bien la otra docena de búsquedas anteriores.

Sin embargo, tenía que continuar. Debía hacerlo, porque simplemente no le quedaba otra opción. Había algo en su interior que no le permitía rendirse. Y...

Se detuvo y parpadeó. ¿Qué era eso?

Lentamente, porque no podía creer que hubiera encontrado algo nuevo (hacía más de una década que sus búsquedas no aportaban cambios significativos), se agachó.

Una grieta.

Era pequeña. Mínima. Pero sin duda, una grieta de unos quince centímetros que iba desde el suelo hasta la parte superior del primer azulejo. No era el tipo de cosas que la mayoría de la gente vería, pero Hyacinth no era como la mayoría de la gente y, por triste que sonara, prácticamente se había convertido en una experta en eso de inspeccionar lavabos.

Frustrada ante la imposibilidad de acercarse más, cambió de posición, apoyando los antebrazos y las rodillas, y luego pegó una mejilla al suelo. Dio unos golpecitos al azulejo de la derecha de la grieta e hizo otro tanto con el de la izquierda.

No sucedió nada.

Metió la uña en el borde de la grieta y presionó. Un trozo diminuto de yeso se alojó debajo de su uña.

Una extraña ansiedad comenzó a nacer en su pecho, apretando, revoloteando, haciendo que casi no pudiera respirar.

—Cálmate —murmuró, aunque la palabra sonó temblorosa. Tomó el pequeño cincel que siempre llevaba en sus búsquedas—. Seguro que no es nada. Lo más probable es que sea...

Metió el cincel en la grieta, sin duda con más fuerza de la necesaria. Y luego lo retorció. Si alguno de los azulejos estaba suelto, la torsión haría que saltara hacia afuera, y...

—¡Oh!

El azulejo prácticamente saltó y cayó al suelo con estrépito. Detrás había una pequeña cavidad.

Hyacinth cerró los ojos con fuerza. Llevaba esperando ese momento toda su vida de adulta, y ahora ni siquiera se atrevía a mirar.

—Por favor —susurró—. *¡Por favor!*

Metió la mano.

—Por favor. Ay, por favor.

Tocó algo. Algo suave. Como terciopelo.

Con dedos temblorosos lo sacó. Era una pequeña bolsa, cerrada con un cordón suave y sedoso.

Hyacinth se enderezó lentamente, cruzó las piernas y se sentó al estilo indio. Deslizó un dedo en el interior de la bolsa y amplió la abertura, que estaba cerrada con fuerza.

Entonces, levantó la bolsa con la mano derecha y derramó su contenido sobre la mano izquierda.

¡Dios mí...

—¡Gareth! —gritó—. ¡Gareth!

—Lo logré —murmuró, contemplando el montón de joyas que ahora ocupaba su mano izquierda—. Lo logré.

Y luego lanzó un grito.

—¡¡¡LO LOGRÉ!!!

Se colocó el collar alrededor del cuello, mientras seguía sosteniendo el brazalete y el anillo en la mano.

—Lo logré, lo logré, lo logré. —Ahora cantaba, y saltaba, y casi bailaba y casi lloraba—. ¡Lo logré!

—¡Hyacinth! —Era Gareth, sin aliento después de haber bajado cuatro tramos de escaleras de dos en dos escalones.

Ella lo miró, y juraría que sintió el brillo de sus propios ojos.

—¡Lo logré! —Se echó a reír, casi como una loca—. ¡Lo logré!

Por un momento él no hizo nada más que contemplarla. Después se le aflojó tanto la mandíbula que Hyacinth pensó que terminaría perdiendo el equilibrio.

—Lo logré —repitió ella—. Lo logré.

Entonces él le agarró la mano, le quitó el anillo y lo deslizó en el dedo de ella.

—Lo has logrado. —dijo él, inclinándose para besarle los nudillos—. Lo has logrado.

Mientras tanto, una planta más abajo...

—*¡Gareth!*

Isabella alzó la vista del libro que estaba leyendo y miró al techo. Su dormitorio estaba justo debajo del cuarto infantil; casi alineado con el lavabo.

—*¡Lo logré!*

Isabella volvió a centrarse en el libro.

Y sonrió.

Buscando esposa

Al escribir los segundos epílogos, he tratado de responder las preguntas persistentes de los lectores. En el caso de *Buscando esposa*, la pregunta que más me hicieron después de la publicación fue: ¿Qué nombres pusieron Gregory y Lucy a todos esos bebés? Confieso que ni siquiera yo sé inventar una historia que gire en torno a los nombres de nueve niños (no todos al mismo tiempo, gracias a Dios), así que decidí empezar el segundo epílogo justo donde termina el primero: cuando Lucy da a luz por última vez. Y como todos, incluidos los Bridgerton, tienen que pasar penurias, no se lo puse fácil...

Buscando esposa
Segundo epílogo

Mi querido Gareth:

Espero que, cuando recibas esta carta, te encuentres bien. No puedo creer que hayan pasado casi dos semanas desde que partí de Clair House rumbo a Berkshire. Lucy está gigantesca; me parece imposible que todavía no haya dado a luz. Si yo me hubiese puesto tan enorme con George o con Isabella, estoy segura de que me habría quejado constantemente.

(También estoy segura de que no me recordarás ninguna de las quejas que pude tener cuando pasé por un estado similar).

Lucy dice que este embarazo está siendo muy diferente a los anteriores. Supongo que debo creerla. La vi justo antes de dar a luz a Ben, y te prometo que bailó y todo. Podría confesar que la envidio muchísimo, pero admitir tal sentimiento sería grosero y nada maternal por mi parte y, como ya sabemos, yo siempre hago gala de mis buenas maneras. Y, a veces, también soy maternal.

Hablando de nuestra prole, Isabella se lo está pasando bien. Creo que le gustaría pasar todo el verano con sus primos. Les ha estado enseñando a maldecir en italiano. Intenté regañarla, pero tampoco puse mucho empeño y estoy segura de que se ha dado cuenta de que, en el fondo, yo estaba encantada. Todas las mujeres deberían saber maldecir en otro idioma, ya que la alta sociedad no nos permite hacerlo en nuestra propia lengua.

No estoy segura de cuándo volveré a casa. A este ritmo, no me sorprendería que Lucy aguantara hasta julio. Y por supuesto, he prometido quedarme un poco más después de que nazca el bebé. ¿Quizá podrías enviar a George de visita? No creo que nadie se dé cuenta si agregamos otro niño a la horda actual.

Tu devota esposa,
Hyacinth

Postdata: Qué suerte que aún no había sellado la carta. Lucy acaba de dar a luz mellizos. ¡Mellizos! Por todos los cielos, ¿qué diablos van a hacer con dos hijos más? Me he quedado patidifusa.

—No puedo volver a pasar por esto.

Lucy Bridgerton ya lo había dicho antes, siete veces para ser precisos, pero aquella vez iba en serio. No era tanto el hecho de haber alumbrado a su noveno hijo treinta minutos antes; se había vuelto una experta en dar a luz bebés y podía hacerlo con un mínimo malestar. Pero... ¡mellizos! ¿Por qué nadie le había dicho que podría tener mellizos? Ahora entendía por qué había estado tan incómoda los últimos meses. Había llevado a dos bebés en el vientre, claramente enzarzados en un combate de boxeo.

—Dos niñas —estaba diciendo su marido. Gregory la miró con una sonrisa de oreja a oreja—. Bueno, eso inclina la balanza. Los muchachos se van a sentir muy decepcionados.

—Los muchachos heredarán propiedades, podrán votar y usar pantalones —replicó la hermana de Gregory, Hyacinth, que había venido para ayudar a Lucy en la etapa final del embarazo—. Podrán soportarlo.

Lucy se rio entre dientes con esfuerzo. Hyacinth no se andaba con rodeos.

—¿Tu marido sabe que te has convertido en paladín de la justicia? —preguntó Gregory.

—Mi marido me apoya en todo —respondió Hyacinth con dulzura y sin quitar los ojos de encima a la diminuta recién nacida envuelta en mantas que tenía en brazos—. Siempre.

—Tu marido es un santo —observó Gregory, arrullando a su otra hija—. O quizá solo está loco. De un modo u otro, le estamos eternamente agradecidos por haberse casado contigo.

—¿*Cómo* lo aguantas? —preguntó Hyacinth inclinándose hacia Lucy, que estaba empezando a encontrarse un poco rara. Lucy abrió la boca para responder, pero Gregory se le adelantó.

—Hago que su vida sea un deleite sin fin —respondió—. Llena de dulzura y luz, donde todo es perfecto y maravilloso.

Hyacinth parecía estar a punto de vomitar.

—Solo estás celosa —le dijo Gregory.

—¿De qué? —quiso saber Hyacinth.

Con un gesto de la mano él descartó la pregunta por considerarla intranscendente. Lucy cerró los ojos y sonrió, disfrutando de la conversación entre los hermanos. Gregory y Hyacinth siempre se burlaban el uno del otro, incluso ahora que ambos cumplirían en breve los cuarenta. Sin embargo, a pesar de fastidiarse constantemente (o quizá debido a eso) mantenían un vínculo muy sólido. Hyacinth en concreto era una persona tremendamente leal; había tardado dos años en querer a Lucy después de su boda con Gregory.

Supuso que Hyacinth había tenido sus razones. Lucy había estado a punto de casarse con el hombre equivocado. Bueno, no, en realidad se *había* casado con el hombre equivocado, pero afortunadamente para ella, la influencia combinada de un vizconde y un conde (junto con una generosa donación a la Iglesia de Inglaterra) hicieron posible la anulación cuando, estrictamente hablando, habría sido imposible.

Pero eso ya era agua pasada. Ahora Hyacinth era como una hermana para ella, al igual que el resto de las hermanas de Gregory. Había sido maravilloso unirse a una familia tan grande. Quizás ese fuera el motivo por el que estaba tan feliz de que ella y Gregory hubiesen terminado teniendo tantos hijos.

—Nueve —dijo con dulzura, y abrió los ojos para mirar a las dos recién nacidas que aún no tenían nombre. Ni cabello—. ¿Quién se habría imaginado que tendríamos nueve hijos?

—Seguro que mi madre dirá que cualquier persona sensata se habría detenido en los ocho —observó Gregory. Sonrió a Lucy y le preguntó—: ¿Quieres sostener a una?

Lucy sintió que el familiar torrente de amor maternal la inundaba.

—¡Ay, sí!

La comadrona la ayudó a incorporarse, y Lucy extendió los brazos para sostener a una de sus flamantes hijas.

—Está muy rosa —murmuró, apretando a la niña contra su pecho. La pequeña gritaba a todo pulmón. Lucy decidió que era un sonido maravilloso.

—El rosa es un color excelente —aseguró Gregory—. Es mi color de la suerte.

—Esta tiene mucha fuerza —observó Hyacinth, volviéndose de costado para que todos pudieran ver su dedo meñique atrapado en el diminuto puño de la niña.

—A ambas se las ve sanas —informó la comadrona—. Los mellizos no suelen serlo.

Gregory se inclinó para besar a Lucy en la frente.

—Soy un hombre muy afortunado —murmuró.

Lucy sonrió débilmente. Ella también se sentía afortunada, casi como por obra de un milagro, pero estaba demasiado cansada como para decir otra cosa que no fuera:

—Creo que ya terminamos. Por favor, dime que hemos terminado de tener hijos.

Gregory sonrió con dulzura.

—Hemos acabado —declaró—. O por lo menos, tanto como puedo asegurarlo.

Lucy asintió con gratitud. Tampoco ella estaba dispuesta a renunciar a las delicias del lecho matrimonial, pero tenía que existir algún método que detuviera el flujo constante de bebés.

—¿Qué nombres vamos a ponerles? —preguntó Gregory, haciéndole carantoñas a la pequeña que Hyacinth tenía en brazos.

Lucy hizo un gesto a la comadrona y le entregó a la niña para poder volverse a recostar. Sentía que le temblaban los brazos y no confiaba en poder sostener a su hija sin que se le cayera, aunque estuviera en la cama.

—¿No querías que fuera Eloise? —murmuró, cerrando los ojos. Habían llamado a todos sus hijos como sus hermanos: Katharine, Richard, Hermione, Daphne, Anthony, Benedict y Colin. Era evidente que la próxima niña se llamaría Eloise.

—Lo sé —dijo Gregory, y ella percibió la sonrisa en su voz—. Pero no contaba con que tendríamos *dos*.

En ese momento Hyacinth se volvió y exclamó:

—¡A la otra la llamaréis Francesca! —acusó.

—Bueno —dijo Gregory con tono de suficiencia—. Es la que sigue.

Hyacinth se quedó boquiabierta, y a Lucy no le habría extrañado que empezara a salirle humo de las orejas.

—No me lo puedo creer —dijo, ahora miraba con odio inequívoco a Gregory—. Tus hijos llevarán los nombres de todos los hermanos menos el mío.

—Ha sido una casualidad, te lo aseguro —dijo Gregory—. Estaba convencido de que Francesca también quedaría fuera.

—¡Hasta Kate tiene una tocaya!

—Kate desempeñó un papel clave para que nos enamoráramos —le recordó Gregory—. Mientras que tú atacaste a Lucy en la iglesia.

Lucy habría resoplado de risa si hubiera tenido la energía suficiente. Sin embargo, a Hyacinth no le hizo tanta gracia.

—¡Ella se *estaba casando* con otro!

—Eres rencorosa, querida hermana. —Gregory se volvió a Lucy—. No lo olvida, ¿verdad? —Su marido había vuelto a sostener a una de las bebés, aunque Lucy no tenía idea de cuál de ellas era. Probablemente él tampoco—. Es preciosa —dijo, y alzó la mirada para sonreír a

Lucy—. Aunque es pequeña. Creo que más pequeña de lo que fueron los otros.

—Los mellizos siempre son pequeños —declaró la comadrona.

—Ah, por supuesto —murmuró él.

—Dentro no parecían tan pequeñas —dijo Lucy. Intentó volver a sentarse para poder sostener a la otra niña, pero le fallaron los brazos—. Estoy muy cansada —dijo.

La comadrona frunció el ceño.

—No ha sido un parto tan largo.

—Había dos bebés —le recordó Gregory.

—Sí, pero ella ha ya ha dado a luz muchas veces —respondió la comadrona con voz enérgica—. Los partos son más fáciles cuantos más hijos se tienen.

—No me encuentro bien —dijo Lucy.

Gregory entregó la niña a una criada y la miró.

—¿Qué sucede?

—Está pálida —oyó que decía Hyacinth.

Pero no la oía bien. Su voz parecía metálica, como si hablara a través de un tubo largo y estrecho.

—¿Lucy? ¿Lucy?

Trató de responder. Pensó que estaba respondiendo. Pero no sabía si estaba moviendo o no los labios, y tampoco estaba oyendo su propia voz.

—Algo va mal —dijo Gregory. Parecía enfadado. Parecía asustado—. ¿Dónde está el doctor Jarvis?

—Se ha marchado —respondió la comadrona—. Había otro parto... la esposa del abogado.

Lucy trató de abrir los ojos. Quería mirar a Gregory, decirle que se encontraba bien. Pero no lo estaba. No le dolía exactamente; bueno, no más de lo que podía dolerte el cuerpo después de dar a luz un bebé. En realidad no podía describirlo. Simplemente se encontraba *mal*.

—¿Lucy? —La voz de Gregory se abrió paso a través de su aturdimiento—. ¡Lucy! —Él la tomó de la mano, la apretó y luego la sacudió.

Ella tenía ganas de tranquilizarlo, pero parecía que estaba muy lejos. Y la sensación de malestar se extendía por todo su cuerpo, deslizándose desde el vientre hacia las extremidades, hasta llegar a las puntas de los dedos de los pies.

No era tan malo si se mantenía perfectamente quieta. Quizá si se dormía...

—¿Qué le ocurre? —quiso saber Gregory. Detrás de él las recién nacidas chillaban, pero al menos se movían y su piel era rosada, mientras que Lucy...

—¿Lucy? —Intentó que su voz sonara urgente, pero solo le sonó aterrorizada—. ¿Lucy?

Lucy tenía el rostro pálido y los labios exangües. Todavía no estaba inconsciente, pero tampoco reaccionaba.

—¿Qué le *ocurre*?

La comadrona corrió a los pies de la cama y miró debajo de las mantas. Lanzó un pequeño grito y, cuando alzó la mirada, tenía el rostro casi tan ceniciento como el de Lucy.

Gregory miró hacia abajo, justo a tiempo para ver una mancha carmesí que se extendía por la sábana.

—Traedme más toallas —ordenó la comadrona con brusquedad.

Gregory no lo pensó dos veces antes de obedecerla.

—Necesitaré más —dijo con tono sombrío. Metió varias toallas debajo de las caderas de Lucy—. ¡Venga, vamos!

—Iré yo—dijo Hyacinth—. Tú quédate.

Hyacinth salió corriendo hacia el pasillo, dejando a Gregory con la comadrona, sintiéndose impotente e incompetente. ¿Qué clase de hombre se quedaba quieto mientras su esposa se desangraba?

Pero no sabía qué hacer. No sabía hacer nada excepto pasarle toallas a la comadrona, quien las metía debajo de Lucy con una fuerza brutal.

Abrió la boca para decir... algo. Puede que lograra decir una palabra. No lo supo. Quizá solo fue un único sonido, un ruido horrible y aterrorizado que surgía desde lo más profundo de su alma.

—¿Dónde están las toallas? —reclamó la comadrona.

Gregory asintió y corrió hacia el pasillo, aliviado por tener algo que hacer.

—¡Hyacinth! ¡Hyac...

Lucy chilló.

—¡Ay, Dios mío! —Gregory se tambaleó y se apoyó en el marco de la puerta. No era la sangre. Era el grito. Jamás había oído a un ser humano emitir tal sonido.

—¿Qué le está haciendo? —quiso saber. Le tembló la voz mientras se alejaba de la pared. Le resultaba muy duro mirar, y más aun oír, pero quizá podría sostener la mano de Lucy.

—Manipulo su vientre —gruñó la comadrona. Presionaba hacia abajo con fuerza y luego retorcía. Lucy soltó otro grito y casi arrancó los dedos a Gregory.

—No creo que sea buena idea —dijo—. Está haciendo que salga más sangre. Ella no puede perder...

—Tendrá que confiar en mí —respondió la comadrona con voz áspera—. Ya he visto esto antes. Más veces de las que podría contar.

Gregory sintió que sus labios formaban la pregunta: ¿*Y se salvaron?* Pero no preguntó. La expresión de la comadrona era demasiado sombría. No quiso saber la respuesta.

A estas alturas los gritos de Lucy se habían transformado en gemidos, pero en cierto modo, eso fue aún peor. Su respiración era rápida y superficial, tenía los ojos cerrados con fuerza por el dolor que le causaba lo que le estaba haciendo la comadrona.

—Por favor, dile que pare —gimoteó.

Gregory miró con desesperación a la comadrona. Ahora usaba ambas manos, e introdujo una de ellas...

—¡Dios mío! —Se dio la vuelta. No podía mirar—. Tienes que dejar que ella te ayude —le dijo a Lucy.

—¡Aquí están las toallas! —exclamó Hyacinth, entrando en la habitación. Se detuvo en seco y miró a Lucy—. ¡Dios mío! —Su voz tembló—. ¿Gregory?

—*Cállate.* —No quería oír a su hermana. No quería hablar con ella ni responder a sus preguntas. No quería *saber*. Por el amor de Dios, ¿no se daba cuenta de que él tampoco sabía lo que ocurría?

Y obligarlo a admitirlo en voz alta habría sido la forma más cruel de tortura.

—Me duele —gimió Lucy—. Me *duele*.

—Lo sé. Lo sé. Si pudiese hacerlo por ti, lo haría. Te lo juro. —Le tomó la mano entre las suyas, deseando transmitirle parte de su fuerza. Su agarre era cada vez más débil y solo le apretaba cuando la comadrona hacía un movimiento especialmente enérgico.

Hasta que la mano de Lucy se quedó flácida.

Gregory dejó de respirar. Miró a la comadrona horrorizado. La mujer todavía se encontraba al pie de la cama, su rostro era una máscara de seria determinación mientras trabajaba. Luego se detuvo, entrecerró los ojos y retrocedió un paso. No dijo nada.

Hyacinth se quedó inmóvil, con las toallas aún apiladas en los brazos.

—Qué... qué... —Pero su voz ni siquiera fue un murmullo, no tuvo fuerzas para completar su pensamiento.

La comadrona extendió una mano, tocando la cama ensangrentada cerca de Lucy.

—Creo que... eso es todo —anunció.

Gregory miró a su esposa, que yacía sobre el colchón muy quieta. Luego se volvió hacia la comadrona. Pudo ver que su pecho subía y bajaba al llenarlo con el aire que no se había permitido respirar mientras atendía a Lucy.

—¿A qué se refiere —preguntó, casi sin lograr que las palabras salieran de su boca— con que eso es todo?

—La hemorragia se ha detenido.

Gregory se volvió lentamente a Lucy. La hemorragia se había detenido. ¿Qué significaba eso? ¿Acaso no se detenían todas las hemorragias... tarde o temprano?

¿Por qué la comadrona se quedaba allí de pie? ¿No debería estar haciendo algo? ¿No debería *él* estar haciendo algo? ¿O Lucy...

Gregory se volvió hacia la mujer con una angustia palpable.

—No está muerta —se apresuró a decir la comadrona—. Al menos, no lo creo.

—¿No lo *cree*? —repitió él, subiendo el tono de voz.

La comadrona se tambaleó hacia adelante. Estaba cubierta de sangre y parecía exhausta, pero a Gregory le importaba un comino si estaba a punto de desmayarse.

—*Ayúdela* —reclamó.

La comadrona tomó la muñeca de Lucy y le buscó el pulso. Hizo un leve gesto de asentimiento cuando lo encontró, pero luego dijo:

—He hecho todo lo que he podido.

—No —replicó Gregory, porque se negaba a creer que eso fuera todo. Siempre había algo más que se podía hacer—. No —repitió—. *¡No!*

—Gregory —dijo Hyacinth, tocándole el brazo.

Él la apartó.

—Haga algo —dijo, dando un paso amenazante hacia la comadrona—. Tiene que hacer algo.

—Ha perdido mucha sangre —explicó la mujer, apoyándose contra la pared—. Solo queda esperar. No tengo manera de saber cuál será el resultado. Algunas mujeres se recuperan. Otras... —Su voz se apagó. Tal vez porque no quiso decirlo. O quizá porque vio la expresión del rostro de Gregory.

Gregory tragó saliva. No solía perder los estribos; siempre había sido un hombre razonable. Pero el deseo de descargarse, de gritar o golpear las paredes, de encontrar alguna manera de juntar toda esa sangre y volver a metérsela a Lucy...

Apenas podía respirar de la impotencia.

Hyacinth se acercó a su lado en silencio. Su mano encontró la de él, y sin pensarlo, él entrelazó los dedos con los de ella. Esperó a que ella le dijera algo como: *Se va a poner bien* o *Todo va a salir bien, solo ten fe.*

Sin embargo, no lo hizo. Era Hyacinth, y nunca mentía. Pero estaba a su lado. Gracias a Dios que ella estaba allí.

Ella le apretó la mano, y él supo que su hermana se quedaría todo el tiempo que la necesitara.

Gregory miró a la comadrona pestañeando, tratando de encontrar la voz.

—¿Qué sucederá si... —No—. ¿Qué sucederá *cuando*...? —preguntó con voz entrecortada—. ¿Qué debemos hacer *cuando* se despierte?

La comadrona miró primero a Hyacinth, lo que, por algún motivo, lo irritó.

—Ella estará muy débil —respondió.

—Pero ¿estará bien? —preguntó, prácticamente interrumpiéndola.

La comadrona lo observó con una expresión espantosa. Fue algo así como lástima. Pena. Y resignación.

—Es difícil de decir —respondió finalmente.

Gregory buscó en su rostro, desesperado por encontrar algo que no fuera una perogrullada o una respuesta a medias.

—¿Qué diablos significa eso?

La comadrona miró en una dirección que no fueron los ojos de Gregory.

—Podría producirse una infección. Sucede con frecuencia en casos como este.

—¿Por qué?

La comadrona parpadeó.

—¿Por qué? —Gregory prácticamente gritó. La mano de Hyacinth apretó la suya.

—No lo sé. —La comadrona retrocedió un paso—. Simplemente ocurre.

Gregory se volvió a Lucy, pues ya no podía seguir mirando a la comadrona. Estaba cubierta de sangre, la sangre de Lucy, y quizá no era su culpa, quizá no era culpa de nadie, pero no soportaba verla un instante más.

—El doctor Jarvis debe volver —dijo en voz baja, tomando la mano inerte de Lucy.

—Me ocuparé de ello —dijo Hyacinth—. Y haré que alguien venga a cambiar las sábanas.

Gregory no alzó la cabeza.

—Yo también me iré —dijo la comadrona.

Gregory no respondió. Oyó pasos que se movían por el suelo, seguidos del suave ruido de la puerta al cerrarse, pero mantuvo la mirada en el rostro de Lucy todo el tiempo.

—Lucy —murmuró, tratando de hacer que su voz sonara alegre—. La la la la Lucy. —Era un estribillo tonto, que su hija Hermione había inventado cuando tenía cuatro años—. La la la Lucy.

Gregory le escudriñó el rostro. ¿Acababa de sonreír? Le pareció que su expresión había cambiado levemente.

—La la la Lucy. —Su voz tembló, pero persistió—. La la la Lucy.

Se sintió como un idiota. *Sonaba* como un idiota, pero no sabía qué otra cosa decir. Normalmente, nunca se quedaba sin palabras. Y menos con Lucy. Pero ahora... ¿qué se decía en un momento como ese?

Así que se quedó allí sentado durante lo que le parecieron horas, intentando recordar cómo respirar. Se tapó la boca cada vez que sentía que se aproximaba un sollozo, porque no quería que ella lo oyera. Permaneció sentado y trató desesperadamente de no pensar cómo sería su vida sin ella.

Lucy había sido su mundo entero. Luego tuvieron a los niños, y ella ya dejó de ser todo para él, y sin embargo, siempre fue el centro de su universo. El sol. Su sol, alrededor del cual giraban todas las cosas importantes.

Lucy. Ella era la muchacha que no se había percatado que adoraba hasta que casi fue demasiado tarde. Era tan perfecta, tan su otra mitad, que había estado a punto de pasarla por alto. Él había esperado un amor lleno de pasión y drama; jamás se le había ocurrido que el verdadero amor podía ser algo absolutamente cómodo y fácil.

Con Lucy podía estar sentado durante horas sin decir una sola palabra. O podían conversar como cotorras. Podía decir algo estúpido sin que a ella le importara. Podía hacerle el amor toda la noche o simplemente dormir acurrucado junto a ella.

No importaba. Nada de eso importaba porque ambos lo *sabían*.

—No puedo seguir adelante sin ti —soltó. Maldición, había estado una hora sin hablar, ¿y *esto* era lo primero que se le ocurría decir?—. A ver, sí que puedo, porque estaría obligado a hacerlo, pero será horrible, y, sinceramente, no lo haré tan bien como tú. Soy un buen padre, pero solo porque tú eres tan buena madre.

Si moría...

Cerró los ojos con fuerza, tratando de aplastar aquel pensamiento. Se había esforzado mucho por alejar esas palabras de su cabeza.

Dos palabras. Se suponía que «dos palabras» significaban *Te amo*. No...

Respiró hondo, estremeciéndose. Tenía que dejar de pensar de ese modo.

La ventana estaba entreabierta y entraba una suave brisa. Gregory oyó un alegre chillido desde fuera. Era uno de sus hijos, uno de los varones por el sonido de su voz. Estaba soleado, e imaginó que jugaban a las carreras en el jardín.

A Lucy le encantaba ver cómo corrían afuera. También le gustaba correr *con* ellos, incluso con un embarazo tan avanzado que la hacía moverse como un pato.

—Lucy —susurró, tratando de que no le temblara la voz—. No me dejes. Por favor, no me dejes.

—Ellos te necesitan más —sollozó, cambiando de posición para poder sostenerle la mano entre las suyas—. Los niños. Te necesitan más *a ti*. Sé que sabes que es verdad. Nunca lo dirías, pero lo sabes. Y *yo* te necesito. Creo que también lo sabes.

Pero ella no respondió. Ni siquiera se movió.

Aunque sí respiraba. Gracias a Dios, por lo menos respiraba.

—¿Papá?

Gregory se sobresaltó al oír la voz de su hija mayor y rápidamente se dio la vuelta, desesperado por tener un momento para recobrar la compostura.

—He ido a ver a las recién nacidas —dijo Katharine mientras entraba en la habitación—. La tía Hyacinth ha dicho que podía.

Él asintió; no confiaba en poder hablar.

—Son muy dulces —opinó Katharine—. Me refiero a las bebés, no a la tía Hyacinth.

Para su sorpresa, Gregory sintió que sonreía.

—No —dijo—. Nadie diría que la tía Hyacinth es dulce.

—Pero la adoro —se apresuró a decir Katharine.

—Lo sé —replicó Gregory, y por fin se dio la vuelta para mirarla. Así era su Katharine, siempre tan leal—. Yo también la adoro.

Katharine se adelantó unos pasos y se detuvo al pie de la cama.

—¿Por qué sigue durmiendo mamá?

Él tragó saliva.

—Está muy cansada, cielo. Se necesita mucha energía para tener un bebé. Y el doble de fuerzas para dos bebés.

Katharine asintió con solemnidad, aunque Gregory no tuvo claro si le había creído o no. La niña miraba a su madre con el entrecejo fruncido... no con preocupación, pero sí con mucha, mucha curiosidad.

—Está pálida —dijo por fin.

—¿Eso crees? —preguntó Gregory.

—Está blanca como la nieve.

Él pensaba lo mismo, pero trató de no parecer preocupado, así que solo dijo:

—Quizás esté un poco más pálida que de costumbre.

Katharine lo miró un momento y luego tomó asiento en la silla que había junto a él. Se sentó erguida, con las manos cuidadosamente plegadas sobre su regazo, y Gregory no pudo evitar maravillarse por el milagro que ella representaba. Hacía casi doce años, Katharine Hazel Bridgerton había venido a este mundo, convirtiéndolo en padre. Él supo, desde el instante en que la pusieron en sus brazos, que aquella era su única y auténtica vocación. Él era el hijo menor; no iba heredar ningún título ni tampoco servía para unirse al ejército o al clero. Su lugar en la vida era ser terrateniente.

Y padre.

La primera vez que miró a Katharine, cuando sus ojos todavía tenían ese color gris oscuro que tuvieron todos sus hijos al nacer, lo supo. Cuál era la razón de su existencia, cuál era su destino... en ese momento lo supo. Estaba allí para guiar a esta criatura milagrosa hacia la edad adulta, para protegerla y procurar su bienestar.

Gregory adoraba a todos sus hijos, pero siempre tendría un vínculo especial con Katharine, porque fue ella quien le enseñó aquello para lo que había nacido.

—Los demás quieren verla —manifestó. Estaba mirando hacia abajo, contemplado su pie derecho, balanceándose hacia atrás y adelante.

—Tu madre todavía necesita descansar, cielo.

—Lo sé.

Gregory esperó que siguiera hablando. Sabía que su hija no estaba diciendo lo que realmente pensaba. Tenía la sensación de que era Katharine quien quería ver a su madre. Quería sentarse junto a su cama, reírse tontamente y después explicarle hasta el último detalle de la caminata por el jardín que había hecho con su institutriz.

Los demás (los más pequeños) probablemente ni se habían dado cuenta de lo que pasaba.

Pero Katharine siempre había estado muy unida a Lucy. Eran como dos gotas de agua. Físicamente, no se parecían en nada: Katharine tenía un aspecto muy similar al de su tocaya, la cuñada de Gregory, la actual vizcondesa Bridgerton. No tenía ningún sentido, ya que no eran parientes consanguíneas, pero las dos Katharine tenían el mismo cabello oscuro y rostro ovalado. Los ojos no eran del mismo color, pero su forma era idéntica.

Sin embargo, por dentro, Katharine (*su* Katharine) era igual que Lucy. Adoraba el orden. Necesitaba que las cosas tuvieran armonía. Si hubiera podido contar a su madre el paseo por el campo del día anterior, habría comenzado por las flores que habían visto. No las habría recordado todas, pero sin duda habría sabido cuántas había de cada color. Y a Gregory no le habría sorprendido que la institutriz le dijera después que Katharine había insistido en caminar un kilómetro más para que el número de flores «rosas» fuera igual al de las «amarillas».

Proporción en todas las cosas, así era su Katharine.

—Mimsy dice que las bebés van a llamarse como la tía Eloise y la tía Francesca —observó Katharine después de balancear el pie treinta y dos veces.

(Lo había contado. Gregory no podía creer que lo hubiese contado. Cada vez se parecía más a Lucy).

—Mimsy tiene razón —respondió—, como siempre. —Mimsy era la niñera de sus hijos y, sin duda, una candidata a la santidad.

—No sabía cuáles serían los segundos nombres.

Gregory frunció el entrecejo.

—Creo que no nos dio tiempo a hablarlo.

Katharine observó a su padre con ojos decididos.

—¿Antes de que mamá necesitara dormir la siesta?

—Eh, sí —respondió George, mirando hacia otro lado. No se enorgullecía de haber apartado la vista, pero fue lo único que pudo hacer para no llorar delante de su hija.

—Creo que una de ellas debería llamarse Hyacinth —anunció Katharine.

Él asintió.

—¿Eloise Hyacinth o Francesca Hyacinth?

Katharine apretó los labios mientras pensaba, y luego respondió con firmeza:

—Francesca Hyacinth. Suena muy bien. Aunque...

Gregory esperó a que terminara de hablar y, como no lo hizo, insistió:

—¿Aunque...?

—*Suena* un poco florido.

—No sé cómo puede evitarse con un nombre como Hyacinth.

—Es verdad —dijo Katharine, pensativa—. Pero ¿qué ocurrirá si no resulta ser dulce y delicada?

—¿Cómo tu tía Hyacinth? —murmuró. Había algunas cosas que era necesario decirlas.

—Ella *es* bastante tremenda —dijo Katharine sin un atisbo de sarcasmo.

—¿Tremenda o temible?

—Solo tremenda. La tía Hyacinth no es para nada temible.

—No se lo digas *a ella*.

Katharine parpadeó, sin comprender.

—¿Crees que ella quiere ser temible?

—*Además* de tremenda.

—Qué raro —murmuró su hija. Luego levantó la mirada con los ojos especialmente brillantes—: Creo que a la tía Hyacinth le va a encantar que le pongan su nombre a una de las bebés.

Gregory sonrió. Una sonrisa real, no una simulada para que su hija se sintiera segura.

—Sí —respondió con voz queda—. Le encantará.

—Seguro que no pensaba que le tocaría —continuó Katharine— puesto que mamá y tú íbais en orden. Todos sabíamos que sería Eloise si era niña.

—¿Y quién podía imaginar que nacerían mellizas?

—Aun así —dijo Katharine— hay que tener en cuenta a la tía Francesca. Mamá habría tenido que dar a luz trillizos para que uno de ellos se llamara como la tía Hyacinth.

Trillizos. Gregory no era católico, pero le resultó difícil contener el impulso de persignarse.

—Y todas tendrían que haber sido niñas —agregó Katharine—. Una improbabilidad matemática.

—Ya lo creo —murmuró Gregory.

La niña sonrió. Él sonrió. Y se tomaron de las manos.

—Estaba pensando... —comenzó a decir Katharine.

—¿Qué, cielo?

—Si Francesca será Francesca Hyacinth, entonces Eloise debería ser Eloise Lucy. Porque mamá es la mejor madre del mundo.

Gregory luchó contra el nudo que se le hizo en la garganta.

—Sí —dijo con voz ronca—. Lo es.

—Seguro que a mamá le gustaría —dijo Katharine—. ¿No crees?

Se las arregló para asentir.

—Lo más probable es que nos diga que deberíamos haberle puesto a la bebé el nombre de otra persona. Es muy generosa.

—Lo sé. Por eso debemos hacerlo mientras aún está dormida. Antes de que pueda negarse. Porque se negará, estoy convencida.

Gregory se rio entre dientes.

—Dirá que no deberíamos haberlo hecho —repuso Katharine— pero en el fondo estará encantada.

A Gregory se le formó otro nudo en la garganta, pero este, gracias a Dios, fue producto del amor paterno.

—Creo que tienes razón.

Katharine sonrió satisfecha.

Le alborotó el cabello. Pronto sería demasiado mayor para estas demostraciones de cariño; le diría que no le estropeara el peinado. Pero por ahora le alborotaría el cabello todo lo que pudiera. La miró con una sonrisa.

—¿Cómo conoces tan bien a tu madre?

Su hija alzó la vista, mirándolo con indulgencia. Ya habían tenido esa conversación antes.

—Porque soy exactamente igual que ella.

—Exacto —coincidió Gregory. Siguieron agarrados de la mano durante un rato más, hasta que a él se le ocurrió algo—. ¿Lucy o Lucinda?

—Ah, Lucy —respondió Katharine, sabiendo de inmediato a qué se refería su padre—. En *realidad* ella no es una Lucinda.

Gregory suspiró y contempló a su esposa, aún dormida en la cama.

—No —dijo él con voz queda— no lo es. —Sintió la mano de su hija deslizarse en la suya, pequeña y cálida.

—La la la Lucy —dijo Katharine, y Gregory pudo percibir la sonrisa en la voz de la niña.

—La la la Lucy —repitió él. Y por increíble que pareciera, también percibió una sonrisa en su propia voz.

Unas horas más tarde, el doctor Jarvis regresó, cansado y despeinado, después de traer al mundo a otro bebé del pueblo. Gregory conocía bien al médico; Peter Jarvis acababa de terminar sus estudios cuando Gregory y Lucy decidieron irse a vivir cerca de Winkfield, y desde entonces, había sido el médico de la familia. Él y Gregory tenían casi la misma edad y habían compartido muchas cenas a lo largo de los años. La señora Jarvis también era una buena amiga de Lucy, y los hijos de ambos solían jugar juntos.

Sin embargo, en todos sus años de amistad, Gregory jamás había visto una expresión semejante en el rostro de Peter. Tenía los labios torcidos en las comisuras y no intercambiaron ninguna conversación trivial antes de que examinara a Lucy.

Hyacinth también estaba allí, pues había insistido en que su cuñada necesitaba el apoyo de otra mujer en la habitación.

—Como si alguno de vosotros pudiera entender los rigores del parto —había comentado con cierto desdén.

Gregory no había dicho ni una palabra. Solo se había hecho a un lado para dejar entrar a su hermana. Su feroz presencia tenía algo de reconfortante. O quizá de inspiración. Hyacinth irradiaba tanta fuerza; uno casi podía creer que podía *obligar* a Lucy a curarse.

Ambos se alejaron mientras el médico tomaba el pulso a Lucy y escuchaba su corazón. Y entonces, para consternación de Gregory, Peter la agarró del hombro y comenzó a sacudirla.

—¿Qué haces? —gritó Gregory, acercándose para intervenir.

—La despierto —respondió Peter con firmeza.

—Pero ¿no necesita descansar?

—Necesita todavía más despertarse.

—Pero... —Gregory no sabía por qué protestaba, y lo cierto era que no tenía importancia, porque Peter lo interrumpió para decirle:

—Por el amor de Dios, Bridgerton, necesitamos saber si ella *es capaz* de despertarse. —Volvió a sacudirla, y esta vez dijo con voz fuerte—: ¡Lady Lucinda! ¡Lady Lucinda!

—Ella no es Lucinda —se oyó decir a sí mismo. A continuación, se acercó y gritó—: ¿Lucy? ¿Lucy?

Ella cambió de posición y murmuró algo entre sueños.

Gregory miró a Peter con aspereza, con los ojos llenos de preguntas.

—A ver si puedes conseguir que te responda —indicó Peter.

—Déjame intentarlo —intervino Hyacinth enérgicamente. Gregory la observó mientras se inclinaba y le decía algo al oído a Lucy.

—¿Qué le has dicho? —preguntó.

Hyacinth sacudió la cabeza.

—No quieres saberlo.

—¡Ay, por el amor de Dios! —murmuró Gregory, empujándola a un lado. Levantó la mano de Lucy y la apretó con más fuerza que antes—. ¡Lucy! ¿Cuántos peldaños hay en la escalera trasera desde la cocina hasta la primera planta?

Lucy no abrió los ojos, pero emitió un sonido que él pensó que sonaba como...

—¿Has dicho quince? —le preguntó.

Ella resopló, y esta vez la oyó claramente.

—Dieciséis.

—¡Ah, gracias a Dios! —Gregory le soltó la mano y se dejó caer en la silla junto a la cama—. Bien —dijo—. Bien. Ella está bien. Se curará.

—Gregory... —Pero la voz de Peter no era nada reconfortante.

—Dijiste que teníamos que despertarla.

—Y lo hemos hecho —contestó Peter con voz tensa—. Y es una muy buena señal que lo hayamos conseguido. Pero eso no significa...

—No lo digas —le interrumpió Gregory en voz baja.

—Pero debes...

—*¡No lo digas!*

Peter se calló. Simplemente se quedó de pie y lo miró con una expresión terrible. Una mezcla de lástima, compasión y pesar; nada de lo que uno querría ver en la cara de un médico.

Gregory se desplomó en la silla. Había hecho lo que le habían pedido. Había despertado a Lucy, aunque solo fuese un momento. Había vuelto a dormirse, ahora estaba acurrucada de lado, de espaldas a él.

—He hecho lo que me pediste —murmuró con voz queda. Volvió a mirar a Peter—. He hecho lo que me pediste —repitió, esta vez con más brusquedad.

—Lo sé —respondió Peter con suavidad—. Y no sabes lo tranquilizador que es que haya hablado. Sin embargo, eso no nos asegura nada.

Gregory intentó hablar, pero se le estaba cerrando la garganta. Esa horrible sensación de ahogo volvía a invadirlo y solo consiguió respirar. Si solo pudiera respirar y no hacer nada más, quizá podría evitar estallar en llanto frente a su amigo.

—El cuerpo necesita recuperar fuerzas después de una hemorragia —explicó Peter—. Puede que todavía duerma un poco más. Y podría... —Se aclaró la garganta—. Podría no volver a despertarse.

—Por supuesto que volverá a despertarse —dijo Hyacinth con dureza—. Lo ha hecho una vez, puede volver a hacerlo.

El médico le dirigió una mirada fugaz antes de volver la atención a Gregory.

—Si todo va bien, creo que podemos esperar una recuperación bastante normal. Podría tardar algún tiempo —advirtió—. No puedo saber con certeza cuánta sangre ha perdido. El cuerpo a veces necesita meses para rehidratarse.

Gregory asintió lentamente.

—Tu mujer va a estar débil una temporada. Creo que tendrá que quedarse en la cama por lo menos un mes.

—No le gustará.

Peter se aclaró la garganta con cierta vergüenza.

—Manda a alguien a buscarme si se produce algún cambio.

Gregory asintió sin hablar.

—No —replicó Hyacinth, adelantándose para cerrarle el paso—. Tengo más preguntas.

—Lo siento —respondió el médico con voz queda—. No tengo más respuestas.

Y ni siquiera Hyacinth pudo refutarle eso.

El amanecer dio paso a una mañana brillante e increíblemente alegre y Gregory se despertó en el cuarto de Lucy, aún sentado en la silla junto a la cama. Ella dormía, pero estaba inquieta, haciendo sus acostumbrados ruidos soñolientos cuando se movía. Y luego, inesperadamente, abrió los ojos.

—¿Lucy? —Gregory le asió la mano con tanta fuerza que tuvo que obligarse a ejercer menos presión.

—Tengo sed —dijo ella débilmente.

Él asintió y corrió a buscarle un vaso de agua.

—Me has hecho... Yo no podía... —Pero no pudo hablar más. La voz se le quebró en mil pedazos y lo único que salió fue un sollozo desgarrador. Se quedó inmóvil, de espaldas a ella, mientras trataba de calmarse. La mano le tembló; el agua le salpicó la manga.

Oyó que Lucy intentaba decir su nombre y supo que debía sobreponerse. *Ella* era la que había estado a punto de morir; no podía desmoronarse cuando su mujer lo necesitaba.

Tomó una profunda bocanada de aire. Y luego otra.

—Aquí tienes —dijo, tratando que su voz sonara alegre cuando se dio la vuelta. Le llevó el vaso, pero se dio cuenta de su error de inmediato. Ella estaba demasiado débil para sostener el vaso, y mucho más para incorporarse y sentarse.

Dejó el vaso sobre una mesa cercana, puso los brazos alrededor de ella y la ayudó a incorporarse con suavidad.

—Deja que te coloque las almohadas —murmuró, moviéndolas y ahuecándolas hasta que estuvo convencido de que tendría el apoyo necesario. Después le llevó el vaso a los labios y lo inclinó ligeramente. Lucy bebió un poco y se echó hacia atrás, respirando con fuerza debido al esfuerzo que había realizado para beber.

Gregory la observó en silencio. Solo había bebido unas gotas.

—Deberías beber más —dijo.

Ella asintió casi imperceptiblemente y dijo:

—Dame un segundo.

—¿Te resultaría más fácil con una cuchara?

Ella cerró los ojos y asintió débilmente.

Gregory miró a su alrededor. Alguien le había llevado té la noche anterior y no habían vuelto a recoger la bandeja. Probablemente para no molestarlo. Decidió que la celeridad era más importante que la limpieza, así que se hizo con la cuchara del azucarero. Luego pensó que también le vendría bien un poco de azúcar, así que se llevó el azucarero.

—Aquí tienes —murmuró, dándole una cucharada de agua—. ¿Quieres también un poco de azúcar?

Lucy asintió, así que colocó un poco en su lengua.

—¿Qué ha sucedido? —preguntó ella.

Él la miró, atónito.

—¿No lo recuerdas?

Ella parpadeó varias veces.

—¿He tenido una hemorragia?

—Una muy grande —farfulló él. No podía darle detalles. No quería describir la cantidad de sangre que había presenciado. No quería que ella lo supiera, y para ser sincero, él mismo prefería olvidarlo.

Ella arrugó la frente y giró la cabeza a un lado. Un momento después Gregory se dio cuenta de que intentaba mirar los pies de la cama.

—Hemos limpiado —dijo, y esbozó una leve sonrisa. Era típico de Lucy, asegurarse de que todo estuviera en orden.

Lucy asintió. Luego dijo:

—Estoy cansada.

—El doctor Jarvis ha dicho que estarás débil unos meses. Supongo que tendrás que quedarte en la cama durante algún tiempo.

Ella soltó un gruñido, pero fue un sonido muy apagado.

—Odio el reposo en la cama.

Él sonrió. Lucy era una mujer de acción; siempre lo había sido. Le gustaba arreglar cosas, hacer cosas, que todo el mundo estuviera feliz. La inactividad la mataba.

Una mala metáfora dadas las circunstancias. Pero era cierto.

Él se inclinó sobre ella con seriedad.

—Te quedarás en la cama, aunque tenga que atarte.

—No eres esa clase de persona —dijo ella con un leve gesto de la barbilla. Supuso que intentaba parecer despreocupada, pero por lo visto necesitaba demasiada energía para mostrarse atrevida. Lucy volvió a cerrar los ojos y soltó un suave suspiro.

—Una vez lo hice —dijo él.

Ella emitió un sonido extraño, que él pensó que podía tratarse de una risa.

—Lo hiciste, ¿verdad?

Él se inclinó y la besó en los labios con mucha dulzura.

—Acudí al rescate.

—Siempre acudes al rescate.

—No. —Él tragó saliva—. Esa eres tú.

Sus ojos se encontraron en una mirada profunda e intensa. Gregory sintió que algo se desgarraba en su interior y, durante un instante, estuvo seguro de que iba a volver a sollozar. Entonces, justo cuando sentía que se desmoronaba, ella se encogió de hombros y dijo:

—De todos modos, ahora no podría moverme.

Con la compostura más o menos recuperada, Gregory se levantó para coger una galleta de la bandeja de té.

—Recuérdalo dentro de una semana. —No le cabía la menor duda de que Lucy intentaría salir de la cama mucho antes de lo recomendado.

—¿Dónde están las bebés?

Gregory hizo una pausa, y luego se dio la vuelta.

—No lo sé —respondió lentamente. Por todos los cielos, se había olvidado de ellas por completo—. En el cuarto infantil, me imagino. Las dos son perfectas. De piel rosada, ruidosas y todo lo que se supone que deben ser.

Lucy sonrió débilmente y dejó escapar otro suspiro de cansancio.

—¿Puedo verlas?

—Por supuesto. Haré que alguien las traiga de inmediato.

—Pero al resto, no —dijo Lucy con la mirada triste—. No quiero que me vean así.

—Creo que estás preciosa —dijo él. Se acercó y se sentó al lado de la cama—. Creo que eres lo más hermoso que he visto jamás.

—Basta —dijo Lucy, pues nunca le había gustado recibir cumplidos. Pero se dio cuenta de que le estaban temblando los labios, en un gesto a medio camino entre la sonrisa y el llanto.

—Katharine vino a verte ayer —le contó Gregory.

Lucy abrió mucho los ojos.

—No, no, no te preocupes —se apresuró a decir él—. Le dije que solo estabas durmiendo. Y es lo que hacías. No está preocupada.

—¿Estás seguro?

Él asintió.

—Te llamó La la la Lucy.

Su mujer sonrió.

—Es maravillosa.

—Es igual que tú.

—No es por ese motivo que es maravi...

—Ese es exactamente el motivo —la interrumpió él con una sonrisa—. Y casi se me olvida: ha puesto nombres a las bebés.

—Creía que ya lo habías hecho tú.

—Es cierto. Ten, bebe un poco más de agua. —Se quedó callado un momento para que bebiera un poco. Distraerla sería la clave, decidió Gregory. Un poquito aquí y otro poquito allí, y así bebería un vaso de agua entero—. Katharine pensó en los segundos nombres. Francesca Hyacinth y Eloise Lucy.

—¿Eloise...?

—Lucy —concluyó él por ella—. Eloise Lucy. ¿No es precioso?

Para su sorpresa, ella no protestó. Simplemente asintió con un movimiento apenas perceptible y con los ojos inundados de lágrimas.

—Dijo que era porque eres la mejor madre del mundo —agregó con dulzura.

Entonces sí lloró; grandes lágrimas silenciosas rodaron por sus mejillas.

—¿Quieres que traiga ahora a las bebés? —le preguntó.

Ella asintió.

—Por favor. Y... —Hizo una pausa, y Gregory vio que tragaba saliva—. Y trae al resto también.

—¿Estás segura?

Lucy volvió a asentir.

—Si puedes ayudarme a incorporarme un poco más, creo que podré soportar los abrazos y besos.

Y todas las lágrimas que Gregory había intentado contener con tanto esfuerzo se le escaparon de los ojos.

—No se me ocurre nada mejor que te ayude a recuperarte más rápido. —Caminó hasta la puerta, pero cuando apoyó la mano en el picaporte, se dio la vuelta—. Te quiero, La la la Lucy.

—Yo también te quiero.

Lucy estaba segura de que Gregory debió advertir a los niños que se comportaran con decoro, pues cuando entraron en la habitación (en una adorable fila de mayor a menor, con las cabezas formando una encantadora escalera) lo hicieron en silencio y se colocaron junto a la pared con las manos cruzadas delante.

Lucy no tenía ni idea de quiénes eran *esos* niños. *Sus* hijos jamás se quedaban tan quietos.

—Me siento muy sola —dijo ella.

En ese momento, si Gregory no hubiera intervenido con un contundente: «¡Despacio!», se habría producido un asalto masivo a su cama.

Aunque, pensándolo bien, no fue tanto la orden verbal la que mantuvo a raya el caos, sino los brazos de su marido, que evitaron que por lo menos tres niños saltaran al colchón.

—Mimsy no me deja ver a las bebés —murmuró Ben, de cuatro años.

—Porque hace un mes que no te bañas —replicó Anthony, casi dos años mayor que él.

—¿Cómo es posible? —preguntó Gregory en voz alta.

—Es muy astuto —informó Daphne, que intentaba abrirse camino hasta Lucy, así que sus palabras quedaron amortiguadas.

—¿Cómo va a ser astuto con un olor como ese? —preguntó Hermione.

—Todos los días me revuelco entre las flores —replicó Ben con aire de superioridad.

Lucy se calló un momento, y luego decidió que era mejor no ahondar demasiado en lo que acababa de decir su hijo.

—Eh... ¿qué flores son esas?

—No son rosas —le respondió, como si no pudiera creer que se lo hubiera preguntado.

Daphne se inclinó hacia él y lo olió con cuidado.

—Peonías —anunció.

—No puedes saberlo solo con olerlo —observó Hermione con indignación. Las dos niñas se llevaban año y medio, y cuando no compartían secretos, reñían como...

Bueno, como las buenas Bridgerton que en realidad eran.

—Tengo muy buen olfato —explicó Daphne. Y levantó la mirada, esperando que alguien lo confirmara.

—El aroma de las peonías es inconfundible —confirmó Katharine. Se había sentado a los pies de la cama junto a Richard. Lucy se preguntó cuándo sus hijos mayores habían decidido que ya tenían edad suficiente para meterse entre las almohadas. Habían crecido tanto, todos ellos. Incluso el pequeño Colin ya no parecía un bebé.

—¿Mami? —dijo este con pena.

—Ven aquí, cielito —murmuró Lucy, extendiendo los brazos para abrazarlo. Era pequeño y regordete, con generosos mofletes y rodillas inseguras. Había estado convencida de que sería el último hijo que tendría. Ahora tenía dos más, arropadas en sus cunas, preparadas para convertirse en mujeres que hicieran honor a sus nombres.

Eloise Lucy y Francesca Hyacinth. Sin duda unos nombres potentes.

—Te quiero, mami —dijo Colin, mientras su tibia carita le buscaba la curva del cuello.

—Yo también te quiero —dijo Lucy con voz ahogada de emoción—. Os quiero a todos.

—¿Cuándo vas a salir de la cama? —quiso saber Ben.

—Aún no lo sé. Todavía estoy muy cansada. Podrían pasar algunas semanas.

—¿Algunas *semanas*? —repitió él, completamente horrorizado.

—Ya veremos —murmuró ella, y luego sonrió—. Ya me siento mucho mejor.

Y así era. Aún estaba cansada, mucho más de lo que recordaba haber estado nunca. Le pesaban los brazos y parecía que tenía dos troncos como piernas, pero sentía el corazón ligero y rebosante de amor.

—Os quiero a todos —anunció de pronto—. A ti —dijo a Katharine— y a ti, y a ti, y a ti, y a ti, y a ti, y a ti. Y también a las bebés que están en su cuarto.

—Ni siquiera las conoces aún —señaló Hermione.

—Sé que las quiero. —Miró a Gregory, que estaba junto a la puerta, donde ninguno de los niños pudiera verlo. Tenía el rostro surcado de lágrimas—. Y sé que te quiero —dijo con dulzura.

Él asintió, luego se enjugó el rostro con el dorso de la mano.

—Vuestra madre necesita descansar —anunció, y Lucy se preguntó si los niños habrían oído el temblor de su voz.

Si lo oyeron, no dijeron nada. Protestaron un poco, pero salieron en fila con el mismo decoro con el que entraron. Gregory fue el último, y asomó la cabeza en la habitación antes de cerrar la puerta.

—Volveré pronto —dijo.

Ella asintió en respuesta y luego volvió a hundirse en la cama.

—Os quiero a todos —repitió, disfrutando de la alegría que le provocaban aquellas palabras—. Os quiero a todos.

Y era verdad. Los quería.

Querido Gareth:

Todavía sigo en Berkshire. El nacimiento de las mellizas fue bastante traumático, y Lucy tiene que quedarse en la cama durante un mes por lo menos. Mi hermano dice que puede arreglárselas sin mí, pero esa es una mentira tan grande que hace hasta gracia. La misma Lucy me ha rogado que me quede; sin que él se entere, claro está; siempre hay que considerar la delicada sensibilidad de los hombres de nuestra especie. (Sé que me darás la razón en esto; incluso tú tienes que reconocer que las mujeres somos mucho más útiles para cuidar enfermos).

Es una suerte que haya estado aquí presente. No sé si Lucy habría sobrevivido al parto sin mi ayuda. Perdió mucha sangre, y hubo momentos en los que no sabíamos si volvería a despertarse. Tuve que decir a Lucy algunas cosas en privado. No recuerdo exactamente las palabras, pero quizá la amenazara con dejarla lisiada si no se despertaba. Y también es posible que lo enfatizara con un: «Sabes que lo haré».

Por supuesto, lo dije dando por sentado que ella estaría demasiado débil para darse cuenta de que dicha amenaza era contradictoria: si no se despertaba, no tenía mucho sentido dejarla lisiada.

Ahora te estarás riendo de mí, estoy segura. Sin embargo, cuando se despertó, me miró con cautela y murmuró un muy sincero «Gracias».

Así que me quedaré por aquí un poco más. Pero te echo muchísimo de menos. En momentos como este recordamos lo que es verdaderamente importante. Hace poco, Lucy anunció que quería a todo el mundo. Creo que ambos sabemos que yo nunca tendré paciencia para eso, pero sin lugar a dudas, te quiero. Y la quiero a ella. Y a Isabella y a George. Y a Gregory. En realidad, a muchas personas.

Soy una mujer afortunada, ya lo creo.

Tu amada esposa,
Hyacinth

El esplendor de Violet

Las novelas románticas, por definición, tienen finales felices. El héroe y la heroína se juran amor eterno, y es obvio que ese final feliz será para siempre. Sin embargo, eso significa que, como autora, no puedo escribir una verdadera secuela; si tomara al mismo héroe y a la misma heroína de un libro anterior, tendría que poner en peligro su final feliz antes de garantizarle otro.

En cambio, las series románticas son una especie de colecciones de *spin-offs*, con personajes secundarios que regresan para protagonizar sus propias novelas, y los protagonistas anteriores aparecen de vez en cuando según sea necesario. En contadas ocasiones el autor tiene la oportunidad de elegir un personaje y verlo crecer a lo largo de numerosos libros.

Por este motivo Violet Bridgerton ha sido tan especial. En su primera aparición en *El duque y yo*, era una madre normal y corriente bidimensional, típica del período de la Regencia. Pero a lo largo de los ocho libros creció muchísimo. Con cada novela de los Bridgerton se revelaba algo nuevo, y cuando terminé *Buscando esposa*, Violet se había convertido en mi personaje favorito de la serie. Mis lectores insistían en que escribiera un final feliz para Violet, pero no podía. En serio, no podía; no me veía capaz de crear un héroe lo suficientemente bueno para ella. Sin embargo, yo también quería saber más sobre Violet, y escribir «El esplendor de Violet» fue un acto de amor. Espero que lo disfrutéis.

El esplendor de Violet
Una novela corta

Surrey, Inglaterra
1774

—¡Violet Elizabeth! ¿Qué diablos crees que estás haciendo?

Cuando oyó la voz indignada de su institutriz, Violet Ledger se detuvo y consideró sus opciones. No parecía que tuviera muchas probabilidades de exculparse del todo; después de todo, la habían sorprendido con las manos en la masa.

O más bien, en la tarta. Tenía en sus manos una tarta de zarzamora que desprendía un aroma impresionante, y el relleno aún tibio había comenzado a salirse por encima del borde de la bandeja.

—Violet... —La voz severa de la señorita Fernburst se acercaba.

Podía decir que tenía hambre. La señorita Fernburst sabía muy bien que Violet se volvía loca con los dulces. No era tan descabellado que estuviera huyendo con una tarta entera, para comérsela...

¿Pero dónde? Violet se puso a pensar con rapidez. ¿Dónde *podía* ir con una tarta entera de zarzamora? A su habitación, no; jamás podría ocultar la prueba del delito. La señorita Fernburst jamás creería que Violet era tan tonta como para hacer algo semejante.

No, si robaba una tarta para comérsela, se la llevaría afuera. Y ahí era justo donde se dirigía. Aunque no precisamente para comérsela.

Todavía podía convertir aquella mentira en verdad.

—¿Quiere un poco de tarta, señorita Fernburst? —le ofreció Violet con dulzura. Sonrió y batió las pestañas, consciente de que, a pesar de tener ocho años y medio, no parecía que tuviera más de seis. La mayor parte del tiempo le molestaba; al fin y al cabo, a nadie le gustaba que la vieran como a una niña pequeña. Sin embargo, no tenía ningún problema en utilizar su corta estatura para su propio beneficio cuando le convenía.

—Voy a hacer un pícnic —explicó Violet.

—¿Con quién? —preguntó la señorita Fernburst con desconfianza.

—Ah, con mis muñecas. Mette, Sonia, Francesca, Fiona Marie y... —Violet recitó una lista completa de nombres, inventándoselos a medida que los pronunciaba. Aunque sí era cierto que tenía una cantidad absurda de muñecas. Al ser la única niña de su generación en la familia, a pesar de tener un montón de tías y tíos, normalmente la colmaban de regalos. Siempre recibían alguna visita en Surrey (la proximidad a Londres era demasiado conveniente e irresistible para cualquiera), y parecía que las muñecas eran el obsequio *du jour*.

Violet sonrió. La señorita Fernburst habría estado orgullosa de ella por haber pensado en francés. Lástima que no pudiera mostrárselo.

—Señorita Violet —dijo la señorita Fernburst con severidad—. Tiene que devolver esa tarta a la cocina de inmediato.

—¿Entera?

—Por supuesto que debe devolverla entera —dijo la señorita Fernburst con voz exasperada—. Ni siquiera tiene utensilios para cortar una porción. Ni para comérsela.

Era verdad. Aunque las intenciones de Violet con la tarta no requerían utensilios de ninguna clase. Pero como ya estaba metida en un lío, no le importó seguir cavando su propia tumba al responder:

—No podía llevarlo todo. Iba a regresar para buscar una cuchara.

—¿Y dejar la tarta en el jardín para que la devoraran los cuervos?

—Pues no había pensado en eso.

—¿En qué no habías pensado? —resonó una voz profunda, que solo podía pertenecer a su padre. El señor Ledger se acercó a ellas—. Violet, ¿qué diablos haces en la sala de estar con una tarta?

—Eso es precisamente lo que estoy tratando de averiguar —dijo la señorita Fernburst toda tiesa.

—Bueno... —Violet evadió la respuesta, tratando de no mirar con nostalgia las puertas de cristal que daban al jardín. Su situación era cada vez peor. Nunca había podido mentirle a su padre. Él se daba cuenta de todo. No sabía cómo lo hacía; debía de tratarse de algo que le notaba en la mirada.

—Ha dicho que va a hacer un pícnic en el jardín con sus muñecas —informó la señora Fernburst.

—De verdad. —No era una pregunta sino una afirmación. Su padre la conocía demasiado bien como para hacerle esa pregunta.

Violet asintió con la cabeza. Bueno, fue un gesto muy sutil. O más bien, un movimiento de la barbilla.

—Porque siempre les das comida de verdad a tus juguetes —prosiguió su padre.

Violet calló.

—Violet —dijo su padre con tono severo—, ¿qué pensabas hacer con esa tarta?

—Ehh... —Parecía que no podía dejar de mirar un punto en el suelo a dos metros a su izquierda.

—¿*Violet?*

—Solo iba a tender una pequeña trampa —murmuró.

—¿Una pequeña qué?

—Una trampa. Para ese niño Bridgerton.

—Para... —Su padre rio entre dientes. Violet se dio cuenta de que en realidad no quería reírse, porque vio como se tapaba la boca con la mano y tosía antes de volver a poner gesto serio.

—Él es horrible —se quejó antes de que pudiera regañarla.

—Ah, no es un muchacho tan malo.

—Es espantoso, papá. Sabes que lo es. Y ni siquiera vive aquí en Upper Smedley. Solo está de visita. Cualquiera creería que sabría comportarse con educación... su padre es vizconde, pero...

—Violet...

—No es un caballero —sentenció con desprecio.

—Tiene nueve años.

—Diez —Violet lo corrigió con tono remilgado—. Y creo que un niño de diez años debería saber cómo comportarse como un buen invitado.

—Él no es nuestro invitado —señaló su padre—. Visita a los Millerton.

—De todos modos... —replicó Violet. Cómo le habría gustado cruzarse de brazos, pero seguía sosteniendo la maldita tarta.

Su padre esperó a que Violet terminara la frase. Pero no lo hizo.

—Entrégale la tarta a la señorita Fernburst —ordenó su padre.

—Ser un buen invitado implica no portarse de forma espantosa con los vecinos —protestó Violet.

—La tarta, Violet.

Ella se la entregó a la señorita Fernburst a quien, a decir verdad, no parecía que le hiciera mucha gracia recibirla.

—¿La llevo a la cocina? —inquirió la institutriz.

—Sí, por favor —respondió el padre de Violet.

Violet esperó hasta que la señorita Fernburst desapareció doblando una esquina, y luego miró a su padre con expresión contrariada.

—Él me puso harina en el pelo, padre.

—¿Te puso una cinta de muselina en el pelo? —dijo su padre—. ¿A las niñas no les gusta eso?

—¡Harina, papá! ¡Harina! ¡Lo que se usa para hacer tartas! La señorita Fernburst estuvo veinte minutos lavándome el pelo para poder quitármela. ¡Y no te rías!

—¡No me río!

—Sí —acusó ella—. Quieres reírte. Lo veo en tu cara.

—Solo tengo curiosidad por saber cómo se las ingenió ese jovencito.

—No lo sé —replicó Violet. Eso era lo peor. La había cubierto con harina y todavía no sabía cómo lo había logrado. Violet estaba andando por el jardín, y de repente se tropezó y...

¡Puf! Harina por todas partes.

—Bueno —dijo su padre con naturalidad—, creo que se marcha el fin de semana. Así que no tendrás que soportar su presencia mucho más tiempo. En realidad en absoluto —agregó—. No esperamos visita de los Millerton esta semana, ¿verdad?

—Tampoco esperábamos su visita ayer —respondió Violet— y sin embargo consiguió cubrirme de harina.

—¿Cómo sabes que fue él?

—Ah, lo sé —respondió ella con tono sombrío. Mientras escupía, tosía y agitaba las manos para dispersar la nube de harina, oyó la risa de triunfo del niño. Si no hubiera tenido tanta harina en los ojos, probablemente también lo habría visto sonreír de esa manera tan *típica* de él.

—Me pareció un muchacho muy agradable el lunes, cuando él y Georgie Millerton vinieron a tomar el té.

—No lo fue cuando *tú* no estabas en la habitación.

—Ah. Bueno... —Su padre hizo una pausa y frunció los labios, pensativo—. Lamento tener que decirlo, pero es una lección que aprenderás pronto. Los muchachos son horribles.

Violet pestañeó.

—Pero... pero...

El señor Ledger se encogió de hombros.

—Estoy seguro de que tu madre estará de acuerdo conmigo.

—Pero *tú* fuiste un muchacho.

—Y fui horrible, te lo aseguro. Pregúntale a tu madre.

Violet lo miró, incrédula. Era cierto que sus padres se conocían desde pequeños, pero no podía creer que su padre alguna vez se hubiera portado mal con su madre. Ahora era tan cariñoso y atento con ella. Siempre estaba besándole la mano y sonriéndole con la mirada.

—Seguro que le gustas —dijo el señor Ledger—. Al muchacho Bridgerton —aclaró, como si fuera necesario.

Violet soltó un grito de espanto.

—¡No es verdad!

—Quizá no —repuso su padre con simpatía—. Tal vez sea simplemente horrible. Pero es probable que piense que eres bonita. Así se comportan los niños cuando creen que una niña es guapa. Y ya sabes que yo creo que eres preciosa.

—Tú eres mi padre —observó ella, mirándolo con impaciencia. Todo el mundo sabía que los padres tenían la obligación de creer que sus hijas eran guapas.

—Te diré una cosa —dijo su padre, inclinándose y tocándole suavemente la barbilla—. Si ese niño Bridgerton... ¿cómo has dicho que se llama?

—Edmund.

—Edmund, sí, por supuesto. Si Edmund Bridgerton vuelve a molestarte, me enfrentaré a él en persona y defenderé tu honor.

—¿En un duelo? —preguntó Violet, horrorizada y encantada al mismo tiempo.

—A muerte —confirmó su padre—. O puede que solo mantenga una conversación con él. Preferiría no ir a la horca por atravesar con la espada a un niño de nueve años.

—Diez —lo corrigió Violet.

—Diez. Parece que sabes muchas cosas sobre el joven Bridgerton.

Violet abrió la boca para defenderse porque, después de todo, era inevitable que supiera algunas cosas sobre Edmund Bridgerton; el lunes la habían obligado a sentarse en la misma sala con él durante dos horas. Sin embargo, se dio cuenta de que su padre se estaba burlando de ella. Y si decía algo más, no la dejaría en paz.

—¿Puedo volver a mi cuarto ahora? —preguntó con recato.

Su padre asintió.

—Pero esta noche no tendrás postre.

Violet abrió la boca.

—Pero...

—Nada de discusiones, por favor. Esta tarde estabas dispuesta a sacrificar la tarta. No me parece correcto que tengas derecho a un trozo ahora que no pudiste llevar a cabo tu cometido.

Violet apretó los labios en una línea terca. Asintió de mala gana y fue hacia la escalera.

—Odio a Edmund Bridgerton —murmuró.

—¿Qué has dicho? —dijo su padre.

—¡Odio a Edmund Bridgerton! —gritó—. ¡Y me tiene sin cuidado quién lo sepa!

Su padre rio, y eso la enfureció *aún más.*

Los niños eran realmente horribles. Pero sobre todo Edmund Bridgerton.

Londres

Nueve años después

—Te aseguro, Violet —dijo la señorita Mary Filloby con una certeza poco convincente— que es una suerte que no seamos unas bellezas deslumbrantes. Todo sería más complicado.

¿Complicado en qué sentido? quiso preguntarle Violet. Porque desde donde ella estaba sentada (junto a la pared, con las muchachas que pasaban inadvertidas, observando a las jóvenes que *no* pasaban inadvertidas), ser una belleza deslumbrante no parecía algo tan malo.

Pero ni siquiera preguntó. No necesitó hacerlo. Mary solo respiró una vez antes de implorar:

—Mírala. ¡Mírala!

Violet ya la estaba mirando.

—Tiene ocho hombres revoloteando a su alrededor —dijo Mary con una rara mezcla de admiración y disgusto en la voz.

—Yo cuento nueve —murmuró Violet.

Mary se cruzó de brazos.

—Me niego a incluir a mi propio hermano.

Suspiraron juntas, con los cuatro ojos clavados en lady Begonia Dixon quien, con su boca perfecta y rosa, ojos azul cielo y hombros perfectamente curvados, había hechizado a la mitad de la población masculina de la sociedad de Londres a pocos días de su llegada a la ciudad. Seguro que su cabello también sería glorioso, pensó Violet, contrariada. Gracias a Dios que existían las pelucas. Con ellas todas las mujeres eran iguales y permitían que las jóvenes con cabello rubio apagado pudieran competir con las que lucían rizos dorados y brillantes.

No era que a Violet le molestara su cabello rubio apagado. Era bastante aceptable. Y hasta sedoso. Lo único que no era rizado ni dorado.

—¿Cuánto tiempo llevamos aquí sentadas? —preguntó Mary en voz alta.

—Tres cuartos de hora —calculó Violet.

—¿Tanto tiempo?

Violet asintió con desánimo.

—Me temo que sí.

—No hay suficientes hombres —opinó Mary. Su voz había perdido intensidad y tenía un toque de desaliento. Pero era cierto. No había suficientes hombres. Muchos habían partido a luchar en las colonias, y demasiados no habían regresado. Si a eso se le agregaba la complicación que representaba lady Begonia Dixon (estaba acaparando la atención de nueve hombres solo para ella, pensó Violet de mal humor), la escasez era sin duda nefasta.

—En toda la noche solo he bailado una vez —observó Mary. Hizo y una pausa, y luego—: ¿Y tú?

—Dos veces —confesó Violet—. Pero una fue con tu hermano.

—Ah. Entonces no cuenta.

—Sí que cuenta —replicó Violet. Thomas Filloby era un caballero con dos piernas y todos sus dientes, y en lo que a ella se refería, sí contaba.

—Ni siquiera te *gusta* mi hermano.

No había nada que decir que no fuera grosero o una mentira, así que Violet solo hizo un gracioso y leve movimiento con la cabeza que podía interpretarse de uno u otro modo.

—Ojalá tuvieras un hermano —dijo Mary.

—¿Para que te invitara a bailar?

Mary asintió.

—Lo lamento. —Violet esperó un momento; pensó que Mary le diría «Tú no tienes la culpa», pero su amiga por fin había dejado de prestar atención a lady Begonia Dixon y ahora miraba atentamente a alguien que estaba junto a la mesa de limonadas.

—¿Quién es *ese*? —preguntó Mary.

Violet inclinó la cabeza a un lado.

—El duque de Ashbourne, creo.

—No, él no —dijo Mary con impaciencia—. El que está al lado.

Violet sacudió la cabeza.

—No sé. —No podía ver bien al caballero en cuestión, pero estaba segura de que no lo conocía. Era alto, aunque no demasiado, y estaba dotado con la gracia atlética de un hombre que se sentía perfectamente cómodo con su propio cuerpo. No necesitaba verle la cara de cerca para saber que era apuesto porque, aunque no fuera elegante o su rostro no fuera el sueño de ningún Miguel Ángel, seguiría siendo apuesto.

Tenía confianza en sí mismo, y los hombres seguros de sí mismos siempre eran apuestos.

—Es nuevo —comentó Mary.

—Dale unos minutos —dijo Violet con ironía—. Enseguida descubrirá a lady Begonia.

Pero, por increíble que pareciera, el caballero en cuestión no parecía estar prestando atención a lady Begonia. Se paseó por la mesa de limonadas, bebió seis tazas y luego se acercó a los aperitivos y engulló una cantidad sorprendente de comida. Violet no sabía por qué estaba tan pendiente de los movimientos del caballero por el salón, excepto que era una persona nueva, y que ella estaba aburrida.

Y también porque era joven. Y apuesto.

Pero sobre todo porque estaba aburrida. A Mary la había sacado a bailar un primo tercero, así que Violet se quedó sola en su silla, sin nada que hacer excepto contar el número de canapés que comía el caballero nuevo.

¿Dónde estaba su madre? Seguro que ya era hora de marcharse. El aire estaba muy cargado, hacía calor y no parecía que fuera a bailar una tercera vez. Además...

—¡Hola! —dijo una voz—. Yo la conozco.

Violet pestañeó y levantó la mirada. ¡Era él! El caballero famélico que había devorado doce canapés.

No tenía ni idea de quién era.

—Es la señorita Violet Ledger —dijo.

La *señorita Ledger* en realidad, ya que no tenía ninguna hermana mayor; sin embargo, no lo corrigió. El hecho de que hubiera usado su nombre completo parecía indicar que la conocía desde hacía un tiempo, o que la había conocido hacía mucho tiempo.

—Lo lamento —murmuró ella, pues nunca se le había dado bien fingir que sabía quién era alguien—. Yo...

—Edmund Bridgerton —dijo él con una sonrisa amable—. Nos conocimos hace muchos años. Yo estaba de visita en casa de George Millerton. —Miró alrededor de la habitación—. ¿Lo ha visto? Se supone que debería estar aquí.

—Eh, sí —respondió Violet, algo sorprendida ante la sociable amabilidad del señor Bridgerton. Las personas de Londres no solían ser tan simpáticas. No era que a ella le preocupara la simpatía. Solo tenía que acostumbrarse.

—Se suponía que nos encontraríamos aquí —observó el señor Bridgerton con aire distraído, mirando a su alrededor.

Violet se aclaró la garganta.

—Está aquí. He bailado con él hace un rato.

El señor Bridgerton se quedó pensativo un momento y después se dejó caer en la silla que había junto a ella.

—Creo que la última vez que la vi tenía diez años.

Violet intentaba recordar.

Le vio sonreír por el rabillo del ojo.

—Yo le lancé mi bomba de harina.

Violet lanzó un pequeño grito.

—¿Fue *usted*?

Él volvió a sonreír.

—Ahora sí me recuerda.

—Había olvidado su nombre —respondió ella.

—Estoy devastado.

Violet se retorció en su asiento, sonriendo a pesar de sí misma.

—Estaba tan enfadada...

Él comenzó a reír.

—Debería haberse visto la cara.

—No podía *ver* nada. Tenía harina en los ojos.

—Me sorprendió que no se vengara.

—Lo intenté —le aseguró Violet—. Mi padre me descubrió.

Él asintió, como si tuviera experiencia con ese tipo particular de frustración.

—Espero que fuera algo extraordinario.

—Creo que tenía algo que ver con una tarta.

Él asintió con aprobación.

—Habría sido genial —dijo ella.

Él enarcó una ceja.

—¿De fresas?

—Zarzamoras —dijo con voz diabólica de solo recordarlo.

—Aún mejor. —Él se reclinó en su asiento, poniéndose cómodo. Tenía una actitud tan ágil y relajada, como si se adaptara perfectamente a cualquier situación. Su postura era tan correcta como la de cualquier caballero, y sin embargo...

Era diferente.

Violet no sabía cómo describirlo, pero había algo en él que hacía que se sintiera cómoda. Feliz. Libre.

Porque lo era. Solo necesitó un minuto junto a él para darse cuenta de que Edmund Bridgerton era la persona más libre y feliz que conocía.

—¿Tuvo oportunidad de utilizar el arma? —le preguntó él.

Ella lo miró extrañada.

—La tarta —le recordó él.

—Ah, no. Mi padre me habría cortado la cabeza. Además, no tenía a nadie a quien atacar.

—Seguro que podría haber encontrado una razón para atacar a Georgie —observó el señor Bridgerton.

—No ataco si no me provocan —manifestó Violet con lo que esperó que fuera una sonrisa coqueta y traviesa—, y Georgie Millerton jamás me tiró harina.

—Una dama ecuánime —opinó el señor Bridgerton—. La mejor clase de damas.

Violet sintió que las mejillas le ardían sobremanera. Gracias a Dios el sol ya casi se había puesto y no entraba mucha luz por las ventanas. Con solo las velas parpadeantes para iluminar el salón, él no se daría cuenta de lo colorada que se había puesto.

—¿Ningún hermano o hermana que provocara su ira? —preguntó el señor Bridgerton—. Es una lástima que una tarta tan buena no se desperdiciara.

—Si mal no recuerdo —respondió Violet— no se desperdició. Esa noche todo el mundo comió un trozo excepto yo. De todos modos, no tengo hermanos ni hermanas.

—¿De verdad? —Arrugó la frente—. Es raro que no recuerde eso de usted.

—¿Recuerda mucho? —preguntó ella con recelo—. Porque yo...

—¿No? —Él finalizó por ella, y se echó a reír—. No se preocupe. No lo tomo como un insulto. Yo nunca olvido un rostro. Es un don y una maldición.

Violet pensó en todas las veces, esa incluida, que no se había acordado del nombre de la persona que tenía delante.

—¿Cómo puede considerar eso una maldición?

Él se inclinó hacia adelante con un seductor movimiento de la cabeza.

—Me rompe el corazón que las damas bonitas no recuerden cómo me llamo.

—¡Ah! —Violet sintió que se ruborizaba—. Lo lamento mucho, pero es inevitable, hace tanto tiempo, y...

—Basta —dijo él, riéndose—. Era una broma.

—Ah, por supuesto. —Ella apretó los dientes. Por supuesto que estaba bromeando. Cómo podía haber sido tan tonta como para no darse cuenta. Aunque...

¿Había dicho que era bonita?

—Me estaba diciendo que no tiene hermanos —continuó él, retomando con destreza el tema anterior. Por primera vez, Violet sintió que le prestaba toda su atención. No estaba pendiente de la gente, buscando a George Millerton. La miraba a ella, directamente a los ojos, y era algo espectacular.

Tragó saliva y recordó la pregunta que acababa de hacerle dos segundos después de lo que era conveniente para disfrutar de una conversación fluida.

—No tengo hermanos —dijo, hablando con demasiada rapidez para compensar la demora—. Fui una niña complicada.

Él la miró con ojos desorbitados, casi con emoción.

—¿De verdad?

—No, me refiero a que fui un bebé complicado. En el parto. —Cielo santo, ¿dónde estaba su locuacidad?—. El médico le aconsejó a mi madre que no tuviera más hijos. —Tragó saliva, deprimida, decidida a recuperar su inteligencia—. ¿Y usted?

—¿Y yo? —bromeó él.

—¿Tiene hermanos?

—Tres. Dos hermanas y un hermano.

La idea de tener a tres personas más con las que haber compartido su solitaria niñez de pronto le pareció maravillosa.

—¿Están muy unidos? —quiso saber.

Él se quedó pensativo un momento.

—Supongo que sí. En realidad, nunca me he parado a pensarlo. Hugo es todo lo contrario a mí; aun así, lo considero mi mejor amigo.

—¿Y sus hermanas? ¿Son mayores o menores?

—Una de cada. Billie tiene siete años más que yo. Por fin se ha casado, así que no la veo mucho, pero Georgiana es un poco más joven que yo. Probablemente tenga la misma edad que usted.

—Entonces, ¿no está aquí, en Londres?

—La presentarán en sociedad el año que viene. Mis padres dicen que todavía tienen que recuperarse del debut de Billie.

Violet sintió que enarcaba las cejas, pero sabía que no debía...

—Adelante, pregunte —la animó él.

—¿Qué hizo? —inquirió de inmediato.

Él se inclinó y la miró con una chispa de conspiración en los ojos.

—Nunca he sabido todos los detalles, pero escuché algo relacionado con un incendio.

Violet contuvo el aliento... con sorpresa y admiración.

—Y con un hueso roto —agregó.

—Ay, pobrecita.

—No el de *ella*.

Violet ahogó una risa.

—Ay, no. No debería...

—Puede reírse —dijo él.

Y eso fue lo que hizo. Una risa fuerte y hermosa escapó de su garganta, y cuando se dio cuenta de que la gente la miraba, no le importó.

Permanecieron sentados unos momentos; el silencio entre ellos fue tan agradable como un amanecer. Violet contempló a los caballeros y a las damas que bailaban frente a ella; de algún modo supo que, si se atrevía a darse la vuelta y mirar al señor Bridgerton, nunca más podría dejar de mirarlo.

La música llegó a su fin, pero cuando bajó la vista se dio cuenta de que continuaba siguiendo el compás con los pies. Él también, y entonces...

—Señorita Ledger, ¿le gustaría bailar?

Se volvió hacia él, y *lo* miró. Y se dio cuenta de que era verdad; que no iba a poder dejar de mirarlo. Ni a él ni a la vida que se extendía frente a ella, tan perfecta y bella como la tarta de zarzamoras de tantos años atrás.

Ella aceptó su mano y la sintió como una promesa.

—Nada me gustaría más.

En algún lugar de Sussex
Seis meses más tarde

—¿Adónde vamos?

Hacía ocho horas que se había convertido oficialmente en Violet Bridgerton, y hasta ahora le gustaba muchísimo su nuevo apellido.

—Ah, es una sorpresa —repuso Edmund, con una sonrisa feroz desde el otro lado del carruaje.

Bueno, no exactamente desde el otro lado del carruaje. Ella prácticamente estaba sentada en su regazo.

Y... ahora *sí* estaba sentada en su regazo.

—Te quiero —dijo su flamante marido, riendo ante el grito de sorpresa de ella.

—No tanto como yo a ti.

Él le lanzó su mejor mirada condescendiente.

—*Crees* que sabes de lo que estás hablando.

Ella sonrió. No era la primera vez que tenían esa conversación.

—Muy bien —admitió él—. Quizá me quieras más, pero yo te querré *mejor*. —Esperó un momento—. ¿No vas a preguntar qué significa?

Violet pensó en todas las maneras en las que él ya la había querido. No se habían anticipado a los votos matrimoniales, pero tampoco habían sido precisamente castos.

Ella decidió que era mejor no preguntar.

—Solo dime adónde nos dirigimos —dijo en cambio.

Él se echó a reír, rodeándola con un brazo.

—A nuestra luna de miel —murmuró él.

Violet sintió las palabras deslizándose cálidas y deliciosas sobre su piel.

—Pero *¿adónde?*

—Todo a su debido tiempo, mi querida señora Bridgerton. Todo a su debido tiempo.

Ella intentó regresar a su lado del carruaje (era lo que correspondía, se recordó a sí misma) pero él no se lo permitió y la retuvo con el brazo.

—¿Adónde crees que vas? —refunfuñó él.

—¡Eso es justo lo que no sé!

Edmund se echó a reír al oírla, soltando una carcajada sonora, efusiva, y perfecta, reconfortante al máximo. Su marido era un hombre feliz y *la* hacía muy feliz. La madre de Violet había dicho que él era demasiado joven, que debería haberse casado con un caballero más maduro, preferiblemente alguien que ya estuviera en posición de un título. Sin embargo, desde ese primer momento perfecto que compartieron en el salón de baile, cuando sus manos se entrelazaron y ella lo miró a los ojos por primera vez, Violet no pudo imaginar otra vida con nadie que no fuera Edmund Bridgerton.

Él era su otra mitad, su complemento perfecto. Serían jóvenes juntos, y después envejecerían juntos. Se tomarían de la mano y se mudarían al campo, y tendrían hijos, muchos hijos.

No quería un hogar solitario para sus hijos. Quería una multitud. Una pandilla. Quería ruido y risas, y todo lo que Edmund le hacía sentir, con aire fresco, tartas de fresas y...

Bueno, también algún que otro viaje a Londres. Ella no era tan rústica como para no desear que sus vestidos los confeccionara Madame Lamontaine. Y por supuesto, no podía pasar un año entero sin visitar la ópera. Pero aparte de eso (y de alguna que otra fiesta; le gustaba tener compañía) quería ser madre.

Lo deseaba con todas sus fuerzas.

Y no se había dado cuenta con cuánta desesperación lo anhelaba hasta que conoció a Edmund. Era como si algo en su interior hubiera estado reprimido y no le permitiera querer tener hijos hasta que encontrara al único hombre con el que se imaginaba teniéndolos.

—Ya casi estamos —dijo él, mirando por la ventana.

—¿Y estamos en...?

El carruaje, que ya había disminuido la velocidad, se detuvo y Edmund levantó la mirada con una sonrisa cómplice.

—Aquí —finalizó él por ella.

La puerta se abrió, él descendió y extendió la mano para ayudarla a bajar. Ella se movió con cuidado (lo último que deseaba era caer de bruces al suelo en su noche de bodas) y después levantó la mirada.

—¿Hare and Hounds? —preguntó ella, sin comprender.

—La misma —respondió él con orgullo. Como si no hubiese cientos de posadas exactamente iguales por toda Inglaterra.

Ella pestañeó. Varias veces.

—¿Una posada?

—Por supuesto. —Él se inclinó para hablarle al oído con complicidad—. Supongo que te estarás preguntando por qué he elegido este sitio.

—Bueno... sí. —Una posada no tenía nada de *malo*. Desde fuera, parecía un lugar bien cuidado. Y si él la había llevado allí era porque debía de estar limpia y ser cómoda.

—Este es el problema —dijo, llevándose la mano de ella a los labios—. Si vamos a casa, tendré que presentarte a todos los sirvientes. Claro que solo son seis, pero aun así... se ofenderán muchísimo si no les prestamos la atención adecuada.

—Por supuesto —dijo Violet, aún asombrada por el hecho de que pronto sería la dueña de su propia casa. El padre de Edmund le había regalado una casa señorial pequeña y acogedora un mes antes. No era grande, pero era de ellos.

—Sin mencionar —agregó Edmund— que cuando no bajemos a desayunar mañana, o al día siguiente... —Se detuvo un instante, como si pensara en algo sumamente importante— o al siguiente...

—¿No bajaremos a desayunar?

Él la miró a los ojos.

—Ah, no.

Violet se ruborizó. Hasta la punta de los dedos de los pies.

—Por lo menos no durante una semana.

Ella tragó saliva, tratando de ignorar el estremecimiento que sentía en su interior.

—Así que, ya ves —dijo con una gran sonrisa—. Si pasáramos una semana, o incluso dos, quizá...

—¿Dos semanas? —chilló ella.

Él se encogió de hombros de una forma entrañable.

—Es posible.

—¡Dios mío!

—Te sentirías terriblemente incómoda frente a los sirvientes.

—Pero tú no —observó ella.

—No es el tipo de situaciones que a los hombres nos avergüenza —respondió él con modestia.

—Sin embargo, aquí, en la posada... —continuó Violet.

—Podemos permanecer en nuestra habitación el mes entero si lo deseamos, ¡y no volver a alojarnos nunca más!

—¿Un mes? —repitió ella. A esas alturas no estaba segura de si había palidecido o se había ruborizado.

—Lo haré si así lo quieres —dijo él con gesto diabólico.

—¡Edmund!

—Está bien, está bien, supongo que hay uno o dos asuntos que requerirán nuestra presencia antes de Pascua.

—Edmund...

—Señor Bridgerton para ti.

—¿Tan formal?

—Solo porque así puedo llamarte señora Bridgerton.

Era increíble cómo podía hacerla tan feliz con solo dos palabras.

—¿Entramos? —preguntó, alzando la mano para alentarla—. ¿Tienes hambre?

—Eh, no —respondió ella, aunque sí que la tenía.

—¡Gracias a *Dios*!

—¡Edmund! —exclamó Violet riendo, porque ahora él caminaba con tanta prisa que tuvo que apresurarse para ir a la par que él.

—Tu marido —replicó él, y se detuvo en seco con el único propósito (estaba segura) de que se chocara con él— es un hombre muy impaciente.

—¿No me digas? —murmuró ella. Empezaba a sentirse femenina y poderosa.

Él no respondió; ya habían llegado a la recepción de la posada y Edmund estaba confirmando las reservas.

—¿Te importa si no te llevo en brazos hasta arriba? —preguntó en cuanto finalizó—. Por supuesto que eres ligera como una pluma y yo soy lo suficientemente varonil como para...

—¡Edmund!

—Es que tengo prisa.

Y sus ojos (¡Ay, sus ojos!) reflejaban miles de promesas, y ella quiso conocer cada una de ellas.

—Yo también tengo prisa —dijo ella con dulzura, apoyando la mano sobre la de él—. Un poco de prisa.

—Ah, diablos —expresó él con voz ronca, y la alzó en brazos—. No puedo resistirme.

—Habría bastado cruzar el umbral en tus brazos —dijo ella, riéndose mientras subían la escalera.

—Para mí no. —Abrió la puerta de la habitación de una patada y luego la arrojó sobre la cama para poder cerrar la puerta con llave.

Después se cernió sobre ella, moviéndose con una gracia felina que nunca le había visto antes.

—Te amo —dijo, sus labios tocaron los de ella mientras deslizaba las manos debajo de su falda.

—Yo te amo más —jadeó ella, porque las cosas que él le estaba haciendo... deberían estar prohibidas.

—Pero yo... —murmuró él, besándola mientras descendía por su pierna y luego... ¡cielo santo! volvía a subir— te amaré *mejor*.

Las prendas de ella volaron por el aire, pero ella no sintió pudor. Le resultó increíble que pudiera estar acostada, debajo de aquel hombre, contemplando cómo la miraba, *totalmente* desnuda, y no sentir vergüenza ni turbación alguna.

—Dios mío, Violet —gruñó él, colocándose con torpeza entre sus piernas—. Debo decirte que no tengo mucha experiencia en esto.

—Yo tampoco —susurró ella.

—Nunca he...

A Violet le llamó la atención.

—¿Nunca?

Él agitó la cabeza.

—Creo que te he estado esperando.

Ella contuvo el aliento y luego, con una sonrisa lenta y tierna, aseguró:

—Para alguien que nunca lo ha hecho, lo haces muy bien.

Por un instante ella creyó ver lágrimas en sus ojos, pero enseguida desaparecieron y fueron reemplazadas por un brillo travieso.

—Tengo pensado mejorar con la edad —dijo.

—Y yo también —respondió ella con la misma picardía.

Él se echó a reír, y ella también, y consumaron su amor.

Y aunque fue cierto que ambos mejoraron con la edad, esa primera noche, sobre la mejor cama de plumas de Hare and Hounds...

Fue absolutamente perfecta.

Aubrey Hall, Kent
Veinte años después

Apenas Violet oyó el grito de Eloise, supo que algo terrible había ocurrido.

No era que sus hijos nunca gritaran. Lo hacían todo el tiempo; normalmente los unos a los otros. Pero aquel no era un grito, sino un alarido. Y no era producto de la ira, la frustración o de un equivocado sentimiento de injusticia.

Era un alarido de terror.

Violet corrió por la casa, a una velocidad que debería haber sido imposible para una mujer en su octavo mes de embarazo. Se apresuró escaleras abajo, atravesó el vestíbulo. Corrió hacia la puerta principal, descendió la escalinata del pórtico...

Durante todo ese tiempo, Eloise no había dejado de chillar.

—¿Qué sucede? —preguntó sin aliento cuando por fin vio el rostro de su hija de siete años. Estaba junto al extremo del jardín occidental, cerca de la entrada al laberinto de setos, y seguía gritando.

—Eloise —imploró Violet, tomando el rostro de su hija entre las manos—. Eloise, por favor, dime qué sucede.

Los alaridos de Eloise fueron reemplazados por sollozos y se tapó las orejas con las manos, agitando la cabeza una y otra vez.

—Eloise, tienes que... —Violet dejó de hablar de pronto. El bebé que tenía en el vientre pesaba mucho y ya estaba colocado, y el dolor que la atravesó por haber corrido tanto fue como si le golpeara una piedra. Respiró hondo, tratando de ralentizar su pulso, y se llevó las manos a la parte baja del vientre para intentar mantenerlo dentro.

—¡Papá! —gimió Eloise. Parecía que era la única palabra que podía pronunciar en medio de todos esos gritos.

Un nudo helado de terror se instaló en su pecho.

—¿Qué quieres decir?

—Papá —chilló Eloise—. Papápapápapápapápapá...

Violet le dio una bofetada. Sería la única vez que pegaría a uno de sus hijos.

Eloise la miró con ojos desorbitados y respiró una gran bocanada de aire. No dijo nada, pero volvió la cabeza hacia la entrada del laberinto. Ahí fue cuando Violet lo vio.

Un pie.

—¿Edmund? —murmuró. Y luego gritó su nombre.

Corrió hacia el laberinto, hacia la bota que sobresalía desde la entrada, que estaba unida a una pierna, que debía estar pegada a un cuerpo, que yacía tendido en el suelo.

Inmóvil.

—¡Edmund, ay, Edmund, ay, Edmund! —dijo, una y otra vez, entre un gemido y un grito.

Cuando llegó a su lado lo supo. Había muerto. Estaba tendido de espaldas, con los ojos aún abiertos, pero no quedaba nada de él. Había muerto. Tenía treinta y nueve años, y había muerto.

—¿Qué ha pasado? —susurró, tocándolo con desesperación, apretándole el brazo, la muñeca, la mejilla. Su mente era consciente de que no podía traerlo de vuelta, y su corazón también lo sabía, pero de algún modo, sus manos se negaban a aceptarlo. No podía dejar de tocarlo... de empujarlo, pincharlo, tirar de él, siempre sollozando.

—¿Mamá?

Era Eloise, acercándose detrás de ella.

—¿Mamá?

No podía darse la vuelta. No podía. No podía mirar a su hija a la cara, sabiendo que ahora ella era el único progenitor que le quedaba.

—Ha sido una abeja, mamá. Le ha picado una abeja.

Violet se quedó muy quieta. ¿Una abeja? ¿Qué quería decir con «una abeja»? A todo el mundo le picaba una abeja en algún momento de su vida. La picadura se hinchaba, se ponía roja, dolía.

Pero no te mataba.

—Él dijo que no era nada —explicó Eloise con voz temblorosa—. Dijo que ni siquiera le dolía.

Violet contempló a su marido, negando con la cabeza, sin poder aceptarlo. ¿Cómo podía no haberle dolido? Lo había *matado*. Apretó los labios, tratando de formular una pregunta, tratando de emitir un maldito sonido, pero lo único que logró decir fue:

—C-c-c-c... —Y ni siquiera sabía qué intentaba preguntar—. ¿*Cuándo* sucedió? ¿*Qué* más dijo? ¿*Dónde* estabais?

¿Acaso era importante? ¿Algo de aquello importaba?

—No podía respirar —dijo Eloise. Violet podía sentir que su hija se acercaba, y luego, en silencio, la mano de Eloise se deslizó hacia la de ella.

Violet apretó la mano de su hija.

—Luego comenzó a hacer este ruido —Eloise trató de imitarlo, y sonó espantoso—. Era como si se estuviera ahogando. Y luego... Ay, mamá. ¡Ay, mamá! —La niña se arrojó sobre Violet y enterró el rostro donde alguna vez había estado la curva de la cadera. Ahora solo había un vientre, un vientre gigantesco, enorme, con un bebé que nunca conocería a su padre.

—Necesito sentarme —murmuró Violet—. Necesito...

Se desmayó. Eloise amortiguó su caída.

Cuando Violet volvió en sí estaba rodeada de sirvientes. Todos ellos tenían expresiones de estupefacción y congoja. Algunos no podían mirarla a los ojos.

—Debemos llevarla a la cama —dijo el ama de llaves a toda prisa. Levantó la mirada—. ¿Tenemos un jergón?

Violet agitó la cabeza mientras dejaba que un lacayo la ayudara a sentarse.

—No, puedo caminar.

—De verdad creo...

—*He dicho que puedo caminar* —replicó. Y luego algo se rompió y explotó en su interior. Tomó una profunda e involuntaria bocanada de aire profunda.

—Permítame ayudarla —dijo el mayordomo con amabilidad. La rodeó con el brazo, y la ayudó a ponerse de pie con cuidado.

—No puedo... pero Edmund... —Se volvió para mirarlo de nuevo, pero no pudo hacerlo. *Ese no era él*, se dijo a sí misma. *Él no es así.*

Él no *era* así.

Tragó saliva.

—¿Y Eloise? —preguntó.

—La niñera ya se la ha llevado arriba —respondió el ama de llaves, acercándose al otro lado de Violet.

Violet asintió.

—Señora, tenemos que llevarla a la cama. No es bueno para el bebé.

Violet se llevó una mano al vientre. El bebé estaba dando patatas como un loco. Ya estaba acostumbrada. Ese bebé pateaba, golpeaba, daba vueltas y tenía hipo y nunca, jamás, se detenía. Era muy diferente de los demás. Supuso que era una buena señal. Ese iba a tener que ser fuerte.

Sofocó un sollozo. Ambos tendrían que ser fuertes.

—¿Ha dicho algo? —preguntó el ama de llaves, guiándola hacia la casa.

Violet sacudió la cabeza.

—Necesito acostarme —murmuró.

El ama de llaves asintió, y luego se volvió hacia un lacayo y le lanzó una mirada urgente.

—Vaya a buscar a la comadrona.

No necesitó a la comadrona. Nadie podía creerlo, dado el disgusto que había sufrido y lo avanzado de su embarazo, pero el bebé se negó a moverse. Violet pasó tres semanas más en cama, comiendo cuando tenía que hacerlo y tratando de recordar que debía ser fuerte. Edmund había muerto, pero tenía siete niños que la necesitaban, ocho contando con el obstinado bebé que llevaba en su vientre.

Y luego, por fin, después de un parto rápido y fácil, la comadrona anunció:

—Es una niña. —Y depositó un bulto pequeño y silencioso en los brazos de Violet.

Una niña. Violet no podía creerlo. Había estado convencida de que sería un varón. Lo llamaría Edmund y al diablo con seguir la tradición de ponerles nombres de la A la G, como había hecho con sus primeros siete hijos. Se llamaría Edmund, y se *parecería* a Edmund, pues, sin duda, esa era la única manera de dar sentido a todo eso.

Pero fue una niña, un criatura pequeña y de piel rosada que no había emitido un solo sonido desde su primer llanto.

—Buenos días —la saludó Violet. No sabía qué otra cosa decir. La miró y vio su propio rostro, más pequeño, un poco más redondo, pero definitivamente no se parecía a Edmund.

La bebé la miró a los ojos, aunque Violet sabía que eso no podía ser cierto. Los recién nacidos no hacían eso. Violet lo sabía bien; era su octavo hijo.

Pero esa niña... No parecía darse cuenta de que un bebé no mira fijamente a su madre. Y luego pestañeó. Dos veces. Lo hizo de manera deliberada, como si dijera: *Aquí estoy. Y sé* exactamente *lo que estoy haciendo.*

Violet contuvo el aliento; se había enamorado de aquella niña de una forma tan absoluta e instantánea que apenas pudo soportarlo. Entonces la pequeña soltó un grito como jamás había oído. Chilló con tanta fuerza que la comadrona dio un salto. Gritó, gritó y gritó, y mientras la comadrona iba a atenderla y las criadas llegaban corriendo, Violet no pudo hacer otra cosa que reír.

—Es perfecta —declaró, tratando de hacer que aquella diminuta rebelde se le enganchara al pecho—. Es absolutamente perfecta.

—¿Qué nombre le pondrá? —preguntó la comadrona en cuanto el bebé se entretuvo, tratando de averiguar cómo tenía que alimentarse.

—Hyacinth —decidió Violet. El jacinto era la flor preferida de Edmund, sobre todo los jacintos de pétalos pequeños que florecían todos los años para dar la bienvenida a la primavera. Marcaban el renacimiento del paisaje, y aquel jacinto, su Hyacinth, sería el nuevo renacimiento de Violet.

Como el nombre empezaba por H, seguía el orden después de Anthony, Benedict, Colin, Daphne, Eloise, Francesca y Gregory... Lo que lo hacía aún más perfecto.

Alguien llamó a la puerta, y la niñera Pickens asomó la cabeza.

—Las niñas están ansiosas por ver a su señoría —comunicó a la comadrona—. Si ella está preparada.

La comadrona miró a Violet, y ella asintió. La niñera hizo entrar a sus tres discípulas y les dijo con seriedad:

—Recordad lo que hemos hablado. No canséis a vuestra madre.

Daphne se acercó a la cama, seguida de Eloise y Francesca. Tenían el espeso cabello castaño de Edmund (todos sus hijos lo habían heredado); se preguntó si Hyacinth sería igual. En aquel momento solo poseía un diminuto mechón de pelusa color melocotón.

—¿Es una niña? —preguntó Eloise repentinamente.

Violet sonrió y cambió de posición para mostrar a la nueva bebé.

—Así es.

—Ay, gracias al cielo —exclamó Eloise con un suspiro dramático—. Necesitábamos otra mujer.

Al lado de ella, Francesca asintió. Edmund siempre decía que era la «melliza accidental» de Eloise. Ambas compartían el mismo día de cumpleaños, pero con un año de diferencia. A los seis años, Francesca solía seguir el ejemplo de Eloise. Eloise era más audaz, más atrevida. Pero de vez en cuando Francesca los sorprendía a todos y hacía algo por su cuenta.

Sin embargo, esta vez no fue así. Se detuvo junto a Eloise, con su muñeca de trapo en la mano y estuvo de acuerdo con todo lo que dijo su hermana mayor.

Violet miró a Daphne, su hija mayor. Tenía casi once años; sin duda la edad suficiente para sostener a un bebé.

—¿Quieres verla? —preguntó Violet.

Daphne sacudió la cabeza. Pestañeó rápidamente, como hacía cuando estaba perpleja, y luego, de pronto, se puso más derecha.

—Estás sonriendo —dijo.

Violet volvió a mirar a Hyacinth, que se había desprendido de su pecho y dormía.

—Sí —respondió, y pudo percibir la sonrisa en su voz. Había olvidado cómo sonaba su voz cuando sonreía.

—No has sonreído desde que papá murió —observó Daphne.

—¿No? —Violet levantó la vista hacia ella. ¿Era posible? ¿No había sonreído en tres semanas? No se sentía incómoda. Sus labios esbozaron la sonrisa de memoria, puede que con un poco de alivio, como si se permitieran un recuerdo feliz.

—No —confirmó Daphne.

Debía de tener razón, se dio cuenta Violet. Si no había conseguido sonreír delante de sus hijos, sin duda no lo había hecho sola. La pena que había sentido... se había cernido sobre ella, tragándola por completo. Había sido algo pesado, físico, que la cansaba y la oprimía.

Nadie podía sonreír en ese estado.

—¿Cómo se llama? —Quiso saber Francesca.

—Hyacinth. —Violet cambió de posición para que las niñas pudieran ver el rostro de la recién nacida—. ¿Qué os parece?

Francesca inclinó la cabeza hacia un lado.

—No tiene cara de Hyacinth —declaró Francesca.

—Sí que la tiene —se apresuró a replicar Eloise—. Es muy rosa.

Francesca se encogió de hombros, dándole la razón.

—Nunca conocerá a papá —observó Daphne con voz queda.

—No —respondió Violet—. No lo conocerá.

Todo el mundo calló; entonces Francesca, la pequeña Francesca, dijo:

—Podemos hablarle de él.

Violet reprimió un sollozo. No había llorado frente a sus hijos desde ese primer día. Se había guardado las lágrimas para cuando estaba sola, pero en ese momento no pudo contenerlas.

—Creo... creo que es una idea maravillosa, Frannie.

Francesca esbozó una sonrisa radiante y luego se arrastró por la cama, abriéndose paso hasta encontrar el sitio perfecto a la derecha de su madre. Eloise la imitó, y luego Daphne, y todas juntas, todas las mujeres Bridgerton, contemplaron a la nueva integrante de la familia.

—Era muy alto —comenzó a decir Francesca.

—No tanto —replicó Eloise—. Benedict es más alto.

Francesca la ignoró.

—Era alto. Y sonreía mucho.

—Nos llevaba sobre los hombros —señaló Daphne. La voz empezó a temblarle—, hasta que fuimos demasiado grandes.

—Y se reía —agregó Eloise—. Le encantaba reírse. Nuestro papá tenía la mejor de las risas...

Londres
Trece años después

Violet había decidido que su misión en la vida sería ver a sus ocho hijos felizmente establecidos, y en general, no le molestaban las miles de tareas que eso conllevaba. Había fiestas, invitaciones, modistas y sombrereros, y eso solo para las mujeres. Sus hijos requerían la misma atención, si no más. La única diferencia era que la sociedad daba a los varones bastante más libertad, con lo cual Violet no tenía que estar pendiente de hasta el último detalle de su vida.

Por supuesto, lo intentaba. Después de todo, era madre.

Sin embargo, tenía la sensación de que su trabajo como progenitora nunca sería tan exigente como lo era en aquel momento, en la primavera de 1815.

Sabía muy bien que, en el gran esquema de la vida, no tenía de qué quejarse. En los últimos seis meses, Napoleón había huido a la isla de Elba, un gigantesco volcán había hecho erupción en las Indias Orientales, y varios cientos de soldados británicos habían perdido la vida en la batalla de Nueva Orleans, librada por error *después* de la firma del tratado de paz con los norteamericanos. Además, tenía ocho hijos sanos, todos ellos con ambos pies en suelo inglés.

Pero...

Siempre había un *pero*, ¿verdad?

Aquella primavera era la primera (y Violet rezó para que fuera la última) temporada en la que tenía dos hijas «en el mercado».

Eloise había debutado en 1814 y cualquiera lo habría calificado como un éxito. Tres propuestas de matrimonio en tres meses. Violet había tocado el cielo con las manos. Por supuesto que no habría permitido que Eloise aceptara a dos de ellos (los hombres eran demasiado mayores). A Violet le tenía sin cuidado el alto rango de esos caballeros; ninguna de sus hijas iba a encadenarse a alguien que moriría antes de que ellas cumplieran los treinta años.

Claro que eso podía sucederle a un marido joven. Enfermedades, accidentes, abejas inesperadamente mortales... Había un montón de cosas que podían matar a un hombre en la flor de la vida. Sin embargo, un hombre mayor tenía más probabilidades de morir que uno joven.

Y aunque ese no fuera el caso... ¿Qué muchacha en su sano juicio querría casarse con un hombre de más de sesenta años?

Sin embargo, solo dos de los pretendientes de Eloise habían sido descartados por su edad. El tercero no llegaba a los treinta, ostentaba un título menor y tenía una fortuna perfectamente respetable. Lord Tarragon no tenía nada malo. Violet estaba segura de que sería un excelente marido para alguna mujer.

Pero no para Eloise.

Así eran las cosas. Eloise estaba en su segunda temporada y Francesca en la primera, y Violet estaba *exhausta*. Ni siquiera podía obligar a Daphne a hacer de carabina de vez en cuando. Su hija mayor se había casado con el duque de Hastings hacía dos años, y luego se las había ingeniado para quedarse embarazada durante la temporada de 1814. Y también la de 1815.

A Violet le encantaba tener una nieta, y estaba más que encantada ante la perspectiva de tener otros dos nietos dentro de poco (la esposa de Anthony también estaba embarazada), pero a veces una mujer necesitaba ayuda. Aquella tarde, por ejemplo, había sido un completo desastre.

Bueno, quizá *desastre* era un poco exagerado, pero ¿a quién se le había ocurrido que organizar un baile de disfraces era una buena idea?

Porque Violet estaba segura de que no había sido a ella. Y sin duda, tampoco había accedido a asistir disfrazada de la reina Isabel. O si lo había hecho, no había aceptado llevar corona. Pesaba más de dos kilos, y estaba aterrorizada de que pudiera caérsele cada vez que movía la cabeza de un lado a otro mientras intentaba vigilar a Eloise y a Francesca.

No le extrañaba que le doliera el cuello.

Pero una madre nunca era demasiado precavida, sobre todo en un baile de disfraces, donde algunos jóvenes caballeros (y alguna joven dama) veían su atuendo como una licencia para comportarse como no era debido. Veamos, allí estaba Eloise, colocándose el disfraz de Atenea mientras conversaba con Penelope Featherington, que iba disfrazada de duende, la pobrecita.

¿Dónde estaba Francesca? Por todos los cielos, esa muchacha era capaz de hacerse invisible incluso en una pradera. Y por cierto, ¿dónde estaba Benedict? Había *prometido* bailar con Penelope y había desaparecido por completo.

¿Adónde había...?

—¡Uf!

—Ah, le pido disculpas —dijo Violet, apartándose de un caballero disfrazado de...

De sí mismo, en realidad. Con una máscara.

Sin embargo, no lo reconoció. Ni la voz ni el rostro debajo de la máscara. Era de estatura media, con cabello oscuro y porte elegante.

—Buenas tardes, su alteza —la saludó.

Violet parpadeó y luego recordó: *la corona*. Aunque nunca sabría cómo había podido olvidar que llevaba ese monstruo de más de dos kilos sobre su cabeza.

—Buenas tardes —respondió.

—¿Busca a alguien?

De nuevo se preguntó quién sería y, una vez más, no llegó a ninguna conclusión.

—A varias personas, en realidad —murmuró—. Sin éxito.

—La acompaño en el sentimiento —dijo el hombre, mientras le tomaba la mano y se inclinaba para darle un beso—. Por mi parte, trato de limitar mis búsquedas a una persona a la vez.

Usted no tiene ocho hijos, estuvo a punto de replicar ella, pero se calló en el último momento. Si no conocía la identidad de ese caballero, era probable que él tampoco conociera la suya.

Y por supuesto, también *podría* tener ocho hijos. No era la única persona en Londres en haber sido tan bendecida en su matrimonio. Además, el cabello en sus sienes estaba salpicado de canas, con lo cual era probable que tuviera edad suficiente para haber sido padre la misma cantidad de veces.

—¿Es posible que un humilde caballero invite a bailar a una reina? —preguntó él.

Violet estuvo a punto de negarse. Casi nunca bailaba en público. No era que pusiera objeciones o que lo considerara inapropiado. Edmund había fallecido hacía más de doce años. Aún lo lloraba, pero no vestía *de luto*. Él no habría querido que lo hiciera. Llevaba colores brillantes y mantenía una vida social activa; sin embargo, rara vez bailaba. Simplemente no quería hacerlo.

Pero entonces él sonrió, y algo en su sonrisa le recordó a la forma de sonreír de Edmund, esa inclinación de los labios eternamente juvenil y cómplice. Siempre había provocado que se le acelerara el latido del corazón, y aunque la sonrisa de aquel caballero no le había producido *esa* reacción, lo cierto era que despertó algo en su interior. Algo audaz, despreocupado.

Como si volviera a su *juventud*.

—Me encantaría —respondió, apoyando la mano sobre la de él.

—¿Mamá está *bailando*? —murmuró Eloise a Francesca.

—Y lo más importante, ¿*con quién* está bailando? —dijo Francesca.

Eloise estiró el cuello, sin molestarse en ocultar su interés.

—No tengo ni idea.

—Pregúntale a Penelope —sugirió Francesca—. Ella siempre parece saber quién es quién.

Eloise volvió a estirar el cuello, esta vez buscando al otro lado del salón.

—¿Dónde *está* Penelope?

—¿Dónde está Benedict? —preguntó Colin, acercándose a sus hermanas.

—No lo sé —respondió Eloise—. ¿Dónde está Penelope?

Colin se encogió de hombros.

—La última vez que la vi se escondía detrás de una planta en una maceta. Uno pensaría que, con ese disfraz de duende, pasaría más desapercibida.

—¡Colin! —Eloise lo golpeó en el brazo—. Ve a sacarla a bailar.

—¡Ya lo he hecho! —exclamó. Luego pestañeó—: ¿Es mamá la que está bailando?

—Por eso estábamos buscando a Penelope —dijo Francesca.

Colin solo la miró con la boca abierta.

—Cuando lo pensamos tenía sentido —manifestó Francesca con un gesto de la mano—. ¿Sabes con quién baila?

Colin sacudió la cabeza.

—Odio los bailes de disfraces. ¿A quién se le ha ocurrido semejante idea?

—A Hyacinth —respondió Eloise con seriedad.

—¿*Hyacinth?* —repitió Colin.

Francesca entrecerró los ojos.

—Ella es como un titiritero —refunfuñó Francesca.

—Dios nos proteja cuando sea mayor —sentenció Colin.

Nadie tuvo que decirlo, pero sus caras reflejaron un *amén* colectivo.

—¿Quién *es* el que baila con mamá? —preguntó Colin.

—No lo sabemos —respondió Eloise—. Por eso buscábamos a Penelope. Ella siempre sabe esas cosas.

—¿Sí?

Eloise lo miró muy seria.

—¿Alguna vez te enteras de algo?

—De muchas cosas, en realidad —respondió él con tono afable—. Pero en general, no de lo que *tú* quieres que me entere.

—Nos quedaremos aquí quietas —anunció Eloise— hasta que termine el baile. Luego se lo preguntaremos a ella.

—¿A quién le preguntaréis?

Todos levantaron la vista. Había llegado Anthony, su hermano mayor.

—Mamá está bailando —informó Francesca, aunque, en sentido estricto, esa no era la respuesta a la pregunta de su hermano.

—¿Con quién? —preguntó Anthony.

—No lo sabemos —le informó Colin.

—¿Y pensáis interrogarla al respecto?

—Es lo que Eloise tiene pensado hacer —respondió Colin.

—No he visto que te opusieras —replicó Eloise.

Anthony arrugó la frente.

—Yo diría que a quien hay que interrogar es al caballero.

—¿No has pensado —preguntó Colin, sin dirigirse a nadie en particular— que una mujer de cincuenta y dos años es perfectamente capaz de elegir a sus parejas de baile?

—No —respondió Anthony, que a su vez interrumpió a Francesca al decir:

—Es nuestra *madre*.

—En realidad, solo tiene cincuenta y un años —le corrigió Eloise. Al ver la mirada airada de Francesca, agregó—: Bueno, *esa* es su edad.

Colin miró a sus hermanas con desconcierto antes de volverse hacia Anthony.

—¿Has visto a Benedict?

Anthony se encogió de hombros.

—Estaba bailando hace un rato.

—Con alguien *a quien no conozco* —repuso Eloise con más intensidad. Y volumen.

Sus tres hermanos se volvieron hacia ella.

—¿A nadie le parece curioso —preguntó— que mamá y Benedict estén bailando con misteriosos desconocidos?

—En realidad, no —murmuró Colin. Todos se quedaron callados un instante mientras observaban a su madre deslizarse con elegancia sobre la pista de baile, y luego agregó—: Se me ocurre que quizás esa sea la razón por la que ella nunca baila.

Anthony enarcó una ceja interrogante.

—Hace varios minutos que estamos aquí parados y no hemos hecho otra cosa que especular sobre su comportamiento —señaló Colin.

Se produjo un silencio, y luego Eloise preguntó:

—¿Y qué?

—Es nuestra *madre* —dijo Francesca.

—¿No creéis que se merece un poco de intimidad? No, no respondáis —decidió Colin—. Iré a buscar a Benedict.

—¿No crees que *él* se merece un poco de intimidad? —contestó Eloise.

—No —respondió Colin—. De cualquier modo, él está a salvo. Si Benedict no quiere que lo encuentren, no lo encontraré. Con un saludo irónico se dirigió hacia los aperitivos, aunque era evidente que Benedict no estaba cerca de las galletas.

—Aquí viene —dijo Francesca en voz baja; efectivamente, el baile había terminado y Violet regresaba al perímetro del salón.

—Madre —dijo Anthony con seriedad en cuanto Violet regresó con sus hijos.

—Anthony —respondió ella con una sonrisa—. No te había visto en toda la noche. ¿Cómo está Kate? Lamento que no se sienta bien como para asistir al baile.

—¿Con quién estabas bailando? —preguntó Anthony.

Violet parpadeó sorprendida.

—¿Cómo dices?

—¿Con quién estabas bailando? —repitió Eloise.

—¿La verdad? —dijo Violet con una leve sonrisa—. No lo sé.

Anthony se cruzó de brazos.

—¿Cómo es posible?

—Es un baile de disfraces —respondió Violet con tono divertido—. Identidades secretas y todo ese tipo de cosas.

—¿Vas a volver a bailar con él? —preguntó Eloise.

—Probablemente no —respondió Violet, mirando hacia la multitud—. ¿Habéis visto a Benedict? Se suponía que bailaría con Penelope Featherington.

—No intentes cambiar de tema —replicó Eloise.

Violet se volvió hacia su hija, y esta vez en sus ojos hubo un destello de desaprobación.

—¿Qué tema?

—Solo queremos lo mejor para ti —señaló Anthony después de carraspear varias veces.

—Estoy segura de que así es —murmuró Violet, y nadie se atrevió a hacer comentarios sobre el delicado tono condescendiente de su voz.

—Es solo que no sueles bailar —explicó Francesca.

—Rara vez —respondió Violet con tono indiferente—. No nunca.

Entonces Francesca hizo la pregunta que todos se hacían:

—¿Te gusta?

—¿El hombre con el que acabo de bailar? Ni siquiera sé cómo se llama.

—Pero...

—Tenía una sonrisa muy bonita —interrumpió Violet— y me invitó a bailar.

—¿Y?

Violet se encogió de hombros.

—Y eso ha sido todo. Me ha hablado mucho sobre su colección de patos de madera. Dudo de que nuestros caminos vuelvan a cruzarse. —Hizo un ademán a sus hijos—. Si me disculpáis...

Anthony, Eloise y Francesca observaron cómo se alejaba. Tras un largo silencio, Anthony dijo:

—Bien.

—Bien —coincidió Francesca.

Ambos miraron expectantes a Eloise, quien los miró y por fin exclamó:

—No, eso *no* ha estado bien.

Después de otro prolongado silencio, Eloise preguntó:

—¿Creéis que alguna vez volverá a casarse?

—No lo sé —respondió Anthony.

Eloise se aclaró la garganta.

—¿Y cómo nos sentimos al respecto?

Francesca la miró con evidente desdén.

—¿Ahora hablas de ti misma en plural?

—No. De verdad quiero saber cómo nos *sentimos* al respecto. Porque no sé cómo me siento *yo*.

—Creo... —comenzó a decir Anthony. Pero pasaron varios segundos antes de que agregara lentamente—: Creo que pensamos que ella es capaz de tomar sus propias decisiones.

Ninguno de ellos se dio cuenta de que Violet estaba detrás de ellos, oculta por un enorme helecho decorativo, y sonreía.

Aubrey Hall, Kent
Años después

Envejecer no tenía muchas ventajas, pero *esta* debía ser una de ellas, pensó Violet con un suspiro feliz mientras contemplaba a varios de sus nietos más pequeños jugando en el jardín.

Setenta y cinco años. ¿Quién habría pensado que alguna vez llegaría a esta edad? Sus hijos le habían preguntado qué quería; era un acontecimiento muy importante y había que celebrarlo con una gran fiesta.

—Solo la familia —había sido la respuesta de Violet. Aun así, sería una fiesta magnífica. Tenía ocho hijos, treinta y tres nietos y *cinco* bisnietos. ¡Cualquier reunión familiar sería grandiosa!

—¿En qué piensas, mamá? —le preguntó Daphne, sentándose junto a ella en una de las cómodas tumbonas que Kate y Anthony habían comprado recientemente para Aubrey Hall.

—Sobre todo, en lo feliz que me siento.

Daphne sonrió con ironía.

—Siempre dices lo mismo.

Violet se encogió de un solo hombro.

—Porque siempre me siento feliz.

—¿De verdad? —Parecía que Daphne no terminaba de creerla.

—Cuando estoy con todos vosotros.

Daphne siguió la mirada de su madre, y juntas contemplaron a los niños. Violet no sabía bien cuántos había allí fuera. Había perdido la cuenta cuando comenzaron a jugar un partido con una pelota de tenis, cuatro volantes y un leño. Tenía que ser divertido, porque juraría que había visto a tres niños bajarse corriendo de los árboles para participar.

—Creo que están todos—dijo.

Daphne pestañeó y dijo:

—¿En el jardín? No creo. Mary está adentro, estoy segura. La he visto con Jane y...

—No, me refiero a que he terminado de tener nietos. —Se volvió hacia Daphne y sonrió—: No creo que mis hijos me den más nietos.

—Bueno, *yo* seguro que no —afirmó Daphne, con una expresión que decía con claridad: *¡Ni loca!*—. Y Lucy *no puede*. El médico se lo hizo prometer. Y... —Hizo una pausa, y Violet disfrutó solo con contemplar el rostro de su hija. Era tan entretenido ver a sus hijos pensando. Cuando te conviertes en padre, nadie te dice lo divertido que puede ser verlos hacer las actividades más tranquilas.

Dormir y pensar. Violet no se cansaba nunca de contemplar a su progenie hacer eso. Incluso ahora, cuando siete de sus ocho hijos habían pasado la barrera de los cuarenta.

—Tienes razón —concluyó por fin Daphne—. Creo que todos hemos terminado de tener hijos.

—Excepto que haya sorpresas —agregó Violet, porque en realidad no le importaba que alguno de sus hijos lograra darle un último nieto.

—Bueno, sí —observó Daphne con un suspiro apenado—. Sé muy bien lo que son las sorpresas.

Violet se echó a reír.

—Y no te gustaría que hubiera sido de otro modo.

Daphne sonrió.

—No.

—Acaba de saltar de un árbol —indicó Violet, señalando hacia el jardín.

—¿De un árbol?

—Adrede —le aseguró Violet.

—De eso no tengo duda. Juro que ese niño es mitad mono. —Daphne miró hacia el jardín; sus ojos se movían de un lado a otro buscando a Edward, su hijo menor—. Me alegra tanto que estemos aquí. Necesita niños de su edad, pobrecito. Sus cuatro hermanos apenas cuentan; son mucho mayores que él.

Violet estiró el cuello para mirar.

—Parece que tiene un altercado con Anthony y Ben.

—¿Va ganando?

Violet entrecerró los ojos un poco.

—Creo que él y Anthony están en el mismo bando... Ah, espera, aquí viene Daphne. La pequeña Daphne —agregó, como si fuese necesario aclararlo.

—Eso debería equilibrar la balanza —indicó Daphne, sonriendo mientras observaba cómo su tocaya tiraba de las orejas a su hijo.

Violet sonrió y soltó un bostezo.

—¿Estás cansada, mamá?

—Un poco. —Violet odiaba admitirlo; sus hijos siempre estaban pendientes de ella. Parecía que no les entraba en la cabeza que una mujer de setenta y cinco años pudiera echarse una siesta simplemente porque le había gustado hacerlo toda la vida.

Sin embargo, Daphne no insistió en el asunto y permanecieron en silencio en sus tumbonas hasta que, de pronto, Daphne preguntó:

—¿Eres *realmente* feliz, mamá?

—Por supuesto. —Violet la miró, sorprendida—. ¿Por qué me lo preguntas?

—Es solo que... bueno... estás *sola*.

Violet se echó a reír.

—Apenas estoy sola, Daphne.

—*Sabes* a qué me refiero. Papá falleció hace casi cuarenta años y tú nunca...

Esperó con gesto divertido a que su hija terminara la frase. Cuando fue evidente que Daphne no se animaba a hacerlo, se apiadó de ella y le dijo:

—¿Estás tratando de preguntarme si alguna vez tuve un amante?

—¡No! —farfulló Daphne, aunque Violet estaba segura de que su hija mayor se había hecho esa misma pregunta.

—Bueno, pues no —aseguró Violet con tono indiferente—. Si necesitas saberlo.

—Por lo visto, sí —murmuró Daphne.

—Nunca quise tener uno —dijo Violet.

—¿Nunca?

Violet se encogió de hombros.

—No hice ningún juramento, ni nada tan formal. Supongo que, si hubiera surgido la oportunidad y hubiese conocido al hombre adecuado, podría haber...

—Podrías haberte casado —finalizó Daphne por ella.

Violet la miró de soslayo.

—Eres una auténtica mojigata, Daphne.

Daphne se quedó con la boca abierta. Ay, qué divertido.

—Ah, está bien —observó Violet, apiadándose de ella—. Si hubiera conocido al hombre adecuado, probablemente me habría casado con él, aunque solo fuera para ahorrarte el escándalo de tener una aventura ilícita.

—¿Tengo que recordarte que fuiste tú la que no se decidía a contarme lo que sucedía en el lecho matrimonial la noche anterior a mi boda?

Violet hizo un gesto con la mano.

—Ya no soy tan torpe, te lo aseguro. Porque, con Hyacinth...

—No quiero saberlo —la interrumpió Daphne con firmeza.

—Bueno, sí, probablemente no —concedió Violet—. Nada es normal cuando se trata de Hyacinth.

Daphne calló, así que Violet extendió la mano y agarró la de su hija.

—Sí, Daphne —dijo con total sinceridad—. Soy muy feliz.

—No quiero imaginarme si a Simon...

—Tampoco yo quería imaginármelo —la interrumpió Violet—. Y sin embargo, ocurrió. Creí que moriría de dolor.

Daphne tragó saliva.

—Pero no morí. Y tampoco tú morirías. Y la verdad es que, con el tiempo, se hace más fácil. Y llega un momento en que piensas que, quizá, podrías encontrar la felicidad con otra persona.

—Francesca lo hizo —murmuró Daphne.

—Sí, así fue. —Violet cerró los ojos un instante y recordó lo preocupada que había estado por su tercera hija durante esos años de viudez. Había estado tan sola; no había evitado a su familia, pero tampoco se apoyó en ella. Y, a diferencia de Violet, no había tenido hijos que la ayudaran a recuperarse.

—Ella es la prueba de que se puede ser feliz dos veces —dijo Violet— con dos amores diferentes. Pero, ¿sabes? Ella no ha tenido el mismo tipo de felicidad con Michael que tuvo con John. No valoro una más que la otra; no es algo que se pueda medir. Pero es diferente.

Miró hacia adelante. Siempre se sentía más filosófica cuando sus ojos se posaban en el horizonte.

—Yo no esperaba el *mismo* tipo de felicidad que tuve con tu padre, pero tampoco me habría conformado con menos. Y nunca lo encontré.

Se giró para mirar a Daphne, y luego volvió a estirar la mano y apretó la de su hija.

—Y resultó que nunca la he necesitado.

—¡Ay, mamá! —dijo Daphne con los ojos llenos de lágrimas.

—La vida no siempre ha sido fácil sin tu padre —prosiguió Violet— pero *siempre* ha valido la pena.

Siempre.

¿TE GUSTÓ ESTE LIBRO?

escríbenos y
cuéntanos tu opinión en

f /Sellotitania   🐦 /@Titania_ed

📷 /titania.ed

#SíSoyRomántica

Ecosistema digital

Floqq
Complementa tu
lectura con un curso
o webinar y sigue
aprendiendo.
Floqq.com

Amabook
Accede a la compra de
todas nuestras novedades en
diferentes formatos: papel,
digital, audiolibro
y/o suscripción.
www.amabook.com

Redes sociales
Sigue toda nuestra
actividad. Facebook,
Twitter, YouTube,
Instagram.

EDICIONES URANO